아케치 미쓰히데

오이노사카의 갈림길

와시오 우코 지음
박현석 옮김

玄人

아케치 미쓰히데
(明智光秀)

와시오 우코 지음

옮긴이 **박현석**

나쓰메 소세키, 다자이 오사무, 와시오 우코, 나카니시 이노스케, 후세 다쓰지, 야마모토 슈고로, 에도가와 란포, 쓰보이 사카에 등의 대표작과 문제작을 꾸준히 번역해 소개하고 있다. 국내 최초로 번역한 작품도 상당수 있으며 앞으로도 국내에 잘 알려지지 않은 작가 · 작품을 소개하여 획일화된 출판시장에 다양성을 부여할 계획이다. 옮긴 책으로는 『나쓰메 소세키 단편소설 전집』, 『그럼, 이만…… 다자이 오사무였습니다.』, 『젊은 날의 도쿠가와 이에야스』, 『붉은 흙에 싹트는 것』, 『운명의 승리자 박열』, 『붉은 수염 진료담』, 『추리소설 속 트릭의 비밀』, 『스물네 개의 눈동자』 외 다수가 있다.

아케치 미쓰히데(오이노사카의 갈림길)

1판 1쇄 인쇄 2019년 11월 10일
1판 1쇄 발행 2019년 11월 20일

지은이 와시오 우코
옮긴이 박현석
펴낸이 박현석
펴낸곳 玄 人(현인)

등 록 제 2010-12호
주 소 서울시 도봉구 덕릉로 62길 13, 103-608호
전 화 010-2012-3751
팩 스 0505-977-3750
이메일 gensang@naver.com

ISBN 979-11-90156-10-3

목　차

옮긴이의 말

일본의 전국시대를 배경으로 한 작품을 번역할 때면 늘 고민에 빠지게 된다. 우리에게는 낯설기만 한 당시의 모습을 어떻게 번역해야 독자들이 쉽고 정확하게 이해할 수 있을까 하는 점 때문이다. 그러나 아무리 정성을 들여 번역한다 해도 양국의 언어와 정서, 시대상에 차이가 있는 한 정확한 이해는 얻기 어려우리라. 이에 이 책뿐만 아니라 일본의 전국시대를 다룬 책을 읽는 데 도움이 되었으면 하는 바람에서 간단한 글을 덧붙이기로 하겠다.

우선, 전국시대의 신분에 대해서 이야기해보겠다. 일본에는 언제나, 일본인들이 덴노(天皇)라고 부르는 왕이 있어왔고 지금도 존재한다. 전국시대에도 물론 왕은 존재했으나 그 존재감은 매우 미미했다. 전국시대의 일왕은 그저 상징적인 존재에 불과해서 재정에 어려움을 겪은 일왕도 적지 않았다. 일왕의 존재 아래, 막부 시대라면 막부의 쇼군(將軍)이 실권을 쥐고 흔들었겠지만 전국시대에는 그렇게 강력한 세력은 존재하지 않았기에 전국 각지에서 실력자들이 일어나 군웅할거의 양상을 연출했다. 일본에서는 이 각지의 실력자들을 다이묘(大名)라고 불렀다. 우리 독자들은 일왕을 중국의 황제와 같은 존재, 다이묘를 각 나라의 왕이라고 받아들인다면 보다 쉽게 이해할 수 있으리라. 다이묘는 일본 각지의 왕이라고 할 수 있는 존재였으니 당연히 자신의 군대를 거느리고 있었다. 그리고 자신에게 속한 부하들에게 영지와 녹봉을 나누어주었다. 이처럼 다이묘 아래에 직속된 부하들을 가신(家臣)이라고 불렀는데, 우리는 결국 왕의 신하 정도로 받아들이면 쉽게 이해할 수 있을 것이다.

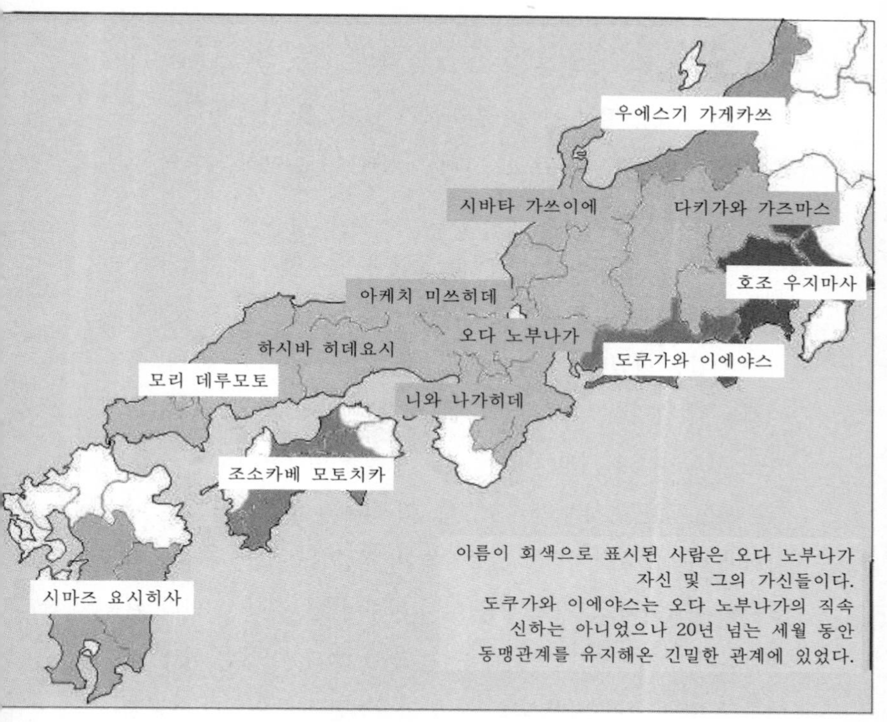

'혼노지의 변' 직전의 세력도

그런데 유력한 다이묘의 가신에게는 다시 가신이 존재했다. 조선시대와 비교해보자면 조선에 아무리 세력이 큰 사람이 있다 해도 그 아래에 가신은 존재하지 않았으나 일본의 가신 아래에는 다시 가신이 존재했다. 오다 노부나가의 가신이었던 아케치 미쓰히데 아래에 다시 아케치 미쓰히데의 가신이 존재했던 것이다. 그 가신의 가신들에게도 자신들만의 군대가 있었는데 바로 그렇기 때문에 전국시대에는 하극상도 흔히 있었던 것이리라.

전국시대에는 무력이 무엇보다 중요했다. 따라서 무력으로 이웃나라의 땅을 빼앗기도 하고 하극상을 일으켜 자신이 새로운 실력자로 존재감을 알리는 등 하루도 전쟁이 끊이질 않았다. 이러한 시대상이 오다 노부나가의 등장으로 크게 바뀌려하고 있었다. 노부나가가 여러 지방을 평정하여 중원의 패자가 되었을 뿐만 아니라 일본 전국의 통일을 눈앞에 두었기 때문이었다. 바로 그러한 때의 일본이 이 소설의 배경이다.

전국시대를 배경으로 한 작품을 읽을 때 우리에게 어려움을 주는 것 가운데 하나가 이름이다. 일본인들은, 이름은 물론 성까지도 아주 간단히 바꿨다. 이 작품에 등장하는 인물을 예로 들자면 우리에게도 잘 알려진 도요토미 히데요시가 대표적이다. 그의 처음 이름은 기노시타 도키치로였다. 이후 이름을 히데요시로 바꾸었고, 다음에는 성을 하시바로 바꾸었다. 이 작품의 배경이 되었을 때는 하시바 히데요시를 칭하고 있었기에 이 작품에도 그는 하시바 히데요시로 등장한다. 그리고 성을 다시 바꾸어 한동안 후지와라 씨를 칭하다가 마지막으로 도요토미라는 성을 썼다. 이처럼 한 사람의 이름만 해도 여러 개가 되는 것이 일반적인 모습이었다. 또 성을 바꾸지는 않았다 할지라도 아명으로 부르기도 하고 별명으로 부르기도 하고 관직명으로 부르기도 했기에 더욱 복잡하게 느껴진다.

이 작품에도 '하시바 지쿠젠노카미 히데요시'라는 호칭이 등장한다. 이는 성인 '하시바'와 이름인 '히데요시' 사이에 그의 관직명을 넣어 부른 것이다. 우리의 경우는 관직명을 성 앞이나 이름 뒤에 붙이는 것이 일반적이나 일본에서는 성과 이름 사이에 관직명을 넣는 것이 일반적이었다. 그렇기에 우리 독자들의 이해를 더욱 어렵게 만든다. 이 책에서는 성과 관직명과 이름을 전부 띄어서 표기했다. 이는 독자의 이해를 돕기 위해서이기도 하고, 또 뒤에서 말하겠지만 우리말의 일본어 표기법상의 맹점 때문이기도 하다. 성과 이름 사이에는 관직명뿐만 아니라 아명이나 통칭을 넣어 부르는 경우도 있었다. 더욱 이해하기 어렵게 하는 부분이다. 예를 들어 이 작품에 오다 노부나가의 아들을 '간베 산시치 노부타카' 라고 부르는 부분이 있다. 산시치가 바로 그의 아명, 혹은 통칭인데 관직명과 마찬가지로 성과 이름 사이에 넣어서 불렀다. 그런데 여기까지 읽고 오다 노부나가의 아들이라며 왜 성이 간베 씨냐고 생각할 사람이 있을지도 모르겠다. 이것 역시 성을 바꾼 것이다. 노부나가의 아들이 간베 씨의 양자로 들어가 '오다' 성을 버리고 '간베' 씨가 된 것이다. 우리로서는 약간 상상하기 어려운 일이지만 당시 일본에서는 정략결혼과 마찬가지로 두 집안의 화목을 위해 양자를 들이는 일이 흔히 있었다. 두 집안 사이의 세력에 커다란 차이가 있는 경우에는 양자가 아니라 볼모를 보내기도 했다.

이름표기에 관해서 마지막으로, 이는 우리말로 일본어를 표기할 때의 맹점 가운데 하나인데 예를 들어 일본어의 'た' 를 표기할 때 'た' 가 어두에 오면 '다' 로 어중·어말에 오면 '타' 로 표기해야 한다. 따라서 아케치 미쓰히데의 딸인 다마 히메를 예로 들자면 여자의 이름을 부를 때는 앞에 '오' 를 붙이는 것이 일반적이기에 '다마' 라는 이름이 '오타마' 가 되기도 한다. '다마' 가 '오타마' 가 되기도 한다니, 우리에게는 약간 이해하기 어려운 부분이나, 우리말의 표기법이 그러니 어쩔 수가 없다. 더욱 복잡한 것은 남자의 경우로 이 작품에 등장하는 모리 란마루의 호칭만 봐도 '란마루', '란', '오란' 등으로 다양하다. '마루' 는 어린 사내의 이름 뒤에 붙이는 말이고, '오' 는 여자나 어린 사내를 높이거나 친근하게 부를 때 붙이는 말이다. 게다가 본명은 모리 나리토시라니, 참 어렵다.

이 모든 내용을 무시하고 그냥 하나로 통일해서 번역할 수도 있겠으나 그러면 작품의 맛이 잘 살지 않는 듯하여 독자들이 이해

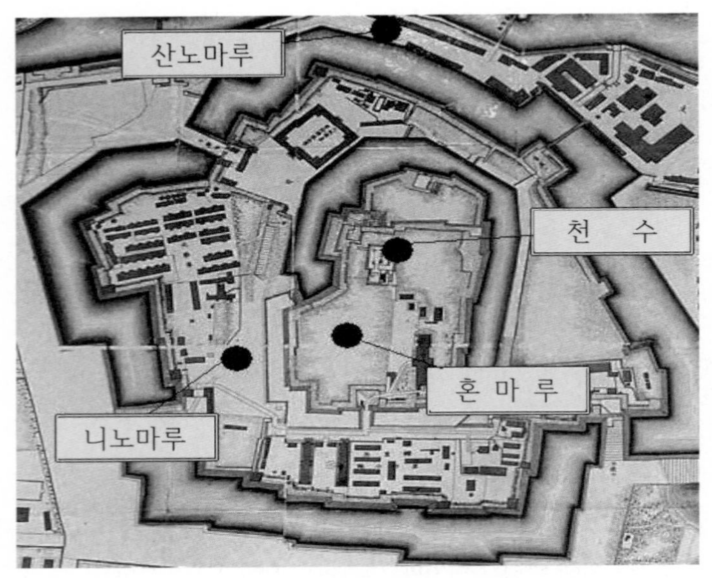

일본 성의 구조

할 수 있는 범위 안에서 가능한 한 원작에 따라 이름을 표기했다.

다음으로 우리의 일반 상식과 조금 차이를 보이는 점은 성(城)의 모습이리라. 우리가 생각하기에 성이라고 하면 일반적으로 한 도시 전체를 감싸고 있는 모습을 떠올린다. 그러나 일본의 성은 그렇지가 않았다. 일본의 성은 군사적인 의미가 강했다. 따라서 각 성 안의 마을들이 번창했던 조선시대의 모습과는 달리 일본에서는 성 밖, 그 주위의 마을들이 번창했다. 성 안은 단지 그 성을 소유하고 있는 성주의 넓은 집이라고 생각해도 무방하지 않을까 싶다. 그렇기에 성의 구조도 우리나라의 성과는 매우 달랐는데 성의 가장 중심이 되는 곳에 높다란 건물이 있었다. 이를 일반적으로 '천수(天守)'라고 불렀다. 그리고 그 천수 주위에 성벽을 쌓았는데 이를 혼마루(本丸)라고 불렀으며, 혼마루 바깥에 다시 성벽을 쌓아 이를

니노마루(二の丸)라고 불렀고, 그 바깥쪽에 다시 성벽을 쌓고 이를 산노마루(三の丸)라고 불렀다. 아무리 넓은 성이라 해도 그 안에 마을을 포함하고 있지는 않았다.

이 당시를 배경으로 한 작품을 보면 각 지방의 명칭에 '국(國)'이 붙어 있다. 그러나 이는 나라의 이름이라기보다 당시의 행정구역 단위로 인식하는 편이 더 정확할지도 모르겠다. 예를 들어 이 책의 본문에도 '내칙은 노부나가가 오와리 일국(一國)을 소유한 보잘 것 없는…….'이라는 문장이 있는데 이는 오와리라는 나라라기보다 오와리 지방으로 인식하는 것이 옳을 듯하다. 일본인들 역시 그렇게 인식했기에 각 국을 소유하고 있는 자를 임금이나 왕이라고 부르지는 않았던 것이리라. 또한 오늘날까지도 일본인이 일본인에게 고향을 물을 때 "어느 나라(國) 사람입니까?"라고 묻는 경우가 있다. 역시 국가를 뜻하는 것이 아니라 지역을 뜻하는 것이라는 사실을 알 수 있다.

마지막으로 산이나 강의 이름은 고유명사이나 독자의 이해를 돕기 위해 일본어를 그대로 표기하지 않고 우리말의 '산'이나 '강'을 붙여 표기한 경우도 있으니 잘 헤아려서 읽어주시기 바란다.

이 책의 저자인 와시오 우코는 제2회 나오키 산주고상을 수상한 경력이 있는 작가로 평생 역사소설에 많은 힘을 기울였다. 일본은 특히 역사소설이라는 장르가 발달한 나라인데 그 장르 발전에 선구적 역할을 한 인물이라고 할 수 있다. 일반적인 문체와는 약간 차이가 있는 호흡이 빠른 문체를 사용하고 있으니 작가의 호흡에 맞춰 작품을 감상해주시기 바란다.

2019년 10월 20일

옮긴이

혼노지의 변

아즈치 예참(禮參)

1

아즈치 산[1] 정상에 높다랗게 우뚝 솟아 있는 7층짜리 커다란 천수각[2].

그 천수각의 3층은 지금 중원의 패권을 구가하고 있는 오다 노부나가[3]가 평소 머무는 곳이었다.

평소 머무는 곳이라고 했지만, 넓었다. 장지문이 화조도(花鳥圖)로 가득한 '화조실'은 다다미 12첩[4]. 특히 1단 높게 만들어 다다미 4첩 반을 깔아놓은 곳은 '어좌실'이었다. 장지문에는 역시 화조도

---

1) 安土山(아즈치야마). 일본 최대의 호수인 비와코(琵琶湖) 동쪽 기슭에 있는 산. 시가(滋賀) 현 오우미하치만 시 아즈치초에 있다. 오다 노부나가는 1576년부터 이 산에 성을 짓기 시작, 1579년에 완성된 천수각으로 자신이 옮겨 살기 시작했다. 1582년, 노부나가 사후 소실되었으며 1585년에 폐성되었다. 대형 천수각을 처음으로 갖추는 등 위용을 자랑했다.

2) 天守閣. 성의 중심부인 아성 중앙에 높다랗게 올린 망루. 보통은 3층이나 5층이다.

3) 織田信長(1534~1582). 오다 노부히데(織田信秀)의 아들. 1559년에 오와리(尾張, 아이치 현)를 통일했다. 1560년에 오케하자마(桶狭間) 전투에서 이마가와 요시모토(今川義元)를 격파했다. 도쿠가와 이에야스(徳川家康)와 동맹을 맺고 1567년에 미노(美濃)를 정복, 기후(岐阜)를 거점으로 삼았다. 1568년에 아시카가 요시아키(足利義昭)를 옹립하여 교토(京都, 당시의 수도)로 들어갔으나 후에 대립했다. 1573년에 요시아키를 추방하여 무로마치(室町) 막부(1336~1573)를 멸망시켰다. 아사이(浅井) · 아사쿠라(朝倉) 연합군과의 아네가와(姉川) 전투에서 승리했으며, 이세(伊勢) 나가시마(長島)의 봉기를 진압하고 다케다(武田) 군과의 나가시노(長篠) 전투에서도 승리했다. 천하통일을 눈앞에 두고 아케치 미쓰히데의 모반으로 1582년 6월 2일에 교토의 혼노지(本能寺)에서 자결했다. 49세.

4) 疊. 일본 전통의 바닥재인 다다미를 세는 단위. 다다미 1첩의 넓이는 약 0.5평.

가 그려져 있었다. 이어지는 방은 남쪽으로 8첩이 펼쳐져 있었다. '현인(賢人)실'이라는 이름이 붙어 있고 장지문의 그림으로는 표주박에서 말이 막 나오는 모습[5].

그리고 동쪽은 '사향(麝香)실'로 8첩 넓이. 그 다음 방도 역시 8첩. —여동빈(呂洞賓)이라는 신선의 그림이 그려져 있었다.

그리고 북쪽은 20첩의 널따란 방으로 이곳 장지문의 그림은 목장에 말들이 무리지어 있는 풍경이었다. 그 다음 방은 서왕모(西王母)의 그림이 있는 12첩 넓이.

그리고 서쪽에는 2단의 널따란 툇마루와 다다미 24첩을 깔 수 있는 넓이의 물건을 놓아두는 방이 있고, 그 입구 쪽에 다다미 8첩이 깔린 방이 하나 딸려 있었다.

기둥의 숫자는 160개였다.

"나리, 말씀 올리겠습니다."

노부나가 앞에 단정히 앉은 것은 모리 보마루[6].

"무슨 일인가?"

"하시바 지쿠젠[7] 나리가 히메지(姫路)에서 세밑 인사차 오셨

---

5) 뜻하지 않은 곳에서 뜻하지 않은 것이 나타날 때를 비유하는 말.

6) 森坊丸(1566~1582). 보마루는 통칭이고 본명은 나가타카(長隆). 노부나가의 시동 사무라이 가운데 한 명이었다. 모리 요시나리(森可成)의 아들로 모리 나가요시(森長可), 모리 나리토시(森成利, 모리 란, 혹은 모리 란마루)의 동생, 모리 나가우지(森長氏, 리키마루)의 형이다. 혼노지의 변 때 노부나가를 위해 싸우다 세상을 떠났다. 당시 나이는 17세.

7) 羽柴筑前(1537~1598). 도요토미 히데요시(豊臣秀吉)를 말한다. 지쿠젠(지쿠젠노카미)은 관직명. 도요토미 히데요시는 전국 · 아즈치모모야마 시대의 무장. 초대 관백(関白, 천황을 보좌하는 관직으로 조정의 벼슬 가운데 실질적으로 최고위였다. 일본어로는 간파쿠), 태합(太閤, 섭정, 혹은 관백에서 물러난 후 아들이 섭정이나 관백의 자리에 오른 자, 혹은 천황의 뜻을 받은 자를 부르는 호칭). 처음에는 기노시타(木下) 씨였으며, 이후 하시바 씨로 바꾸었다. 후에 천황으로부터 도요토미라는 성을 받아 자신의 본성으로 삼았다. 하층민의 집에서 태어난 것으로 알려져 있다. 처음에는 이마가와 가를 섬겼으며 이후 오다 노부나가

습니다."

모리 보마루는 란마루[8] 삼형제 가운데 막내[9]로 해가 바뀌면 15세가 되는, 한창 꽃다운 나이의 색시동[10] 사무라이였다.

"흠, 지쿠젠이 왔는가?"

"네, 곧 성으로 드실 것이라고―."

"아직 오지 않았는가? 안 어울리게 뭘 그리 재고 따지는 게야."

"지금 산 아래의 댁에 막 도착하신 참이십니다."

"어째서 당장 올라오지 않는 거지?"

"그게 아무래도, 참으로 많은 여러 가지 종류의 헌상물들, 그것을 실은 수레의 숫자만 해도 3백 몇 대라고."

"뭐? 수레의 숫자가 3백―?"

"네, 그것을 끌고 올라와야 하기에."

"무엇을 가져온 거지?"

"여기에 목록이 있습니다."

의 일개 병사가 되었다가 아사이 · 아사쿠라 연합군과의 싸움에서 공을 세웠고, 1573년에 오우미(近江) 나가하마(長浜)의 성주가 되었다. 혼노지의 변 이후 아케치 미쓰히데, 시바타 가츠이에(柴田勝家)를 제압한 뒤, 오사카(大阪) 성을 축성했다. 도쿠가와 이에야스를 신하로 삼아 전국을 통일한 뒤, 2차례에 걸쳐서 조선을 침략했으나 실패했다.

8) 乱丸(혹은 蘭丸, 1565~1582). 본명은 모리 나리토시. 모리 요시나리의 3남. 오다 노부나가를 섬겼으며 시동 사무라이로 늘 가까이에서 시중을 들었다. 다케다(武田) 씨 멸망 이후에는 미노 이와무라(岩村) 성 5만 석을 영지로 받았다. 혼노지의 변 때 동생 보마루, 리키마루와 함께 분전했으나 아케치 미쓰히데의 가신인 야스다 구니쓰구(安田国継)에게 목숨을 잃었다. 당시 나이는 18세.

9) 작가의 착각인지 소설적 장치인지는 모르겠으나 란마루 삼형제는 란마루가 가장 나이가 많았으며 그 다음이 보마루, 리키마루가 막내였다.

10) 색시동(色侍童)이라는 말이 적합한지는 모르겠으나, 일본어로는 이로코쇼(色小姓)라고 하는데 일반적인 시동[小姓]보다는 성적인 의미가 조금 더 담겨 있다. 남자 몸종이라고 보면 맞을 듯하다. 이 책에서는 이로코쇼를 색시동으로 번역하겠다. 또 시동이라 할지라도 역시 무예를 연마한 사무라이이기에 고쇼(小姓)는 시동 사무라이로 번역하겠다.

보마루가 가져온 봉서 목록을 내밀려고 하자,

"읽어보아라."

"네."

목록을 적은 종이를 펼치고,

"하나, 검 한 자루, 구니히사[11]—라고 되어 있습니다."

"구니히사라. 썩 마음에 들지는 않는군."

"하나, 황금 200닢."

"200닢이라니, 호기롭군."

"하나, 은 3000닢—."

"뭐라고, 3000닢?"

"네, 3000닢이라고 되어 있습니다."

"와핫하하하, 원숭이 놈이, 꽤나 대장부다운 모습을 보이는구나. 아무리 이쿠노(生野) 은산을 손에 넣었다 해도 그렇게까지 한꺼번에 가져오지 않아도 될 것을. 바보 같은 녀석!"

옛날에야 짚신을 들고 따라다니던 원숭이를 닮은 얼굴의 도키치[12]였으나, 지금은 반슈(播州) 히메지의 성주로 60만 석을 받는 다이묘[13] 중의 다이묘가 된 하시바 히데요시를 변함없이 바보 같은 원숭이 녀석이라고 부르다니— 참으로 거칠기 짝이 없는 노부나가의 입이었다.

"하나, 통소매 옷 200벌."

하고 보마루가 읽어 내려갔다.

---

11) 国久(?~?). 1300년대 초반 사람으로 칼 만드는 장인.

12) 藤吉. 도요토미 히데요시가 기노시타 씨를 쓸 때의 이름으로 도키치로(藤吉郎)를 말한다.

13) 大名. 각 지방을 다스리며 자신의 가신에게 영지를 나누어주고 통괄했던 자. 세력이 큰 무사라고 생각해도 좋을 듯하다.

"터무니없는 녀석이로군."

"하나, 안장을 올려놓는 대, 10마리 분."

"흠. 내가 갈아타는 말의 숫자와 같군."

"하나, 반슈의 토산품인 스기와라가미[14] 300단—."

"후후후, 종이야 비쌀 것도 없지만, 녀석 영지의 명물이지."

라며 노부나가는 싱글벙글이었다.

2

보마루가 물러나자 노부나가는 자리에서 일어나 '화조실'을 통해 스스로 장지문을 열고 이어지는 남쪽의 8첩 방으로 들어갔다.

이리가와[15]의 문은 열려 있었다.

바깥 툇마루는 기다랗게 이어진 복도였다.

노부나가가 그곳으로 나서려하자 서쪽의 널따란 툇마루에 있던 모리 리키마루[16]가,

"어디로 가시는 겁니까?"

라고 말을 걸었다.

"원숭이 얼굴을 한 바보 녀석이 어마어마한 선물을 가지고 왔다는구나."

이렇게 말하고 기다란 복도의 창— '화두창(華頭窓)' 가운데 하나로 다가가 노부나가는 멀리 아래쪽을 내려다보기 위해 창틀

---

14) 杉原紙. 닥나무를 원료로 한 일본 종이. 일본에서 종이는 반지 200장을 단위로 세었다.

15) 入側. 방과 마루 사이에 있는 공간.

16) 森力丸(1567~1582). 모리 요시나리의 5남으로 본명은 모리 나가우지. 란마루, 보마루와 함께 오다 노부나가의 시동 사무라이였다. 혼노지의 변 때 노부나가를 위해 싸우다 목숨을 잃었다. 당시 15세.

밖으로 얼굴을 내밀었다.

내려다보는 눈 아래—

이 천수각은 돌담의 높이만 해도 72자[17]였다. 그것이 산 정상에 우뚝 솟아 있었다. 산의 높이가 380자. 따라서 노부나가의 눈과 기슭까지의 직선거리는 상당한 것이었다. 하시바 히데요시의 하인들이 진상품을 기슭에서부터 산 위로 옮기는 모습이 줄줄이 늘어서 있었다.

"마치 개미의 행렬 같구나."

라고 노부나가가 말했다.

옆의 창으로 다가선 리키마루가,

"아아, 저게 전부 세밑 선물이란 말입니까?"

라며 눈을 둥그렇게 떴다.

"정말 굉장합니다!"

리키마루는 보마루의 형이었다.

모리 삼형제는 란마루가 16세, 리키마루가 15세, 보마루가 14세로 연년생인 탓도 있을 테지만 참으로 닮은 모습들이었다. 얼핏 보아서는 누가 누구인지 구분이 되지 않았다. 정말 우열을 가리기 어려운 절세의 미모였다. 세 사람을 모아놓고 보면 란마루의 키가 가장 컸고 얼굴도 가장 갸름했으며, 리키마루가 약간 외쪽 같은 얼굴, 막내인 보마루가 얼마간 하관이 넓어 약간 동그랗게 보이는 것 같은 정도의 차이는 있었으나 한 사람 한 사람 따로 보면 헷갈리거나 잘못 알아보곤 했다. 반짝이는 듯한, 눈이 부신 듯한 용모였다.

리키마루가 한동안 내려다보다,

---

17) 1자는 약 30.3㎝. 72자는 약 22m.

아즈치 성

“하시바 나리가— 가장 마지막이십니까?”

라고 말했다.

“지쿠젠은 아직 안 보이는 것 같은데.”

라고 노부나가가 중얼거렸다.

“아니, 제가 말씀드린 것은, 올해 세밑 인사를 온 사람 가운데 가장 마지막인가 하는 것입니다.”

“그런가? —대부분은 온 것 같은데, 미쓰히데가 아직 오지 않았어.”

“아아, 그랬었죠. 사카모토(坂本)는 바로 코앞인데.”

라고 리키마루가 대답했다.

“아무리 코앞에 있는 곳이라 해도 엉덩이가 무거운 녀석에게 걸리면 나만 기다리다 속이 터질 뿐이지.”

“아, 나리께서는 아케치 나리를 그토록 기다리고 계셨습니까?”

"뭐라?"

노부나가가 창밖으로 내밀었던 얼굴을 거두어 색시동 사무라이 쪽으로 시선을 돌렸다.

"어머!"

라고 리키마루가 여자처럼 교태를 부리고,

"언짢으셨습니까?"

"다시 한 번 말해보아라."

"다시 말해보라시면 몇 번이고 말씀드리겠습니다만……."

"그렇다면 말해보아라."

노부나가의 얼굴에 웃음기가 없었기에 리키마루는 그 마음을 짐작할 수 없었으나,

"네. ―그, 아케치 나리의 얼굴을, 그렇게……, 보고 싶으신 걸까, 그렇게 말씀드렸습니다만?"

3

이 천수각과 회랑으로 이어진 이누이(戌亥) 망루에는 조로[18]인 우콘(鬱金)이 자신의 방을 가지고 있었다.

우콘은 올해 19세로 맑고 아름다운 눈동자의 처녀였다. 이제 며칠 후 섣달그믐에 제야의 종소리가 산 아래의 절 소켄지(総見寺)의 종루에서 울려 퍼지면, 영원히 청춘의 묘령과 작별을 고해야만 했다. 스무 살이라는 말을 듣는 것이 그녀에게는 슬펐던 것이다.

'아아, 언제까지 이렇게!'

있어야 하는 걸까? 있지 않으면 안 되는 걸까?

---

18) 上臈. 신분이 높은 시녀를 일컫는 말.

'얼른 돌아가고 싶어. 단바(丹波)로, 야가미(八上) 성으로, 아버지의 성으로!'

우콘의 아버지는 단바 야가미 성의 성주인 아케치 미쓰타다, 뉴도 조칸사이[19]였다.

조칸사이는 아케치 미쓰히데의 사촌동생이니, 조칸사이의 딸인 그녀는 아케치 미쓰히데와 매우 가까운 혈연관계에 있었다.

'이곳에서의 침식은, 이 얼마나 무료한 나날이란 말인가!'

그녀는 근심에 잠긴 듯한 미모를 난간 쪽으로 향해 빛으로 반짝이는 호수를 바라보았다.

눈 아래 펼쳐진 이바(伊庭) 안쪽의 호수.

이사키지(伊崎寺)의 부동명왕이 있는 이사키 섬(伊崎島).

호수 속의 섬 너머는 끝없이 펼쳐진 비와코의 수면이었다.

물안개, 아득한 히라(比良)의 산들.

히에이(比叡) 산의 기슭은 미쓰히데의 본성인 사카모토인데, 그 부근에 안개가 껴서 뿌연 자줏빛에 푸르스름한 기운이 돌아 하늘의 푸른빛과 한데 녹아 있는 듯했다.

그림조차도 미치지 못할 아름다운 풍광이었으나 바라보고 있는 그녀에게는 그저 슬픔뿐이었다.

---

19) 明智光忠, 入道長閒斎(1540~1582). 아케치 미쓰히데의 가신이자 사촌동생. 삭발을 하고 불문에 들어가 조칸사이라는 법명을 썼다. 뉴도(入道)란 불문에 들어간 3품 이상의 귀인을 말한다. 『아케치 군기(明智軍記)』에서만 주로 이름을 볼 수 있고, 역사적인 자료는 거의 없다. 1577년에 스기베(過部) 성과 사사야마(篠山) 성을 함락시킨 뒤 미쓰히데는 가메야마(亀山) 성에 미쓰타다를 남겨 성을 지키게 했으며, 1579년에는 야가미 성을 함락시킨 뒤, 이 성에 미쓰타다를 주둔시켰다. 혼노지의 변 때 공격군의 일익을 담당했는데, 『야사』에 의하면 노부나가의 아들인 오다 노부타다(織田信忠)가 묵고 있던 니조(二条) 성을 공격하다가 총에 맞아 중상을 입었다고 한다. 혼노지의 변 이후 지온인(知恩院)에서 요양했으나 미쓰히데가 히데요시에게 패했다는 소식을 듣고 사카모토 성으로 들어가 아케치 일족과 함께 자결했다. 향년 43세.

'이런 무의미한 생활이 앞으로도 길어진다면, 나는 차라리 죽는 편이 낫지 않을까?'

이렇게 생각한 우콘의 눈에서는 눈물이 솟아올랐다.

'나리의 정을 받은 몸이라면 나 역시 포기할 마음도 들겠지만, 총애도 받지 못하고, 돌려보내주시지도 않으시고, 이래서는 그냥 말려 죽인다는 비유랑 다를 바가 없잖아!'

마음이 울적하고 아픈 것도 당연한 일—.

그녀의 지금 처지는 참으로 묘한 것이었다.

그도 그럴 것이 측실— 즉, 노부나가의 연정을 달래주어야 할 측실 가운데 한 사람이 되어야 할 터였으나 그렇게는 되지 않았던 것이다. 한마디로 말하자면 노부나가의 미움을 산 것이었다. 그런데 규방의 여자로 삼고 싶지 않다면 부모에게로 돌려보냈으면 좋으련만 노부나가는 돌려보내지도 않았다. 그대로 이곳 아즈치 성 안에 붙들어둔 채 측실로도 삼지 않았고, 평범한 하녀로도 쓰지 않는 참으로 묘한 입장에서 지내게 했기에 그녀에게는 커다란 피해— 아니 피해 같은 것은 훨씬 뛰어넘어 다른 일은 아무것도 생각할 수 없을 만큼 슬펐다. 원망스러웠다.

'시녀라면 시녀답게…….'

써주기를 바랐다.

할 일이 아무것도 없는 것만큼 괴로운 일도 없다고 할 수 있다. 실제로 우콘은 죽음보다도 괴로운 무료함에 애처로울 정도로 시달리고 있었다.

그녀가 더는 참지 못하고 소리 내어 마음껏 울고 싶은 기분이 들었을 때,

'어머? 누구지?'

계단을 올라온 발소리가 방의 문가 밖에서 멈추더니,

"우콘 아가씨!"

라고 부르는 소리는―

'앗, 란마루!'

모리 란마루가 서 있었다.

4

"아름다운 우콘 아가씨의 눈에서 눈물이 반짝이네요. 무엇 때문에 울고 계신 거죠?"

라고 란마루가 말했다.

란마루의 목소리는 물론 여자의 고음이 아니었으나, 그렇다고 남자의 저음도 아니었다. 일종의 이상한 중고음이었다. 남자에게는 극히 드문 음색이었다.

'아아, 듣기 싫은 목소리!'

우콘은 오싹 몸이 떨려왔다.

그녀의 등골에 느껴진 오한은, 비유해서 말하자면 학질에 의한 발열 때보다도 한층 더 기분 나쁜 것이었으리라.

듣기 싫은 것은 목소리만이 아니었다.

'정말 거슬리는 말투!'

무릇 란마루만큼 마음에 들지 않는 남자도 이 세상에 없었다.

그렇다, 우콘은 진심으로 그렇게 생각했던 것이다.

"무엇 때문에 울든 제 맘이잖아요!"

"그야 아가씨 맘이죠. 여기는 아가씨 방이니까."

꼭두서니를 선염으로 하여 짙은 보라색― 둥근 두루미 무늬가 들어간 화려한 통소매. 성인의 옷을 입고 있기는 했으나 란마루는 여전히 색시동 사무라이였다.

하카마[20]는 능직물에 벚꽃 무늬.

엷은 화장까지 한 새하얀 피부에서는 은근하게 냄새가 나는 듯했다.

"오란 나리!"

라며 우콘이 굳은 표정으로 바라보았다.

색시동 사무라이의 이름 앞에는 '오'를 붙여서 부르는 것이 관습이었다.

"아아, 마음껏 노려보세요."

란마루가 방 안으로 발을 내딛었다.

"어머, 이러면 안 돼요!"

"자, 눈꼬리를 좀 더 치켜 올리고."

"세상에, 그런 실례를!"

"눈물을 흘려도, 화를 내도 미녀는 아름답습니다."

"오란 나리, 무슨 말씀을 하시는 거예요?"

"이 란이라는 놈은, 아가씨의 아름다움에 애가 탈 정도로 괴롭습니다. 아가씨 생각에 제 마음은 눈이 멀고 말았습니다."

"어머, 세상에. 안 된다고 했잖아요! 여기는 제 방이에요."

"아가씨의 방이 됐든, 어디가 됐든, 이 아즈치 성 안이라면 어디나 마음대로 드나들어도 좋다고— 나리로부터 허락을 받은 이 몸, 란입니다."

란마루가 이렇게 말하고 우콘 앞에 앉으려 하자,

"그야 출입은 마음대로 하실 수 있으실지 모르겠지만……."

---

20) 袴. 일본 옷의 겉에 입는 주름 잡힌 하의.

우콘은 자리에서 일어났다.

일어나 널마루가 깔린 이리가와를 지나 툇마루로 나가버렸다.

"달아나시는 겁니까?"

라며 란마루는 냉혹한 미소를 지었다.

여자의 얼굴이 분노로 날카롭게 굳었다.

"에잇, 부끄러운 줄도 모르고!"

목소리가 떨렸다. 그러나 란마루는,

"무슨 말씀을 하셔도 상관없습니다. 오늘은 놓치지 않겠습니다."

라며 자신도 널마루가 깔린 곳까지 나가서, 툇마루의 난간을 등지고 서 있는 여자에게 당장이라도 달려들듯 차분하지 못한 마음을 드러냈다.

'누군가 부를까.'

라고도 우콘은 생각했다.

그러나 이 망루에는 그녀가 부리는 몸종과 하녀들밖에 없었다.

'아아, 어떻게 하지?'

5

"우콘 아가씨!"

라며 란마루가 한 걸음 다가서자,

"전, 그럼."

하고 우콘도 한 걸음 물러섰으나, 뒤는 난간으로 막혀 있었기에 비스듬하게 옆쪽으로 물러날 수밖에 없었다.

조금씩, 조금씩.

한 걸음, 한 발.

"놓치지 않을 겁니다."

"그럼, 전."

"그럼, 어쩌시겠습니까?"

란마루가 마침내 툇마루의 막다른 곳까지 몰아붙였다.

"아아, 그만 물러나세요!"

목소리는 공포에 압도되어 있었다.

란마루가 싱긋 웃으며,

"물러날 생각이었다면 다가오지도 않았을 겁니다. 어쩌시겠습니까?"

그렇게 말할 때의 표정에는 먹잇감을 가지고 노는 육식동물을 떠오르게 하는 부분이 있었다.

"당신이야말로, 당신이야말로 어쩔 생각이죠? 느닷없이, 실례 아닌가요?"

"뭐가 느닷없다는 말입니까? 저의 연모, 저의 사모하는 마음이 얼마나 뜨거운지는 아가씨도 아주 잘 알고 계시지 않습니까? 제 마음을 전부 밝힌 연서를 제가 몇 번이나 아가씨께 보냈는지 아십니까? 아니, 글만이 아닙니다. 얼굴을 마주하고 마음을 털어놓은 적도 한두 번이 아니었는데, 느닷없다고 하시다니 너무 매정하십니다, 우콘 아가씨!"

란마루가 손을 내밀어 여자의 팔을 쥐었다.

"어멋!"

하며 우콘이 뿌리치려 했으나 소용없는 일이었다.

"에잇, 물러나요!"

라며 밀쳐내려 해봤으나 꿈쩍도 하지 않았다. 란마루는 얼굴과 몸매 모두 변성남자 같지만 보기와는 전혀 다르게 괴력의 소유자였다.

떼어내려고, 떨쳐내려고 몸부림치는 여자를 아주 간단히 끌어안았다.

“자자, 몸부림치지 마세요.”

“어머 세상에. 징그러워요, 징그러워요. 징그럽다니까요!”

분노와 공포가 회오리바람처럼 머릿속에서, 가슴 속에서 빙글빙글 소용돌이쳤다.

‘아아, 가증스러운 이 힘, 이 힘! 물러나라! 꺼지지 못할까, 악마, 악마!’

미녀 뺨치는 화사한 몸의 어디에 숨어 있다가 어디로 솟아오르는 힘인지?

색시동 사무라이지만 무예에 능하다는 말은 들은 적이 있었다. 능한 정도가 아니라 검술, 창술 모두 희대의 명인으로 사람들의 두려움의 대상이라는 말도 물론 들은 적이 있었으나 힘까지 이렇게 셀 줄은 생각지도 못한 그녀였다.

‘아아, 어쩐다지. 이를 어떻게 해야 하지?’

만약 뛰어내릴 수만 있다면 이곳 3층에서라도 상관없어, 난간을 넘어 차양을 넘어 밖으로, 밑으로 뛰어내리고 싶어. 뛰어내려 몸이 가루가 되어도, 혹은 산산조각이 나서 죽는다 해도 상관없어. 이런 사악한 사람에게, 악마에게 능욕을 당하느니 돌에 머리를 짓찧어서 단번에 죽어버리는 편이 훨씬 나아! 조금 전까지만 해도 죽고 싶다고까지 생각했던 목숨이잖아!

우콘은 있는 힘을 다하고 젖 먹던 힘까지 짜내 몸부림쳤으나, 몸부림치면 몸부림칠수록 자신의 힘만 빠져나갈 뿐이었다.

이제는 저항도 약해져버렸다.

헐떡이는 심장이 란마루의 손바닥에 짓눌렸다.

6

망루의 2층과 1층에 있던 몸종들은 어떻게 해야 좋을지 알 수 없었다. 그저 새파랗게 질린 채 당황해서 망루 밖의 긴 복도로 달려 나갔는데, 바로 그때 복도의 맞은편에서 걸어온 것은 시녀 1명을 데리고 있는 쓰쓰이[21]의 젊은 부인, 우타(宇陀) 히메[22]였다.

"쓰쓰이 나리의 젊은 부인이시다!"

"우타 히메님이시다!"

우타 히메는 오다 우다이진[23] 노부나가의 다섯째 딸로 야마토 1국을 영유하고 있는 쓰쓰이 준케이[24]의 대를 이을 아들인 사다쓰구의 젊은 아내였다. 남편과 함께 세밑 인사를 와서 이곳 아즈치에 머물고 있었던 것이다.

"크, 크, 큰일 났습니다!"

라고 우콘의 몸종들이 숨을 할딱이며 위급함을 알리고 도움을 청했다.

---

21) 쓰쓰이 사다쓰구(筒井定次, 1562~1615). 사촌형인 쓰쓰이 준케이(筒井順慶)의 양자가 되어 1584년에 그의 영지였던 야마토(大和) 고오리야마(郡山)성의 성주가 되었다. 이듬해 이가(伊賀, 미에 현) 우에노(上野)로 옮겨 20만 석의 영주가 되었다. 1592년에 세례를 받았다. 세키가하라(関が原) 전투에서는 도쿠가와 이에야스를 따라 영지를 지켰으나, 이후 도요토미 쪽과 내통했다는 혐의로 죽음을 명령받아 1615년에 자결했다.

22) 姬. 여성에 대한 경칭으로 공주, 아가씨, 딸 등 여러 경우에 쓰인다. 이 작품에서도 여러 경우에 쓰여 번역이 애매한 경우가 있기에 일본어를 그대로 적기로 했다.

23) 右大臣. 관직명으로 우리나라의 우의정쯤으로 생각하면 된다.

24) 筒井順慶(1549~1584). 1559년에 마쓰나가 히사히데(松永久秀)에 의해 쓰쓰이 성에서 쫓겨난 이후 히사히데와 수차례 공방전을 펼쳤다. 히사히데 멸망 이후 아케치 미쓰히데의 도움으로 오다 노부나가를 섬기게 되었으나, 야마자키 전투(山崎の戦い)에서는 형세가 유리한 하시바 히데요시의 편에 섰다. 이 일 때문에 일본에서는 기회주의자의 전형으로 알려져 있다.

폭행이라는 말을 듣고는 우타 히메도,

"어머, 세상에. 난폭한 오란 나리!"

라며 서둘러 망루 안으로 달려 들어갔다.

'이 무슨 도리에 어긋난!'

급박한 상황에서도 머릿속에 번뜩인 것은 3년쯤 전에 란마루가 실연을 당한 일이었다. 실연해서 역시 난폭하게 군 적이 있었던 것이다. 게다가 마음에 품고 있던 상대는 아케치 미쓰히데의 딸인 다마 히메[25]였다.

'어째서 아케치 가의 딸들에게만 억지스러운 사랑을 하는 걸까?'

우콘은 미쓰히데의 딸은 아니었으나 일족인 미쓰타다 뉴도 조칸 사이의 딸이었다.

그렇게 생각하며 계단을 2층, 그리고 3층으로 달려 올라갔다. 2층의 계단에서는 우콘의 비명을 들었으며, 3층의 계단에서는 란마루의 높고 날카로운 목소리가 들려왔다.

올라선 순간- '앗!'

피, 피, 피!

피투성이였다.

아주 짧은 순간이기는 했으나 우타 히메는 선혈로 물든 격투 앞에서 몸을 떨었다. 발걸음을 멈추었다.

그러나 다음 순간, 그래도 마음이 조금 놓였다.

'칼은 보이지 않아!'

---

25) 珠姬(1563~1600). 아케치 미쓰히데의 셋째 딸로 호소카와 다다오키의 정실. 기독교도로 후세의 기독교도들이 호소카와 가라샤라고 부르기 시작, 지금도 그렇게 불리는 경우가 많다.

피는 우콘의 얼굴을 물들이고 란마루의 손에 칠갑이 되어 있기는 했으나 그것은 여자의 이가 남자의 손과 손가락을 물어뜯어서 흐른 것이었다.

"오란 나리!"

라고 외치며 달려들어,

"뭐 하시는 거예요?"

뒤에서 란마루의 통소매 옷을 잡아당기자,

"에잇, 방해하지 마!"

라며 돌아보고,

"아, 당신은!"

주군 노부나가의 딸이니 제 아무리 란마루라 할지라도 움츠러들지 않을 수 없었다.

'쳇, 귀찮은 여자가!'

쓰쓰이는 야마토의 고쿠슈[26]였으나 란마루는 그를 두려워하지는 않았다. 영지를 가진 다이묘의 장자 정도는 안중에도 없는 그였지만, 우타 히메에게는 함부로 대할 수 없다고 생각했으면서도, 이미 벌어진 일이었다.

"우타 히메님, 상관하지, 상관하지 마십시오!"

"아니, 난폭한 행동은 그만두세요. 어서, 그만두라니까요!"

젊은 부인이 란마루를 떼어놓으려 용을 썼으며, 우콘은 우콘대로 거의 이성을 잃은 사람처럼 피투성이가 된 입으로 여전히 사납게 물어뜯으며 포옹에서 벗어나기 위해 몸부림치고 발버둥쳤다.

그러나 란마루는 참으로 놀라울 정도의 집요함으로 끌어안고

---

26) 国守. 중앙에서 파견되어 그 지방의 정무를 담당하던 지방장관.

있었다.

그 순간이었다. 계단에서,

"오란 나리!"

라고 외치는 사내의 목소리가 울렸다.

7

남자가― 계단 위의 이리가와에 버티고 서서,

"파렴치한 짓은 그만두시오, 오란 나리!"

라고 다시 소리쳤다.

쓰쓰이 사다쓰구였다.

우타 히메의 남편이었다.

"당신, 힘으로 억지를 부리고 있어요!"

남편이 와주었기에 젊은 부인은 곧 마음이 든든해져서,

"어서, 떨어지세요!"

"에잇, 귀찮게. 그냥 내버려둬!"

라고 외치는 란마루.

잡아끄는 우타 히메 부인.

가녀리지만 있는 힘껏. 찌지직 옷이 찢어지는 소리.

란마루의 옷 어딘가가 찢어지는 소리였다.

얼굴과 몸매에 어울리지 않게 오만하고 독한 색시동 사무라이는, 만약 지금 사다쓰구가 모습을 드러내지 않았다면, 어쩌면 이미 힘을 풀고 우타 히메의 말대로 우콘을 놓아주었을지도 몰랐으나 남편이 왔기에 젊은 부인이 더욱 강경해졌다는 생각이 들자,

'쳇, 재수 없게!'

불현듯 얄밉게 느껴져서,

"귀찮다지 않습니까!"

주군의 딸에 대한 조심스러움과 삼가는 마음을, 허리를 비틀어 날려버렸다.

"어멋!"

하고 옷자락도 소매도 허공에 펄럭이며 털썩 쓰러진 젊은 부인을─본 순간 벌컥 화가 치밀어 오른 사다쓰구가,

"이놈!"

하고 소리를 지른 것도 당연한 일 아니겠는가?

나이는 열아홉이라는 혈기왕성한 청년이었으며 오다 우다이진 집안의 사위라는 자부심도 있었다. 더구나 힘과 체격에는 자신이 있었다.

6자를 훌쩍 넘는 큰 키에 울퉁불퉁 단단한 근육.

힘과 용기에서는 누구에게도 지지 않을 자신이 얼마든지 있었다.

'아니꼬운 란 녀석, 한 주먹거리도 안 되는 놈이!'

라며 뒤에서부터 공격적으로 나서서 아담한 색시동 사무라이의 가느다란 목에 한 손을 걸치고 동시에 한 손으로 팔을 반대로 잡으려 한 순간,

"뭐야!"

하며 뒤돌아보는 란의 민첩함.

"에잇!"

"오옷!"

굵은 목소리와 날카로운 목소리가 한데 뒤엉킨 순간, 눈에 띄지도 않을 날랜 솜씨로 란마루의 손이, 어깨가 사다쓰구의 커다란 몸의 안쪽 허벅다리를 들어올렸다.

"앗!"

하고 외칠 사이도 없이,

우당탕 굉장한 소리를 올리며 거구가 쓰러졌다. 안쪽 허벅지를 들어 올려 이리가와에서 방 안으로 내던져 쓰러뜨린 것이었다.

아주 잠시— 일종의 이상한 침묵이 그곳을 지배했다. 그곳에 있던 남녀 4명 모두가 입을 다물었다. 서로가 각자 다른 감정에서 입을 다문 것이었다. 다문 입에서 다시 말이 나오기까지에는 사이가 있었다.

"저도 모르게 그만 실례를!"

하고 란마루가 우타 히메 부인에게 머리를 숙였다.

서 있는 것은 그밖에 없었다.

"어떻게 이런 일을!"

젊은 부인은 상반신을 일으켰으나 남편의 거구는 여전히 쓰러진 채였다.

"아하하하하, 나의 불찰, 불찰!"

하고 벌렁 나자빠진 채 사다쓰구가 웃었다. —그것은 계면쩍음을 감추기 위한 어쩔 수 없는 웃음이었다.

8

엎드려 있던 우콘의 코가 훌쩍였다. 분함에서 오는 격정과 젖 먹던 힘까지 짜낸 저항이, 우는 것조차 가로막고 있던 그 둑이, 지금 마침내 터져버린 것이었다.

사다쓰구가,

"유술(柔術)의 손기술, 멋지게 성공했소, 오란 나리."

라며 커다란 몸을 일으키려다, 바로 일어나는 것도 젊은 아내 앞에서 왠지 체면이 서지 않는 것 같다는 생각이 들었다. 하여 들었던

엉덩이를 다시 내려놓고,

“그야 그렇다 해도 난폭하다고 해야 할지, 무례하다고 해야 할지, 뭐라 해야 좋을지 모르겠으나, 품어서는 안 될 연모의 정 아니오. 도리에 어긋난 연심이라 생각지 않으시오, 그대는?”

이라며 란마루의 얼굴을 바라보았다.

“생각지 않습니다. 무엇이 도리에 어긋난 연심이란 말입니까?”

라고 살포시 웃으며 대답했다.

“오호, 이거 정말 놀랍군!”

사다쓰구가 눈을 둥그렇게 뜨고,

“주군의 귀에 들어가면 어찌할 생각이오? 아무리 이름을 란(亂)이라고 한다지만 이건 너무 문란하지 않소, 너무 난폭하지 않소.”

“아니요, 결코.”

라며 란마루는 머리를 흔들고,

“이름은 란이지만 하는 행동은 사리에 맞습니다.”

“오호, 더욱 기가 막힌 말이로군.”

“모쪼록, 한껏 기가 막히시기 바랍니다.”

속옷의 소매를 죽 찢어 물린 상처에 감고 있는 색시동 사무라이에게,

“우콘 님은, 주군의 측실이 아니신가!”

라고 사다쓰구가 외쳤다.

‘란 녀석, 머리가 어떻게 됐어.’

이것이 흔히들 말하는 눈먼 사랑이라는 것일까? 제아무리 총애를 받고 있는 미남이라 할지라도 측실을 건드렸다는 사실이 귀에 들어가면 어떻게 될까? 목숨을 걸고라도 이루고 싶은 사랑이라는 걸까?

이쯤 되자 사다쓰구의 심리는 복잡하게 움직이기 시작했다.

폭행에 분개한 마음과, 미친 듯한 치정을 가엾게 여기는 감정과, 그리고 굳센 힘을 평소 자랑으로 여기던 자신이 너무도 허무하게 내던져져 쓰러져버렸다는 사실에서 오는 분노— 그것이 세 줄기 소용돌이가 되어 빙글빙글 머릿속에서 맴돌았다.

"쓰쓰이 나리."

라고 란마루가 불렀다.

"뭔가?"

라고 사다쓰구가 대답했다.

"나리는 모르십니다."

"모르다니?"

"저는 주군의 허락을 얻었습니다."

"뭐? 무슨 허락을?"

"우콘 님을 설득해도 좋다고."

"뭐, 뭐랏?"

사다쓰구가 자신의 귀를 의심하듯 되묻자,

"우콘 님은 단지 성의 조로일 뿐입니다. 주군의 정이 미치는 측실이 아니십니다. 연모하는 것은 너의 자유라고 말씀하셨습니다."

이렇게 대답한 뒤,

"도리에 어긋난 사랑도, 조급히 서두르는 사랑도 세상에는 있지만, 이건 허락받은 사랑입니다. 네가 환심을 사서 구워먹든 삶아먹든 마음대로 하라고 주군께서 말씀하셨습니다. 허락을 얻은, 이야말로 천하에 꺼릴 것 없는 사랑입니다. 이 사랑을 이루지 못한다면 남자로서의 제 체면이 서지 않을 것입니다. 색시동 사무라이라도 남자는 남자. —나이 열셋 이후부터 미노 이와무라 성, 5만 석의 녹봉을 받는 모리 란마루입니다. 우콘 님이 제아무리 울어도, 몸부림쳐도, 억지로라도 밀어붙이겠습니다. 이 사랑, 반드시 이루고 말겠습니다."

9

문을 지키고 있던 문지기가,

"하시바 나리 드십니다."

라고 외쳤다.

그것은 남쪽 문의 문지기였다.

"아아, 저쪽인가."

동쪽 문에서 기다고 있던 사무라이 여럿이, 우르르 남쪽 문으로 달려가 기다렸다.

천수각의 1층으로 들어가는 문은 밖에서 직접 들어갈 수 있는 남쪽 문과, 다른 망루들과 연결되어 있는 기다란 복도에서 들어갈 수 있는 동쪽 문이 있었다.

히데요시가 들어왔다.

"수고 많네."

라며 턱을 아주 조금 잡아당겼다.

원숭이라 불리던 도키치로 때부터 여전히 변함없는 턱의 생김새야 원래 그렇게 생겨먹은 것이니 어쩔 수 없는 것이라 할지라도,

"이거 굉장히 어두운데."

새된 소리로 이렇게 말하고 두리번두리번 눈알을 굴렸다.

거기에 이상한 몸짓까지, 여전히 원숭이 그대로였다.

사무라이 가운데 하나— 도라와카(虎若)는,

'저러니 당연한 일이지. 원숭이, 원숭이, 라고 주군께서 말씀하

시는 것도!'

라고 생각했다.

그러나 고마와카(駒若)는,

'하지만 어딘가 좀 달라졌어. 부정할 수 없는 사실이야!'

라고 느꼈기에,

"어마어마한 연말 선물을 가지고 오실 만큼의 풍채가, 아무래도 생긴 것 같아."

도라와카의 귀에 이렇게 속삭이자,

"한심하기는! 뭐가 풍채라는 거야."

"그야 물론 히메지 60만 석의 위풍당당한 모습이라고는 할 수 없지만."

"푸하하, 너무 볼품없어."

"아니야, 달라졌어."

"달라지기는커녕."

"아니, 부정할 수 없어."

"저 이상한 모습을 좀 봐."

"타고난 건 어쩔 수가 없지."

"물론 과시하려는 모습도 섞여 있기는 해. 하지만 일부러 내보이려는 건 꼴 보기 싫어."

도라와카는 얼굴을 찌푸리고,

"내 눈에는 아니꼽게 보여."

이렇게 말하며 계단을 올라가는 히데요시의 모습을 바라보았다.

2층으로 올라가는 계단은 3부분으로 꺾여 있었다. 기둥의 길이가 4간[27]이나 되는 건물의 높이였기에 2층까지의 계단이 3부분으로 꺾여 있는 것이다. 전부 오르는 데는 약간 시간이 걸릴 정도였다.

고마와카가,

"하시바 나리를 묘하게 깎아내리는데."

라고 말하며 머리를 갸웃했다.

그러자 도라와카는,

"이상한 농간을 너무 많이 부려."

라고 대답했다.

"후, 후, 농간이라는 건 좀 심하군!"

"뭐가 심하다는 거야."

"유녀(遊女) 같잖아, 농간이라고까지 말하는 건."

들렸던 것이리라, 다른 사무라이들이 크크 웃었다.

이에 소리를 죽여,

"난 아케치 나리가 좋아."

라고 도라와카가 말했다.

그리고 자신들의 방으로 걷기 시작했다.

"모난 데가 너무 많아, 아케치 나리는."

고마와카도 걷기 시작했다.

"인간으로서는 그분이 훌륭해. 정말이야."

"훌륭할지는 모르겠지만 주군의 심기를 건드려서야."

---

27) 間. 길이의 단위. 1간은 약 1.8m.

표주박에서 말

1

히데요시가 이리가와에서,

"이야, 표주박에 말이로군요."

라고 갑자기— 그야말로 갑자기 소리를 질렀다.

그러자 노부나가도 역시,

"멍청한, 표주박에서 말이야."

라고 한 단 높은 곳의 상좌에서 외쳤다.

이에 깜짝 놀란 것은 근시(近侍)들이었다.

자신들도 모르게 서로의 얼굴을 마주보고 눈빛을 주고받으며 황당하다는 표정을 지었다.

'아아! 당치도 않은 일!'

너무나도 엉뚱했다.

군공(君公)은 우다이진이고 부하는 주고쿠[28]의 단다이[29] 아닌가.

천하포무(天下布武), 중원의 패자인 노부나가와 모리(毛利) 공략군의 사령관인 하시바 히데요시가 '평안하십니까.' 도 '어서 오게.' 도 없이, 그야말로 불쑥 소리를 지르고, 버럭 외치니 놀라지

---

28) 中国. 대륙의 중국이 아니라 일본의 산인·산요 지방(지금의 오카야마, 히로시마, 야마구치, 돗토리, 시마네 현)을 일컫는 말이다. 나라의 중심지를 일컫는 말로도 쓰였다.

29) 探題. 막부가 지방의 요지에 파견한 지방장관.

않을 수 없었다.

그러나 당사자들은 특별히 언성을 높인 것이 아니었다. 그저 이리가와와 상좌 사이에 방이 2칸이나 놓여 있었기에 서로에게 커다란 목소리로 말하지 않으면 들리지 않았던 것이다.

"좋습니다."

라고 히데요시가 그림을 칭찬했다.

이리가와에서 이어진 방으로 들어서서도 여전히 앉으려 하지 않고 선 채로 가노우 에이토쿠[30]가 그린 장지문의 그림을 바라보고 있었다.

그러자 노부나가가,

"똑바로 보게. 표주박에 말이 아니라, 표주박에서 말이야."

라고 다시 바로잡았다.

히데요시가,

"표주박의 말도 나오는 봄 들판이로구나, 입니까?"

이렇게 말하자,

"바보 같은 놈!"

"어라, 틀렸습니까?"

"근처에도 못 갔어."

"하면?"

"원숭이의 지혜를 짜내봐, 와핫핫하!"

"서화, 골동에 관해서는 아무래도."

"서툰가?"

"천성입니다. 태생이 태생이니만큼."

---

30) 狩野永德(1543~1590). 아즈치모모야마 시대의 화공. 가노우 파의 대표적인 인물로 일본에서 가장 유명한 화공 가운데 한 명이다.

“그렇게 나약하게 나와서야 이야기하는 보람도 없겠군. 전에 것은 마음에 들지 않아서 다시 그리게 한 거야.”

“그건 알고 있습니다만.”

하고 히데요시는 마침내 자리에 앉아,

“심기가 편안하신 듯하여 기쁘기 그지없습니다.”

머리를 숙이자,

“가까이 오게.”

“네.”

이어진 방에서 들어섰다.

“마음을 다한 연말의 선물들, 훌륭하네.”

“보잘 것 없습니다.”

“그게 보잘 것 없는 것들인가?”

“내년 연말에 채우도록 하겠습니다.”

“원숭이 놈, 귀신이 비웃겠군[31].”

“비웃어도 짊어지고 오겠습니다.”

“핫하하하! 그건 그렇고 지쿠젠.”

“네.”

“나도 귀신이 비웃을지 모르겠지만.”

“네.”

“해가 바뀌자마자 교토에서 관병식을 행하려 하는데, 어떻게 생각하는가?”

“교토에서 관병식을, 말씀이십니까?”

“정월 중에 매우 성대하게 관병식을 하는 걸세. 어떤가? 표주박

---

31) 일본의 속담 중에 ‘다음과 귀신은 나온 적이 없다.’는 말이 있다. 앞날의 일은 장담할 수 없다는 뜻.

에서 말 아닌가?"

이렇게 말하고 노부나가는 기분 좋다는 듯 미소 지었다.

2

"주군."

"뭔가?"

"교토에서의 대대적인 관병식이 어째서 표주박 말입니까?"

히데요시가 그 원숭이 같은 얼굴을 참으로 과장스럽게 갸웃거리자,

"바보 같은 놈!"

노부나가는 거칠 것 없이 험한 말을 퍼부었다.

입이 험한 것은 노부나가의 버릇이었다. 아마도 가장 커다란 특징 가운데 하나였으리라. 느닷없이 닥치는 대로 험담을 퍼부었다. 그야말로 앞뒤 가리지 않고 가차 없이 퍼부어댔다.

"응? 지금 막 그렇게 말씀하신 듯한데."

"바보 같은 놈!"

"지쿠젠의 귀는 아직 건강합니다만."

"얼간이 같은 놈!"

예전처럼 짚신을 들고 다닐 때나 보병이었을 때의 원숭이 도키치라면 모르겠으나, 지금은 2만 명의 가신을 거느리고 있는 다이묘 중의 다이묘인 하시바 지쿠젠노카미 히데요시를 다짜고짜 바보 같은 놈이라는 둥, 얼간이 같은 놈이라는 둥 부를 수는 없을 듯했으나—.

더구나 연말의 인사를 겸해 헤아릴 수도 없을 만큼의 물건들을 멀리 히메지에서부터 가져오느라 짐을 실은 수레만 해도 300여 대, 이곳 아즈치 산까지 끌고 왔다.

물건들이 훌륭했다고 자기 입으로 칭찬했으면서 그 칭찬한 입의 침이 마르기도 전에 얼간이 같은 놈이라고 말할 수 있을까 싶지만, 그렇게 말하는 것이 바로 노부나가였다.

"어처구니없는 놈이로군."

"제가 말입니까?"

"표주박 말이라고 하니까 모르는 게야."

"정월의 대대적인 관병식을?"

"왜 표주박에서— 라고 말하지 않는 겐가?"

"아아, 그렇습니까!"

"하하하하, 이제야 알았는가."

"이제야 간신히 깨달았습니다."

"무엇을 깨달았는지 말해보게."

"표주박에서 말은 사람들의 의표를 찌른다는 뜻 아닙니까?"

"흠."

"그러하오니, 틀림없이, 신춘(新春)의 내년 정월, 교토에서 대대적인 관병식을 행하심은, 말입니다."

"흐음."

"누가 뭐래도 관병식은 말씀입니다, 아무리 성대하게 치른다 할지라도, 결국은 커다란 축제에 지나지 않으니."

"원숭이 놈이! 지나지 않다니, 초를 칠 생각인가?"

"천만의 말씀. 주고쿠, 시코쿠(四国), 간토(関東), 에치고(越後) 등, 동서남북 각 방면이 말씀입니다."

라며 히데요시는, —'말씀입니다.'라는 이상한 어미를 되풀이했다.

"동서남북이 어쨌다는 겐가?"

라며 노부나가는 미소 지었다.

"각 방면 어디나 군국의 다난함으로 안녕한 날이 없습니다."

"그런 잘난 척하는 말은 어디서 주워들었는가?"

"주워들었다니, 제가 가여워지지 않습니까? 어쨌든 잘난 척하지 않고 말씀드리자면, 싸움이 그칠 날 없는 중요한 비상시에 임해서, 연초에 태평스럽게 대대적인 관병식을 연다면 틀림없이, 의심의 여지도 없이 말씀입니다, 사람들의 마음을, 깜짝 놀라게 할 겁니다. 천하 사람들이 아이고야, 하고 깜짝 놀랄 겁니다. 이야말로 말씀하신 대로입니다. 표주박에서 말입니다, 말입니다!"

히데요시가 이렇게 말하자, 어떤 이유에서인지 노부나가는,

"바보 같은, 까불지 마!"

라고 호통을 쳤다.

이번에는 신랄하게 야단을 친 것이었다.

3

'어라, 분위기가 좀 많이 다른데.'

히데요시는 이렇게 느꼈다.

'평소와 다른 무엇인가가 있어.'

라고 생각한 순간,

"지쿠젠!"

노부나가가 전에 없이 진지하게 불렀다.

까불지 말라고 호통을 친 목소리에는 신랄함뿐이었으나, 지금 부른 목소리에는 틀림없이 엄숙한 것이 배어 있었다.

그것을 히데요시는 분명하게 감지할 수 있었다.

"네!"

"황공하게도 어람(御覽)을 청할 생각일세."

이렇게 말한 노부나가는 확연히 자세를 바로하고 있었다.

"어람을—."

이라며 히데요시도 공손하게 머리를 숙인 뒤, 윗자리에 있는 군공의 얼굴을 다시 올려다보고,

"관병식을 말씀이십니까?"

"지존께 천하포무의 군용을 보여드리기 위해서 노부나가는 휘하 전군의 주력 가운데서도 정예를 전부 교토로 불러들일 게야."

그 목소리에 삼엄함이 더욱 짙어갔다.

"오오!"

라고 히데요시가 감동의 소리를 올렸다.

노부나가가 계속해서,

"황송스럽게도 어가 아래에 신 노부나가의 전군을 집결시켜 친열(親閱)케 하실 생각이네. 그리고 부장과 병사 모두에게 높은 천자의 위광을 올려다보게 할 생각이네."

라고 말한 순간,

'아아!'

히데요시는 자신도 모르게 다시 머리를 숙였다.

지금까지 이토록 진지한 군공의 모습은 단 한 번도 본 적이 없었다. 거기에서 파괴자 노부나가의 모습은 그림자도 찾아볼 수 없었으며, 건설자 노부나가의 전모가 모습을 드러내고 있었다.

"지쿠젠, 잘 듣게."

라며 노부나가는 목소리를 평소의 구김살 없는 쪽으로 휙 되돌렸으나, 그래도 여전히 평소와는 상당히 다른 모습으로,

"나의 천하평정 사업은, 자네도 알고 있는 바와 같이 황송하게도 윤지를 받드는 일일세. 내칙(內勅)은, 노부나가가 오와리(尾張) 일

국을 소유한 보잘 것 없는 몸일 때 그것을 받았네. 노부나가는 그 이후 나라의 숫자, 30개 국을 정복하여 중원을 평정했네. 물론 전국을 평정하기까지는 아직 몇 년이 더 걸릴 걸세. 천하를 통일하지 않고는 신금(宸襟)을 편안히 해드렸다고 조금도 말할 수 없을 테지만, 그러나 중원에서 이렇게 패권을 쥐었으니 통일 사업의 기초는 이미 흔들림 없이 닦아놓은 셈일세. 그렇다면 이미 절반 이상은 윤지를 받든 것이라고 할 수 있지 않겠는가? —어떤가, 지쿠젠."

"네! 지당하신 말씀이라고, 지쿠젠 놈이 말씀드리기조차 꺼려질 정도입니다."

히데요시가 참으로 고분고분 대답했다.

그러자,

"그런 내가 30개 국을 평정한 데 쓴 군대의 주력을 교토에 모아 여는 대대적인 관병식일세. 그리고 그것을 천자께 보이는 게야. 시의적절하지 않다고 누가 말할 수 있겠는가?"

노부나가가 가만히 응시했다.

"오오, 누가 말할 수 있겠습니까!"

라고 히데요시가 대답했다.

"축제에 지나지 않는다고 한 게 누구였더라?"

노부나가가 미소 지었기에,

"황공하옵니다."

히데요시도 약간 긴장을 풀며 머리를 긁었다.

4

머리를 벅벅— 긁는 모습이 짚신을 들고 다니던 때의 모습과 너무나도 닮았기에 노부나가는, 파안대소.

"멍청이 같은 놈!"

이렇게 말한 뒤,

"나는 남들이 하지 않는 일을 해왔네. 남들에게는 불가능한 일까지 억지로라도 해왔네. 끝까지 해냈네. 끝내 이루어냈네. 불교가 타락해서 중이 무가의 다이묘보다 더 유력한 군대를 소유하는 것이 세상을 위해서 좋지 않다고 여겨지면, 전통이고 유서고 무시하고 전부 내팽개쳤네. 에이잔[32]도 불태웠고[33], 오사카 혼간지(本願寺)도 쳐부쉈네. 그러니 앞으로도 나는 남들이 하지 않는 일, 남들이 하지 못하는 일을 할 생각이네. 이루어내고 말겠네."

"네."

라며 히데요시는 긁던 머리를 이번에는 조아리고,

"참으로 훌륭하십니다."

"관병식이 그것이야."

"정말 굉장한 일입니다."

"예로부터 천하의 무장 누가 그런 일을 했었는가? 요리토모[34]가 했었는가? 호조[35] 집안의 누군가가 했었는가? 아시카가[36] 쇼군[37]이라 불리던 누군가가 했었는가?"

"주군!"

"뭔가?"

---

32) 叡山. 히에이 산. 교토 시와 시가 현 사이에 있는 산.
33) 1571년, 히에이 산의 엔랴쿠지(延暦寺)에서 벌어진 전투. 노부나가의 적대세력이 이 절로 들어갔는데 절에서 그들을 비호하자 그에 대한 보복으로 절 전부에 불을 지르고 아이들의 목까지 전부 베었다.
34) 源頼朝(1147~1199). 가마쿠라 막부(1185~1333) 시대의 초대 쇼군.
35) 北条. 가마쿠라 막부를 도와 정무를 통괄하던 직책을 세습하던 집안.
36) 足利. 무로마치 막부(1336~1573) 시대의 쇼군 직을 세습하던 집안.
37) 将軍. 막부의 실권자.

“했었는가, 라고 하시는 건 관병식을 말씀하시는 것입니까?”

“물론이지. 예로부터 오늘날까지 천하의 패자인 양하던 녀석 중 어가 아래에 군마를 모아 국가 진호(鎭護)에 임하는 자들의 조련된 모습을 황실에 보여드린 예가 단 한 번이라도 있었는가 말이다.”

노부나가의 말에서는 타오르는 듯한 기백의 연소를 느낄 수 있었다.

그것을 느낀 히데요시가,

“없었습니다.”

라고 이번에도 머리를 조아리기는 했으나,

“물론 그야 혹여 하게 된다면 미증유의 성대한 의식이 될 테지만, 그러나,”

“뭐라? 혹여는 뭐고, 그러나는 또 뭔가? 이번 정월 보름에 나는 할 생각이네.”

노부나가는 이미 마음을 정해버린 것이다.

“그야 물론 행하시는 것이야, 말씀입니다,”

“뭐가 말씀입니다, 란 말인가.”

“하지만 말씀입니다.”

“바보 같은 놈!”

“바보라도 말씀입니다, 실행이, 실행하시기가 어렵습니다.”

“어렵다는 말과 불가능하다는 말은 다른 거야.”

“그렇게 말씀하신다면, 아마 불가능할 겁니다.”

“불가능하지 않아.”

“아니, 참으로 어렵습니다.”

“내가 정한 날짜에는 힘들다는 말인가? 15일로는 시일이 너무 부족하다는 말인가?”

"시일이 말씀입니다, 아무리 시일이 충분히 있어도 안 됩니다, 주군!"

"나는 안 된다는 말을 무엇보다 싫어해."

"싫어하시는 것이야 알고 있습니다만."

"하면, 어째서 그런 말을 하는가?"

"어째서인가 하면 말씀입니다, 다시 앞으로 되돌아갑니다만 군국의 다난한 때입니다. 병마를 전선에서 물리기는 절대로 불가능합니다. 지금 어느 방면이고 한창 전쟁 중에 있다고 해도 결코 틀린 말이 아닙니다. 시바타[38]는 에치고의 우에스기[39]와 대치하고 있으며, 다키가와[40]는 도쿠가와[41] 나리와 함께 다케다[42]와 대항하고 있고, 아케치는 산인도(山陰道), 이놈 지쿠젠은 산요도(山陽道)—."

"닥쳐라!"

---

38) 시바타 가쓰이에(柴田勝家, 1522~1583). 오와리 사람. 아내는 오다 노부나가의 동생. 노부나가 제일의 무장으로 전공을 세웠으며, 호쿠리쿠(北陸) 경영에 임했다. 혼노지의 변 이후 도요토미 히데요시에게 시즈가타케(賤ヶ岳)에서 패해 에치젠 기타노쇼(越前 北庄)에서 자결했다.

39) 上杉. 우에스기 집안은 우에스기 겐신(上杉謙信) 생전에 커다란 세력을 자랑했으나 그의 사후 후계자 자리를 놓고 분쟁이 일어, 이 당시에는 세력이 많이 약화되어 있었다.

40) 다키가와 가즈마스(滝川一益, 1525~1586). 오우미 사람. 오다 노부나가의 신하로 이세 나가시마의 성주. 이어 간토 간레이(管領)로 고즈케 우마야바시(厩橋)의 성주가 되었다. 노부나가 사후 도쿠가와 이에야스에게 패해 출가했다.

41) 도쿠가와 이에야스(徳川家康, 1543~1616). 에도(江戸) 막부의 초대 쇼군. 마쓰다이라 히로타다(松平広忠)의 장남. 오다 노부나가와 동맹을 맺고 스루가(駿河)를, 도요토미 히데요시와 화친하여 간토를 지배했다. 도요토미의 부하가 되었으며, 도요토미 사후 이시다 미쓰나리(石田三成)를 세키가하라 전투에서 격파, 1603년에 세이이다이쇼군(征夷大将軍)이 되어 에도에 막부를 열었다. 아들인 히데타다(秀忠)에게 쇼군 직을 물려주고 슨푸(駿府)로 물러났으나 오사카 전투(大坂の陣)에서 도요토미 씨를 멸망시키고 무가의 법도를 정하는 등 막부의 기초를 다졌다.

42) 武田. 다케다 집안은 다케다 신겐(武田信玄) 생전에 커다란 세력을 자랑했으며 그의 사후에도 얼마간은 세력을 유지했다. 특히 우에스기 겐신과 다케다 신겐 사이에서 벌어진 가와나카지마 전투(川中島の戦い)가 유명하다.

하며 노부나가는 미소 지었다.

오구루스에서의 아케치 미쓰히데

사카모토 성

1

히에이 산의 동쪽 기슭―.

즉, 오우미 국 시가(志賀) 군 비와코의 호숫가, 사카모토의 물가에는 이미 땅거미가 내려 있었다.

옛 노래에,

<시가 포구 소나무에 부는 바람의

쓸쓸함에

저물녘 파도 위 물새

찾아와 우는구나>

라고 읊은 것을 자연히 떠오르게 하는 물새의 울음소리가 들려오고 있었다.

"누구 없느냐"

라고 미쓰히데가 물었다.

"네."

대답한 시동에게,

"촛불을 넣어라."

라고 명령했다. ―어둑해진 방에 화로의 숯불이 빨갛게 보였다.

화로 주변에도, 앉은뱅이책상 옆에도 문서류가 어지러이 흩어져 있고, 몇몇 문갑의 뚜껑이 열려 있었다.

사카모토 성은 미쓰히데의 본성이었다. 그 성의 안쪽 건물에서 미쓰히데는 지금 편지네, 기록이네 하는 것들을 정리하고 있는 중이었다.

손에는 일기장이 펼쳐져 있었다.

그것은 재작년에 쓴 것이었다.

시동인 유키와카(雪若)가 촛대를 들고 와 불을 붙였다.

일기장 위의 글자가 뚜렷하게 보였다. 〈8월 11일—〉

유키와카가 건넌방으로 물러나자 미쓰히데가 입 안에서,

"표창장이기도 하고 축하장이기도 하다. 배령(拜領)."

이라고 읽었다.

이렇게 읽은 뒤 일기장을 밑으로 내려놓고 곁의 문갑 안을 뒤지자 한 통의 문서가 나왔다.

'이거야.'

두툼한 고급 종이에, 드물게도 노부나가가 자필로 써서 미쓰히데에게 준 서장이었다.

눈동자가 가만히 문서를 바라보았다.

그 글을 받은 것은 아케치의 셋째 딸인 다마 히메가 호소카와 요이치로 다다오키[43]와 결혼했을 때였다.

글의 제일 앞에,

〈그대는〉

이라고 쓴 것은 미쓰히데를 가리키는 말이었다.

〈그대는 요즘 곳곳에서 연이어 눈에 띄는 군공을 세웠소. 지모의 고명함이 뭇 장수들을 초월해 수많은 전투에서 승리를 거둔 점,

---

43) 細川与一郎忠興(1563~1645). 오다 노부나가, 도요토미 히데요시를 섬겼으나 세키가하라 전투에서는 도쿠가와 이에야스의 편에 섰고 그 군공에 따라 오구라의 성주가 되었다. 혼노지의 변 때는 아케치 미쓰히데의 사위였음에도 도요토미 히데요시 편에 섰다.

감열(感悅)함이 이만저만이 아니오. 서쪽 지방을 손에 넣는 대로 여러 지방을 내릴 터이니 느슨함 없이 군충(軍忠)에 힘을 쓰시오. 호소카와 효부타이유 후지타카[44]는 오로지 충의를 지키며 문무를 겸비했소. 그의 아들 요이치로 다다오키는 기량이 빼어나고 높은 뜻이 발군이오. 이후 무문의 기둥이 될 것이오. 인접한 땅이기도 하고, 강용(剛勇)함을 생각해보아도 어울리는 인연, 다행스럽고 행복한 일이오.

8월 11일 노부나가

아케치 미쓰히데>

묵독했다.

눈이 곧 감겼다.

'아아, 그 무렵에는…….'

감미로운 추억이 한바탕 머릿속을 오갔다.

그러나 그 감미로움이 문득 물새의 울음소리에 차갑게 깨져버리고 말았다.

그러자 곧 씁쓸한 기억이 뭉게뭉게 부풀어 오르더니 머리에서 가슴으로, 비유해서 말하자면 소나기를 머금은 검은 구름이 낮게 드리우듯 마음이 갑갑해지기 시작했다.

2

미쓰히데는 1526년 출생[45]이니 55세다.

---

44) 細川兵部大輔藤孝(1534~1610). 아시카가 집안을 섬겼으나 후에 오다 노부나가, 도요토미 히데요시, 도쿠가와 이에야스에게 중용되었다. 가인으로도 유명하다.

45) 아케치 미쓰히데가 태어난 해는 명확하지가 않아서 1528년이라는 설도 있고, 1516년, 심지어는 1540년 이후라는 설도 있다.

55세가 된 올해도 이제 겨우 사흘밖에 남지 않았다.

해가 바뀌면 1581년. 따라서 미쓰히데의 나이가 56세가 되는 것은 말할 필요도 없는 일이었으나, 어떤 이유에서인지 그는 자신의 나이를 분명하게 밝히기를 매우 꺼렸다.

그가 병술(丙戌)년 출생이라는 사실을 아는 사람은 그리 많지 않았다.

물론 대충은 짐작하고 있었으나 대부분은 한두 살쯤 어리게 보았다. 일반적으로 대머리는 나이 들어 보이는 법이지만 미쓰히데의 경우는 그렇지가 않았다.

머리의 숱도 엷어져 이마는 벗겨졌고, 정수리 부분이 번쩍번쩍 붉게 빛나고 있음에도 불구하고 진짜 나이보다 젊게 보였다.

이는 실제로 여러 가지 의미에서 모순되는 일이었다. 성격, 교양, 이력— 어느 것을 놓고 보아도 미쓰히데는 나이 들어 보이는 것이 당연했으며 일상의 태도, 즉 행동거지에도 노인스러운 면이 있었다.

그렇다면 어째서 젊게 보이는 것일까?

다름 아니었다. 육체가 이상할 정도로 건강했기 때문이었다.

병이라는 것을 전혀 알지 못했다.

과장 없이 말하자면 감기조차 걸리지 않았다. 재채기 한 번 하지 않을 정도였다.

인간의 몸으로 태어나서 그런 극단적인 무병식재(無病息災)가 있을 수 있을까?

그런데 그게 있었다. 미쓰히데가 그랬다.

타고난 건강이 토대가 되었다는 점은 말할 필요도 없을 테지만, 그 체질을 청년시절부터 16년 동안이라는 장기간에 걸쳐 무사수행을 통해 단련하고 또 단련했기 때문이기도 하리라. 하지만 결코 그 때문만은 아니었다.

만약 미쓰히데에게 놀라운 의지의 강인함에 의한 절제력이 없었다면 결코 그렇게는 되지 않았을 것이다.

그는 참으로 보기 드문 절제력을 가진 사람이었다.

어떠한 경우에라도 의지력이 정욕을 이겼던 것이다.

정력의 낭비라고 믿는 일정한 한계를 정해놓고, 색욕이든 식욕이든 아주 조금이라도 도를 넘어서지 못하도록 엄격하게 억눌렀다.

그 억누르려고 하는 노력이 미쓰히데의 성격을 더욱 음성적인 것으로 만들었다.

소리 내어 웃는 일 따위는 거의 없다고 해도 좋았다.

대부분은 평소에도 자못 못마땅하다는 듯한 표정을 짓고 있었다.

언제나 우울했다.

때와 장소에 따라서 그 우울함의 정도에 차이는 있었으나 언제나 음울했다.

인간인 이상, 천만 명 가운데 한 명 있을까 말까 한 건강한 몸이 색욕과 식욕을 보통사람 이하로 억제하고 있었으니 웃음소리 같은 게 나올 리 없었다.

기껏해야 눈과 입술 끝에 옅은 미소와도 같은 것의 그림자가 아주 희미하게 어릴 뿐이었다. —그것이 아주 기쁠 때였던 것이다.

따라서 마음에 음침함과 먹구름이 뒤덮여도 그다지 신기할 것은 없었으나 오늘의— 이 먹구름은—.

특히 암담한 움직임을 보이고 있었다.

'내가 단바 일국을 얻은 것은, 그 얼마나 커다란 불행이었단 말인가?'

미쓰히데가 팔짱 꼈을 때 장지문 부근에서,

"나리."

유키와카였다.

3

"무슨 일이냐?"

미쓰히데는 시동을 돌아보면서도,

'나는 양어머니를 희생으로 삼아 단바 야가미 성을 얻었으나…….'

라고 생각한 순간 유키와카가,

"미야쓰(宮津) 성에서 다다오키 나리, 다마 히메 님, 두 분이 함께 오셨습니다."

이렇게 고했다.

미쓰히데는 끄덕이고,

"요이치로 부부가 왔는가? 이곳으로 바로 데리고 오게."

라고 말했다.

'안 그래도 지금 그 두 사람의 결혼을 축복한 우후(右府, 오다 노부나가를 일컬음. - 역주) 공의 편지를 문득 꺼내 읽던 참이었는데 우연히도 두 사람이 함께 왔구나.'

딸이 남편과 함께 온 것은, 미리 소식을 전하지 않았다 할지라도 조금도 뜻밖의 일이 아니었으나, 왠지 뜻밖인 듯 묘한, 알 수 없는 이상한 기분이 들었다.

유키와카가 공손하게 물러났다.

그러나 미쓰히데는 여전히 팔짱을 풀지 않았다. 가슴이 희미하게 두근거리는 것이 느껴졌다.

이렇다 할 이유도 없이 불길한 예감이 든 것이었다.

'글쎄? 이건 조금 이상한데?'

틀림없이 신경이 너무나도 날카로워져 있었다.

'다마 히메는 우리 딸 아닌가. 요이치로는 우리 사위 아닌가. 딸의 남편 아닌가. 시절은 연말 아닌가. 젊은 부부가 사이좋게 함께 이곳 사카모토에 온 것이 뭐가 그리 불길하단 말인가? 연말에 미야쓰에서 여기에 왔다 한들 무엇이 그리 이상하단 말인가? 내가 어떻게 된 모양이군.'

이렇게 생각하기는 했으나 무슨 이유에서인지 말초신경이 한층 더 예민해져서 팔짱을 끼고 있는 팔에 힘이 들어갔다.

'바로 데려오라 했는데 뭘 꾸물거리는 겐지?'

얼른 딸 부부의 얼굴을 보고 싶었다.

마침내 발소리와 옷깃 스치는 소리—.

갑자기 방 안이 환하게 밝아졌다.

젊은 부부가 들어왔기 때문이었다.

"아버지."

하고 다마 히메의 영롱한 목소리.

"어르신."

하고 다다오키도 우선 장인어른을 불렀다.

요이치로 다다오키는 18세의 젊은이였다. 호소카와 효부타이유 후지타카의 대를 이을 사람이었다. 단고(丹後) 일국을 소유한 영주의 후계자였다.

편지에서 노부나가가,

<기량이 빼어나고 높은 뜻이 발군이오.>

라고 격찬했을 정도의 젊은이였다.

보통사람이라면 구더기만큼밖에 생각하지 않는 오다 노부나가로부터 그 정도의 칭찬을 들은 다다오키였다.

다다오키는 그야말로 기린아였다. 미쓰히데의 사랑스러운 사위로 조금도 부족함이 없는 젊은 도령이었다. 유서 깊은 명류(名流), 명문가(名門家)인 다다오키의 집안, 호소카와 가의 작은 어르신이라 불리는 것이 아주 잘 어울리는 느낌의 청년이었다.

그러나 다마 히메도 역시 그 작은 어르신에게 적합한, 보는 사람들마다 하나 같이 참으로 잘 어울린다고 의견이 일치할 정도의 미녀였다.

한창 꽃다운 나이 17세.

남편 다다오키와는 1살 차이.

재작년— 그녀는 나이 열다섯에 그를 연모했다. 그리고 그도 역시 그녀를 연모했다.

그러니 서로가 서로를 마음에 품고 있었던 것이다.

그러나 서로를 마음에 품은 이 사랑에는 커다란 파란이 있었다.

미친 듯 커다란 물결을 불러일으킨 것은 모리 란마루였다.

4

란마루가 어떤 풍파를 일으켰는가 하면, 서로 잘 어울리는, 서로가 서로에게 참으로 잘 어울리는 다마 히메와 다다오키의 서로를 마음에 품은 사랑을 방해한 것이었다.

재작년, 란마루는 14세였다. 겨우 열네 살짜리 꼬맹이가 사랑을 방해하다니 얼핏 있을 것 같지 않은 말처럼 들리겠으나, 이상하게 조숙한 란마루가 그보다 앞선 해, 즉 열세 살 봄, 벚꽃 핀 아즈치산의 꽃 아래에서 다마 히메의 미모를 보고 첫눈에 반한 것이 화근이 되어 거의 광적일 정도로 격렬한 사랑의 열병에 걸려 치유할 길이 없을 정도가 되었다. 그러나 그 어린 사랑은 거부당했다. 히메의 마음은 이미 호소카와의 젊은이, 다다오키에게 사로잡혀 있었다. 그랬기에 히메는 거부했다. 그러나 거부당하고도 란마루는 마음을 끊지 못했다.

포기하지 못한 란마루가 여러 가지 수단으로 히메의 결혼을 방해하려 했으나 결국은 그의 실연으로 끝나버리고 만 일이 있었던 것이다.

인사가 끝나자 다마 히메가,

"아버지께서는 벌써 예참을 마치셨는지요?"

라고 물었다.

"아즈치에 말이냐?"

미쓰히데가 이렇게 말하자,

"혹여 아직 안 가셨다면 함께 들어가고 싶습니다만."

"너희들은 다녀오도록 해라."

"그럼, 아버지께서는?"

"나는 가지 않는다."

"저희는 내일 들어갈 생각이니 아버지도 내일 함께 들어가시는 것이 어떠신지요?"

"너는 요이치로와 함께 가도록 해라. 하지만 나는 가지 않을 게다."

"어머, 어째서죠?"

"나는 연말 같은 때 들어간 적이 없었다. 그러니 올해도 가지 않는 게야."

"하지만 예전의 기후 성에는 연말에도 들어가셨잖아요. 아즈치에는 전쟁에 정신이 없으셔서 들어갈 여유도 없었던 것 아닌가요?"
라고 다마 히메가 말했다.

그러나 미쓰히데는 머리를 흔들고,

"아니다. 기후에 들어갔던 건 연말의 인사로 환심을 사기 위해서가 아니었다. 따로 필요한 용건이 있었기 때문이다. 내가 아즈치에 들어가지 않은 것은 가야 할 만큼의 용건이 없었기 때문이다. 결코 전장의 일로 바빴기 때문이 아니었다. 아즈치 성은 바로 이 미쓰히데가 계획해서 만들어낸 성 아니냐. 나라고 해서 어찌 자신이 설계하고 자신이 기초를 닦은 성의 모습을 보고 싶지 않겠느냐. 하지만 나는 그 공사가 끝난 이후 지금까지 단 한 번도 가본 적이 없다. 가야 할 만큼의 이유가 없었기 때문이다."

이렇게 말하자 다다오키가,

"어르신. 참견을 하는 듯합니다만, 성의 모습을 둘러보시는 것이야말로— 당신께서 계획하신 성을 보고 싶어 하시는 마음이야말로, 무엇보다 훌륭하고 충분한 이유 아니겠습니까?"
라고 사리를 밝히듯 말했다.

이에 대해서 미쓰히데는,

"아즈치는 오다 우후 공의 성일세. 우후께서 '미쓰히데, 와서 보게.'라고 말씀하시지 않는 한, 나는 가서는 안 돼. 또 가고 싶지도 않아. 그래서 가지 않는 걸세."
라고 대답했다.

그건 틀림없이 합리적이었다. 그러나 너무 지나치게 합리적인 말이었다.

5

다다오키는 호소카와 후지타카와 후지타카의 부인인 자코(麝香) 사이에서 태어난 적자였다.

명류, 호소카와 간레이[46] 집안의 상속자이니 귀공자임에 틀림없었으며, 거기에 이 귀공자는 뛰어난 우성 유전자를 물려받았다.

그 말은 부모의 장점, 미점(美點)을 참으로 이상적으로 유감없이 물려받아 세상에 태어났다는 의미였다.

아버지 후지타카는 무장으로서, 그리고 정치가로서도 능력이 있는 인물이었을 뿐만 아니라 문학, 음악에 있어서는 일류의 재능을 가지고 있었고 여러 예능 가운데 무엇 하나 못 하는 것이 없는 다재다능함.

그리고 어머니 자코는 누마타 고즈케노스케 미쓰카네(沼田上野介光兼)의 딸로, 친정의 가문은 그리 좋지 않았으나 용색이 참으로 아름다웠다. 아름다웠기에 후지타카의 정실이 될 수 있었던 것이다. 그러나 아름다울 뿐만 아니라 총명하기도 했다.

이러한 부모의 우성 유전자 덕에 다다오키는 우수한 성질을 물려받았다. 아명을 구마치요(熊千代)라고 했는데 겨우 11살 때 마키노시마(槇ノ島) 전투에 처음으로 참가해 적을 베었을 정도였다. 그러나 적의 목을 베었다 할지라도 11세였으니 누군가 가신의 도움을 받았을 것임에 틀림없으나, 15세 때 가와치(河内)의 가타오카(片岡) 성에 가장 먼저 오르는 수훈을 세웠을 때에는 노부나가로부터 표창장을 받았으니 이는 참된 공명이었다.

"어르신."

---

46) 管領. 무로마치 막부 시절 쇼군을 도와 정무를 통괄하던 벼슬.

하고 다다오키가 불렀다.

'응?'

미쓰히데는 딸에게서 사위에게로 시선을 돌렸다.

"아버지께서 오실 생각이었으나 마침 병이 돋으셔서 제가 말씀을 듣고 온 것입니다."

"오호, 병이 돋으셨다고?"

이렇게 묻자 다다오키가,

"체증으로 설사를 하십니다."

라고 대답했다.

"그거 조심하지 않으면 안 되겠구나."

"그렇게 걱정스러운 용태는 아니십니다. 다베(田部) 성의 공사 현장을 둘러보러 가셨다가 뭔가 상한 음식을 드신 듯합니다. 하여, 아버지께서 말씀하시기를."

"흠."

"내가 갈 수 있다면 억지로라도 모시고 갈 테지만, 아케치 나리는 아마도 변함없이 묘하게 구애받는 듯한, 얽히고설킨 듯한 마음에서 올해도 아즈치에는 들어가지 않으시려 할 게다. 하지만 그래서는 좋지 않다. 아케치 나리가 좋지 않게 될 게야. 역시 남들처럼 연말의 예참에는 가시는 편이—."

"잠깐. 남들처럼— 이라고 말씀하셨는가, 후지타카 나리께서?"

라고 미쓰히데가 말을 가로막고 물었다.

"네. 아버지 후지타카가 말씀하신 대로 전해드리는 것입니다."

"그런가? 해서?"

"해서, 예참하시는 편이 온건하게 쓸데없는 풍파를 일으킬 염려도 없고, 그것이 아케치 나리의 이익이라 말씀하시고, 아무리 싫다고 하셔도 함께 아즈치로— 네가 아즈치로 모시고 가라는 말씀을 듣고 왔습니다."

다다오키가 이렇게 고하자,

"구마치요."

라고 미쓰히데가 사랑스러운 사위를 아명으로 부른 뒤,

"그건 자네가 자네의 아버님으로부터 들은 말이겠지. 그렇다면 자네 자신의 말은 어떤가? 자네의 생각은 어떤 것인지 묻는 게야."

가만히 바라보는 눈동자가 촛불에 반짝였다.

6

눈동자의 검은색이 음침함과 어두운 느낌을 주는 검은 색이었다.

그것이 미쓰히데의 눈이었다.

사위가,

"저도……."

하고 말하자,

"같은 생각인가, 아버님과?"

"네."

"그런가."

두 눈의 반짝임이 흥미를 잃은 듯 약간 식어버렸다.

"아버지께서 말씀하시기를, 하시바 지쿠젠 나리께서 올 연말에 올린 진상품은 금은, 물품 모두 참으로 어마어마하다는 소문뿐— 하시바 나리라면 과연 히메지의 곳간을 전부 비워서라도—."

"지쿠젠을 따라하라고?"

미쓰히데가 말을 가로막았다.

"아버지께서 말씀하셨습니다."

다다오키는 머리를 조아린 뒤,

"지쿠젠과는 다르다— 고도 말씀하실 게야. 하시바 나리는 출생이 비천하고 짚신 담당, 병사의 처지에서 입신하셔서 오늘날의 지위까지 출세, 더없이 눈부신 영달은 물론 세상에 보기 드문 천재로 이루어낸 일이라고는 하나 주군의 특별한 은총이 없었다면,"

"구마치요."

라고 장인다운 말투로 다시 말을 가로막고,

"우후 공의 은총을 특별히 받은 것이 어찌 하시바 혼자만이겠는가? 이 아케치가 봉지로 받은 니시고슈(西江州) 및 단바 일국, 54만 석이라는 커다란 녹봉도 역시 주군의 은사(恩賜) 아닌가."

이렇게 말하자,

"허나."

다다오키가 잠시 바라보다,

"어르신께서는 도키(土岐) 씨, 아케치 성의 피를 이으신 분이시며, 주군의 영부인과는 사촌지간이십니다."

—노부나가의 정실인 노 히메(濃姬) 부인은 미노 이나바야마(稲葉山)의 주인이었던 사이토 도산 뉴도[47]의 딸로 어머니는 아케치 씨. 즉, 미쓰히데의 고모였다. 따라서 오다 우후의 정실과 미쓰히데는 피를 나눈 사촌지간이었다. 지금 다다오키는 그 사실을 말한 것이었다.

그러자 미쓰히데는,

"구마치요."

---

47) 斎藤道三入道(1494~1556). 도산은 법명이다. 본명은 도시마사(利政). 기름 장수에서 몸을 일으켜 권모술수로 미노 일국을 다스리게 되었으며, 이나바야마에 성을 쌓았다. 훗날 장남인 요시타쓰(義竜)의 칼에 목숨을 잃었다.

라며 머리를 흔들고,

"지난 과거의 일을 말하자면 자네의 아버님이신 후지타카 나리는 아시카가의 12대 쇼군이신 요시하루(義晴) 공의 친아들 아니신가. 이제는 문벌도 가문도 통하지 않는 오늘일세. 오로지 실력만이 전부인 세상이야. 그것이 새로운 시대상일세. 현실에서의 역량 이외에 그 어떤 표준이 있단 말인가?"

라고 말했다. 다다오키는 무슨 말인가를 하려 했다.

그러나 그보다 앞서 다마 히메의 목소리가,

"아버지. 그렇다면 아즈치에는 어째서 들어가지 않으시는 거죠?"

라고 물었다.

"얘야."

미쓰히데가 시선을 아름다운 얼굴로 돌리고,

"가지 않는 것이 맞는다고 생각하기 때문이다."

"어머. 제게는 하시는 말씀이 아무래도 앞뒤가 맞지 않는 것처럼 느껴지는데요. 정말 이해할 수가 없어요."

딸의 슬기로움, 영리함은 소녀 시절부터 어른들을 놀라게 할 정도였다.

"그야말로 어째서인지 내가 묻고 싶구나."

라고 미쓰히데가 말했다.

7

다마 히메가,

"하지만 우다이진 님은 천하인, 제일인자이신 걸요."

요염함과 촉촉함을 머금은 목소리로 고개를 갸웃거렸다.

미쓰히데는 씁쓸하다는 듯 눈꺼풀을 움직였다.

"너는 현명한 듯해도, 아직 고생을 모르는 어린 여자다. 나의 복잡한 심리를 이해할 수 있을 리 없다."

"어머, 이제는 그렇게 어리지도 않아요. 저도 아이가 있는 어머니인 걸요."

"어머니가 되었다 할지라도 스무 살까지 아직 만 2년이나 남았으니 여전히 어린 여자아이라고 할 수 있다. 나의 마음은 매우 어지럽게 얽혀 있다. 매우 복잡하게 뒤얽혀 있다. 나는 이미 인간의 정명(定命)을 상당히 살아와서 인생의 결산기에 들어서려 하고 있다."

미쓰히데는 놀랄 정도로 건강한 몸을 가졌음에도 불구하고 그 마음은 추레할 만큼 늙어 있었다. 어두운 빛으로 생기를 잃었다.

"그러니 내게는 신경 쓰지 말고 너희들은 내일—."

이렇게 말을 꺼낸 순간 장지문이 열리더니,

"밖에,"

라며 심부름을 하는 사무라이가 시동 옆에 정좌했다.

"무슨 일인가?"

미쓰히데가 돌아보자,

"지금, 밖에 아즈치에서 보낸 사람이 와 있습니다."

라고 사무라이가 고했다.

자신도 모르게 얼굴을 마주보는 다마 히메와 다다오키.

막연한 불안감이기는 했으나 그것을 서로에게 속삭이는 젊은 부부의 눈과 눈이었다.

미쓰히데가 조용히 일어나,

"얘야, 네가 낳은 외손자에 대한 이야기를 할머니가 듣고 싶어

할 게다."
라고 말하고는 서재에서 나갔다.

그 자리에 남은 다마 히메가 남편에게,

"왠지 마음에 걸리는데요."

이렇게 말하자,

"나도 좋지 않은 예감이 드오."
라며 다다오키도 생각에 잠긴 얼굴을 했다.

하지만 두 사람은 지금 막 미쓰히데가 말하기도 했고, 히메에게는 그리운 어머니이기도 했기에 아케치 부인의 방으로 가기 위해 바로 자리에서 일어나 복도를 건너갔다.

그들을 맞이한 시녀가,

"어서 오십시오."
라며 바닥에 엎드려 인사했다.

한편, 바깥의 객실로 나간 미쓰히데는 아즈치에서 온 사자를 보고,

"사람을 보내신 뜻은?"
하고 물었다.

사자는 반 다로자(伴太郎左)였다.

'대단한 용건은 아니로군.'

반은 신분이 낮은 사무라이였다. 이런 사내가 왔으니, 라고 생각한 것이었다.

그러나 아무리 신분이 낮다 할지라도 노부나가가 보낸 사자이니 위에서 온 사자였다. 함부로 대할 수는 없었다.

"가지고 온 주군의 뜻은,"
하며 반이 엄숙하게 예를 갖췄기에,

"네."

미쓰히데도 어쩔 수 없이 머리를 조아렸다.

"지금 바로 아즈치 성으로 들 것."

반은 이렇게 말한 뒤,

"오로지 그 말씀뿐이셨습니다."

라고 말투를 바꾸었다.

"바로 성에 들라고?"

"네."

"그것뿐이라고 했는가?"

"그렇습니다."

라며 사자는 머리를 숙였다.

구와노미데라

1

지쿠부시마(竹生島)에서 돌아오는 길, 우콘이 탄 배가 호수를 건너 이바 안쪽의 물가로 들어섰을 때는 날이 이미 저물어가고 있었다.

시카가하나(鹿ヶ鼻)가 거뭇하게 보였다.

그것은 호수 쪽으로 튀어나온 아즈치 산의 끝자락이었다.

배가 그곳을 스치듯 감싸고 돌아 후에후키가하나(笛吹ヶ鼻)로 접어들었을 때는 완전히 어두워져 배도 배에 타고 있는 사람도 짙은 안개에 감싸여 있었다.

"너무 늦어져서 정말 죄송합니다."
라고 뱃사람이 짧은 해를, 자신의 배 부리는 것이 서툰 탓으로 돌렸다.

지쿠부시마에는 오다 부인 대리로 참배를 다녀온 우콘이었다.

노부나가의 정실인 노 히메는 우콘에 대해서 동정심을 품고 있었다. 그랬기에 음으로 양으로 돌봐주고 있었다.

그 이유 가운데 하나는 피붙이에 대한 정이리라. 노 히메는 아케치 미쓰히데와 사촌지간이었기에 우콘의 아버지인 아케치 조칸사이와도 같은 관계로 이어져 있었다. 단, 노 히메 부인은 조칸사이보다 나이가 많았기에 같은 사촌지간이라도 사촌누이였다.

그야 어찌 됐든 오다 부인은 요즘 지쿠부시마에 대한 신앙이 매우 깊었다. 그런데 올해는 참배를 가지 못했던 것이 마음에 걸렸기에 올해도 사흘밖에 남지 않은 오늘, 대리로 우콘을 보내 참배케 한 것이었다.

배가 나루터의 다리에 닿았다.

따라온 몸종은 셋이었다.

"수고 많으셨소."

우콘이 뱃사람에게 말을 남기고 나루터의 다리에서 땅으로 올라섰다.

그곳은 '부엌가의 선창' 이라고도 '곳간의 나루터' 라고도 불리는 장소였다.

호수의 배로 보내오는 쌀가마와 보리, 피 등의 잡곡을 담은 가마, 그리고 콩 자루 등을 전부 여기서 뭍으로 올려 바로 오른쪽에 있는 '곳간' 으로 옮겼다.

언덕을 산의 꼭대기 쪽으로 오르면 '부엌 망루' 의 돌담자락이 나온다.

그리고 그 망루를 가로지르면 혼마루48)의 담장 안으로 들어갈 수 있다.

다시 말해서 혼마루로 들어가는 뒷문이자, 또 가장 가까운 길이기도 했다.

우콘이 걷기 시작했다.

"어머, 어두워라!"

스스로 앞장서서 발걸음을 옮기기 시작하자 몸종 가운데 한 명이 뒤에서,

---

48) 성의 중심이 되는 건물.

"아아, 그쪽이 아닙니다."

라고 말했다.

칠흑같이 어두웠기에 방향을 잘못 잡았다고 생각한 것이었다.

그러나 그 몸종이 주의를 주었음에도 우콘은 신경 쓰지 않고 말없이 발걸음을 옮겼다.

"어머, 무슨 일이세요? 길을 잘못 들었다니까요."

몸종들이 종종걸음으로 따라 붙었다.

그러나 우콘은 말없이 걸었다.

호숫가의 길을 따라가는 것이었다.

왼쪽이 호수.

오른쪽은 연못.

길이 넓었기에 어둠 속에서도 비교적 편안히 걸을 수 있었다.

똑바로 가면 호리 규타로[49]의 저택 아래를 지나 야트막한 고개를 넘게 된다.

"아씨, 어디로 가시는 겁니까?"

2

그곳은 성의 뒷문 쪽으로 난 길로 고개의 이름은,

'고시고에 고개(腰越峠)'

라고 불렸다.

성이 있는 산의 산허리 부근을 닦아 도로를 만든 것이었다.

이 고갯길은 가장 높은 곳에서 큰길과 만나 성의 둘레를 감싸고

---

49) 堀久太郎. 호리 히데마사(堀秀政. 1553~1590). 사와야마(佐和山) 성의 성주. 오다 노부나가, 도요토미 히데요시를 섬겼다. 에치젠의 봉기, 사이가(雑賀)의 봉기를 토벌했다. 오다와라(小田原) 전투 때 진중에서 세상을 떠났다.

있었다. 성 둘레의 바로 안쪽에는 솔숲이 우거져 있고 솔숲 안에 돌판이 깔려 있었으며, 깔려 있는 돌판 위에는 '다실'이 있었다. '다실' 뒤편으로는 노부나가 측근들의 집이 주조쇼겐(中条将監) 저택, 에토 가가에몬(江藤加賀右衛門) 저택, 무토 스케에몬(武藤助右衛門) 저택 등 줄줄이 늘어서 있었다.

낮이라면 이 고갯길의 조망은 아무리 바라보아도 질리지 않을 정도로 아름다운 경치를 자랑하고 있었으며, 또 달빛 밝은 밤의 조망도 절경이라는 두 글자로 표현할 수 있었으나,

"정말 칠흑같이 어둡구나."

라고 우콘이 중얼거렸다.

"오늘 밤에는 지나는 사람도 전혀 없는걸요."

라고 몸종인 오카야(お茅)가 불안하다는 듯 말했다.

어디로 가시는 것이냐고 물어보아도 우콘이 대답을 하지 않았기에 몸종들은,

'아마도 큰길가에 있는 어느 분인가의 댁에 뭔가 볼일이라도 있으신 거겠지.'

라고 생각했다.

고시고에 고개를 완전히 내려서면 성의 정문으로 통하는 한길이었다.

한길의 산 밑에는 하마마쓰(浜松) 나리라 불리는 도쿠가와 이에야스의 커다란 저택이 하시바 히데요시의 저택과 나란히 마주보고 있었으며, 하시바 저택의 뒤편 경사지대에는 다른 무사들의 저택이 늘어서 있었다.

'그도 아니면 소켄지에라도 들르시려는 것일까?'

하지만 소켄지에 볼일이 있는 것이라면 이렇게 멀리 돌아가는

것도 이상하다. 니노마루(二の丸)를 질러가는 것이 훨씬 가까웠다.
그처럼 몸종들이 의아히 여기고 있을 때 우콘이,
"틀림없이 이 부근이었던 것 같은데……."하고 말했다.
"네? 무엇이 말씀이세요?"
오카야가 물었다.
"그러니까……, 틀림없이 이 부근에 갈림길이 있었던 것 같거든."
우콘이 멈춰 선 채 어둠 속을 살펴보고 있었다.
"성 아래의 외줄기 길인걸요……. 바로 요 앞에 구와노미데라로 가는 오솔길이 있을 뿐이에요."
오카야가 이렇게 말하자,
"조금 더 앞이었구나."
우콘은 걷기 시작했다.
조금 더 가자 마침내 구와노미데라로 들어가는 길이 갈라져 있었다.
"아아, 여기였구나."
우콘이 중얼거리며 갈림길로 들어섰다.
"어머?"
하며 오카야가 놀랐다. 그리고 자신도 모르게 소리를 높여,
"어쩌실 생각이세요?"
물었으나 우콘은 어두운 오솔길을 서둘러 갔다.
"아씨!"
오카야가 뒤에서 따라와서,
"어쩌실 생각이시냐니까요!"
라고 외쳤다.

우콘이 걸으며,

"구와노미데라에."

라고 대답했다.

3

"어머, 세상에. 이렇게 어두운 밤길을 구와노미데라까지 가실 생각이신가요?"

오카야가 황당하다는 듯 말했다.

구와노미데라는 약사(藥師)로 이름 높은 절로, 관음사 산의 중턱에 있었다. 절의 장로인 시카쿠(止覚) 스님은 우콘과 속세의 인연으로 맺어진 사이였다. 즉, 아케치 일족의 집에서 태어나 불문에 들어간 사람이었다. 그렇기에 우콘은 아즈치 성에서 살게 된 이후, 참배를 다니는 길에 장로를 만나기 위해 그 절에 간 적도 2번쯤 있었다.

따라서 만약 이것이 평소였다면, 그리고 낮이었다면 굳이 이상히 여길 필요도, 놀랄 필요도 없었을 테지만,

'상황이 상황이고 시기도 시기.'

라고 몸종들은 뜻밖이라 여겼다.

'중요한 임무인 대리 참배를 마치고 돌아가는 길에!'

라고도 생각했으며,

'10리나 되는 산길을!'

'등불도 들지 않고!'

'어둠에 잠긴 길을 걸음에 익숙하지 않은 다리로 타박타박…….'

끝까지 갈 수 있을지 없을지도 알 수 없는 일이라고 걱정되었으며, 몸종들 자신도 적막하기도 하고 왠지 으스스하기도 하고 무섭

기도 했다.

그러나 우콘은 깊이 생각한 끝이기도 했으리라, 어둠에 잠긴 길을 스스로 앞장서서 일심불란으로 걸어갔다.

"어머, 위험해요!"

라고 오카야가 소리를 질렀다.

나무뿌리에 발이 걸려 우콘이 중심을 잃고 쓰러졌기 때문이었다.

허겁지겁 부축해 일으키고 이번에는 자신이 앞장서서 얼어붙을 것처럼 차가워진 여주인의 손을 잡고 발끝으로 길을 더듬으며 어둠 속을 나아갔으나, 평탄한 길이라면 모르겠지만 길은 울퉁불퉁하고 돌멩이가 널려 있고 추위는 더해만 가고 어둠은 짙어지고, 도무지 쉬운 일이 아니었다.

우콘이 넘어졌다. 오카야가 나뒹굴었다.

오카야가 넘어지면 우콘이 나뒹굴었다.

"아씨, 내일 가시는 것이."

"아니."

"내일이어서는 안 되나요?"

몸종들 쪽이 울음을 터트릴 것 같이 되었다.

10정[50]쯤 갔을 때 오카야가 차라리 돌아가는 것이 어떻겠느냐고 말했다. 그러나 우콘은 듣지 않았다.

"아니, 나는 무슨 일이 있어도 갈 거야."

손발은 얼었어도 마음은 불처럼 뜨거워져 있었다.

'무슨 일이 있어도 가고 싶어. 가야만 해.'

우콘의 이상할 정도의 열정이 마침내 어려움을 극복했다.

---

50) 町. 거리의 단위. 1정은 약 109m.

다음 10정은 2배의 시간이 걸렸다.

오카야와 둘이서 한몸이 되어 쓰러진 적도 한두 번이 아니었으리라. 그러나 마침내 관음사 산의 기슭을 감싸고도는 산길을 20정 넘게 걸어서 구와노미데라 산문 아래의 돌계단 바로 밑에 이르렀다.

'오오, 드디어!'

왔다! 기쁘다! 이런 생각에 마음이 풀어지자 발걸음이 떨어지지 않았다.

몸은 진작부터 녹초가 되어 있었다.

"정말 잘도 걸으셨네요!"

라고 오카야가 말했다.

그러나 돌계단은 수백 개나 되는 높이였다. 그것을 오르지 않으면 안 되었다.

4

그래도 1시간쯤 후에는 시카쿠 장로와 마주앉아, 우콘은 어떤 이유로 올 수밖에 없었는지를 이야기할 수 있었다.

장로는 말없이 듣고 있었다.

때때로 고개를 끄덕일 뿐이었다.

그러나 장로의 두 눈은 우콘이 이야기하는 구절구절에서 근심하기도 했다. 슬퍼하기도 했다. 한탄하기도 하고 분노하기도 했다.

다 듣고 나서야 비로소,

"그렇구나!"

굵은 한숨을 내쉬고,

"허나,"

라며 장로는 눈을 감고 잠시 생각에 잠겼다.
스님이 거처하는 작은 서원이었다.
참숯이 커다란 화로에서 활활 타오르고 있었다. 넓지 않은 실내가 충분히 따뜻해져서 새파랗게 질렸던 우콘의 얼굴에도 얼마간 붉은 기운이 돌아와 있었다. 밤은 점점 깊어가고 있었다.
"우콘 님."
하고 감았던 눈을 뜬 뒤,
"그렇다고는 하나, 숨겨드린다고 해도 바로 탄로 나고 말 것입니다. 이곳은 누구라도 금방 떠올릴 것입니다. 이곳을 떠올린 순간 모든 것이 끝입니다. 저 같은 것이 어찌 끝까지 덮어드릴 수 있겠습니까? 저항한다고 해봐야 험한 일을 당할 것이 뻔합니다."
장로의 은빛 눈썹이 일그러졌다.
이미 60세를 넘긴 노승이었다.
눈동자에 반짝반짝 등불이 비쳤다.
"혐오스러운 무례, 저주해야 할 무뢰한— 그야 물론 아씨의 말대로입니다. 속세를 등진 저조차도, 부처님을 모시는 저조차도 란마루 나리의 행실에는 화가 끓어오릅니다. 하지만 말입니다."
한동안 바라보다,
"호랑이의 위세를 등에 업은 란마루 나리입니다. 우후 공이라는 뒷배가 있습니다. 제아무리 사악한 길이라도 거침없이 밀고 나갈 것입니다. 무엇보다 좋지 않은 것은, 우후 공께서 부처님을 경외하지 않으신다는 점입니다. 부처님을 적대시하면서도 아무런 죄의식조차 없이 태연하시다는 점입니다."
봉우리의 폭풍이 거칠게 불어대며 나무를 흔들고 있었다. 인가에서 떨어진 산속에 적막하게 서 있는 고찰(古刹)이었다.

덧문과 빈지가 덜컹거렸다.

“호국의 영장(靈場)인 히에이 산의— 가람과 전당을 3층탑과 함께 하나도 빠뜨리지 않고, 남김없이 단번에 한 줌의 재로 불태우고 헤아릴 수 없을 정도의 승려를 위로는 승정(僧正), 승도(僧都)에서부터 아래로는 동자승, 할식(喝食)에 이르기까지, 업화의 재로 삼으신 우후 공 아니십니까. 이세 나가시마의 가람도 1만을 헤아리는 신도, 신자들의 목숨과 함께 불태워버리신 것도 역시 우후 공이십니다. 오사카 혼간지를 공략하고 또 공략해서 올 가을에 마침내 무너뜨린 우후 공이십니다.”

라고 장로는 늘어놓았다.

그리고 자못 두렵다는 듯 굳은 표정을 지어 보였다.

“그렇지 않습니까, 우콘 님. 그런 일들은 제가 말씀드리지 않아도 잘 알고 계시지 않습니까? 그러하니, 만약 제가, 만약 이 절이 아씨를 숨긴다면 어떤 결과가 있으리라 생각하십니까?”

이 말을 듣고도,

“그야 그렇지만 저는…….”

궁지에 몰린 우콘은 마음을 바꾸려 들지 않았다.

“아씨는?”

“저는 두 번 다시 성으로 돌아가고 싶지 않습니다.”

라며 애원하듯 바라보았다.

5

그것은 아무리 거절한다 할지라도,

‘제발, 제발!’

히에이 산 엔랴쿠지 화공

하며 도움을 청하는, 한도 없이 애원하며 기대려 하는 듯한 눈이었다.

그것이 우콘의 눈이었다.

애처롭고 가녀린, 예를 들자면 장대비에 시달린 박꽃일까, 태풍에 부러진 소국일까.

슬픔, 괴로움. 그 미모를 시카쿠 장로는 측은하다는 듯 아픈 마음으로 바라보았다.

'사갈(蛇蝎)처럼 싫어하는 남자가 집요하게 노리고 있어서 한 사람의 아름다운 여인이 몸을 더럽히게 될지도 모른다면, 그 미녀가 설령 아무런 관계도 인연도 없는 길가의 사람이라 할지라도 구세본원(救世本願)을 위해 출가한 자로서 어찌 그냥 내버려둘 수 있겠는가? 하물며 이 사람은 그저 알고 지내는 사람이 아니라, 속세의 혈연을 따지자면 우리 일족 종가의 아가씨가 아닌가. 고귀한

따님 아니신가.'

"장로님!"

하고 우콘은 더욱 애원하는 듯한 목소리였다.

"도와드리고 싶은 마음은 굴뚝같습니다만."

암담한 표정으로 장로는 눈을 깜빡였다.

"제 힘이 너무나도 부족합니다."

이렇게 대답할 수밖에 달리 방법이 없었다.

"하지만 나리께서 아무리 부처님을 싫어한다 하실지라도 설마 스님을."

"아닙니다. 가령 제가 승려의 신분이 아닌 몸으로 숨겨드린다면, 그나마 그러는 편이 훨씬 더 무사할 것입니다. 이렇게 말씀드리는 건, 후에 찾아올 난이 오히려 가벼워질 것이라는 의미입니다."

"어머나?"

우콘이 눈을 동그랗게 뜨고,

"그건 어째서죠?"

라고 물었다.

그러자 장로가,

"이번 봄, 3월의 일이었으니 우콘 님도 알고 계실 겝니다. 그 데와하구로산(出羽羽黒山)의 수행자인 무헨(無辺) 스님이 목숨을 잃고 효수 당했을 때의 이야기입니다."

이렇게 말했기에,

"아아, 그 일이라면 알고 있어요."

"그 무헨 스님이 형벌을 받고 난 뒤—."

"하지만,"

하고 우콘은 말을 막고,

"그 무헨 스님인가 하는 분은 저주하는 법을 전수하기도 하고, 배꼽 맞추기라고 해서 아이를 낳지 못하는 여자나 병든 여자들을 속여 음란한 시술을 행하기도 한 요승(妖僧)이라고 하니— 처벌을 받는 것도 당연한 일 아닌가요? 바로 그렇기 때문에—."

"잠깐 기다려보십시오."

라고 이번에는 장로가 말을 가로막고,

"이 어리석은 중이 말씀드리려는 것은 무헨 스님의 형벌 자체에 대한 것이 아닙니다. 그 요승을 숨겨준 자가 둘 있었습니다. 한 사람은 승려. 다른 한 사람은 대처의 속세 사람이었는데 그 같은 죄를 속세 사람은 사면 받았으나 절에 있는 승려만은 교수형을 당해 목숨을 잃고 말았습니다. 제가 말씀드리고 싶은 것은 그 점입니다. 나리께서는 불교와 승려에 대해서 끝을 알 수 없다고 해야 할지, 실로 뭐라 형용할 수 없는 증오심을 품고 계십니다."

그리고 이어서,

"자, 이제 아셨습니까? —허나, 이 어리석은 중놈이 그저 자신의 파멸만이 두려워서 이렇게 말씀드리는 것은 아닙니다. 여기에 몸을 숨기시면 그 화가 아버님이신 조칸사이 님만이 아니라 사카모토의 나리, 미쓰히데 나리에게까지도 미치리라는 것은 불을 보듯 뻔한 사실입니다."

삐걱이는 마음

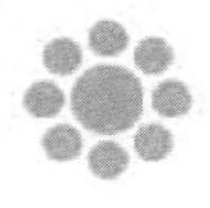

1

금물결, 은물결.

수면은 빛으로 반짝였다.

눈이 부셨기에 미쓰히데는 몸을 돌렸다.

물가는 벌써 꽤 멀어져 있었다. 배를 타고 떠나온 사카모토의 호숫가에도 이미 아침안개가 걷혀 자기 성의 하얀 벽이 선명하게 빛나고 있었다.

끼익, 끼익, 울리는 노 젓는 소리.

배는 미끄러지듯 나아갔다.

뇨이가다케(如意ヶ嶽)에서 시메이가다케(四明ヶ嶽), 요코다카야마(横高山)로 이어지는 히에이의 산들이 아침햇살을 받아 봉우리, 봉우리들을 붉은 자줏빛으로 물들이고 있었다.

그리고 계곡의 산그늘은 남색으로 보였다. 겨울이기에 명암이 더욱 대비되는 아름다움이었으리라.

다마 히메가 남편에게,

“차갑기는 하지만 겨울의 호수도 좋네요.”

라고 말했다.

“겨울도, 여름도. ―봄가을은 말할 것도 없고.”

다다오키가 상쾌하게 미소 지었다.

젊은 부부의 명랑함은, 그러나 호수의 경치 때문만은 아니었다.

다마 히메는 아버지가, 다다오키는 장인이 이렇게 아즈치로 가는 것이 정말로 기뻤던 것이다.

그러나 미쓰히데는 딸과 다다오키의 이야기소리를 등 뒤로 들으며 몹시 못마땅한 듯했다.

선미 쪽에 앉아 있던 산주로(三十郎)가,

"무슨 용건이실까?"

라며 생각에 잠긴 듯한 얼굴을 들었다.

곧 서른 살인 산주로의 성은 무라코시(村越).

무게 5관[51]짜리 갑옷을 입지 않으면 전장에서 활약할 맛이 나지 않는다고 하는 듬직한 괴력의 소유자였으나, 완전히 풀이 죽어 있었다.

"나리께서는 마음에 짚이시는 것이라도 있으십니까?"

"무라코시, 같은 말을 몇 번이나 묻는가?"

미쓰히데의 눈이 노기를 띠었다.

"네. 하지만 솔직히 말씀드리자면 새벽의 비몽사몽간에 꾼 꿈이 영 마음에 걸려서."

산주로가 이렇게 말하자,

"변변치 못한. 꿈은 오장의 허약함에서 오는 것이라고 하지 않느냐."

미쓰히데는 고개를 돌려버리고 말았다.

그러나 그렇게 말해버리고 말기에는 뭔가 석연치 않은 부분이 있는 듯,

"산주로."

51) 貫. 무게의 단위. 1관은 3.75kg.

"네!"

"오장의 허약함 외에, 정신의 과로도 꿈자리를 사납게 하지. 하지만 그건 자네에게 어울리지 않는 것 같은데."

가타타(堅田)의 산부리와 야스카와(野洲川) 하구의 돌출부가 왼쪽과 오른쪽에서 호수를 좁다랗게 가로막고 있어서 동서 양쪽 기슭의 사이는 겨우 5리도 되지 않았다.

배가 그 좁은 수면을 나아가고 있었다.

함께 움직이는 배는 앞에 1척, 뒤에 3척. 그 가운데 1척에는 호소카와를 따라온 사무라이들이 타고 있었다.

따라서 데리고 온 사람들의 숫자도 뻔한 것이었다. 그리고 모두가 빈손이었다. 진상품도 선물도, 무엇 하나 가지고 가지 않는 것이었다.

'빈손으로 가서는 좋지 않을 텐데.'

다다오키는 자신이 거느리고 온 배와 장인이 거느린 배를 문득 비교해보고는 이렇게 생각했다.

호소카와가 거느리고 온 배에는 진상품이 실려 있었다. 부피가 큰 물건은 아니었으나 내용에는 충분히 신경을 쓴 것들이었다.

'진상품을 마련해두지 않으셨다면 어젯밤 사자가 돌아가고 난 뒤에 준비를 하셨으면 됐을 것을.'

장인의 고집스러움이 명랑했던 다다오키의 기분을 얼마간 흐리게 했다.

2

배가 호수를 가로질렀다. 왼쪽에 오키노시마(沖ノ島), 오른쪽에는 초묘지야마(長命寺山).

이바 안쪽의 호수로 들어선 순간.

'나는 역시 그 일을 마음에 품고 있어. 내 우울함의 원인은 그것이야!'

그것이라고 미쓰히데가 생각한 것은, 양어머니가 단바 야가미 성에서 거꾸로 매달린 채 책형(磔刑)을 당한 일이었다.

'거꾸로 매달린 채 책형!'

그것도 미쓰히데의 눈앞에서,

보란 듯이 행해졌던 것이다. 미쓰히데에게는 참으로 견딜 수 없는 일이었다.

'양어머니라고는 하지만 친어머니보다 더 소중한 분에게 그런 비참한 죽음을 맞이하게 한 사람은 그 누구도 아니야. 전부가 우후의 신의 없음!'

약속을 저버리고 노부나가가 아즈치 성으로 항복하러 온 단바의 영주 하타노(波多野) 형제를 베어버렸기에 그 신의 없음에 화가 난 야가미 성 하타노 가의 가신들이 미쓰히데가 안전보장을 위해서 볼모로 내어준 양어머니를 성벽 위에서 찔러죽인 것이었다.

그러나 미쓰히데는 이제 와서 그런 일을 새삼스레 떠올려서는 안 되었던 것이리라. 그것은 어두운 마음을 한층 더 어둡게 해서 노부나가 앞으로 음침한 표정을 가져가게 하는 것 외에 아무런 도움도 되지 않았다.

노부나가는 기다림에 역정이 나 있었다.

그랬기에 미쓰히데가 배에서 도도노하시(百々の橋)의 나루터에 내려 아즈치 산 위의 성으로 들어서자마자 느닷없이,

"그 뚱한 얼굴은 뭔가?"

라고 소리를 지른 것이었다.

방의 윗자리에서 미쓰히데의 얼굴을 보자마자 그 뚱한 표정을, 마치 마른하늘에 날벼락 같은 목소리로 꾸짖고,

"왜 이제야 오는 겐가, 뭘 하고 있었던 거지? 어째서 어젯밤에 오지 않은 게냐, 귤대가리."

라고 다그쳤다. 게다가 귤대가리였다.

귤대가리는, 심했다.

미쓰히데는 머리가 벗겨져 불그스름하게 반짝였다. 그랬기에 노부나가에게는 대머리라는 말만으로는 그 느낌이 잘 살아나지 않는 듯했다. 귤대가리라고 하지 않으면 잘 와 닿지 않았다.

그러나 미쓰히데에게는 너무나도 잘 와 닿았다.

거꾸로 매달린 채 책형을 당한 일이 떠올랐기에 더욱 날카롭게 와 닿았다.

노부나가의 성난 목소리가,

"겨우 호수 하나."

라고 이어지고,

"이편과 저편인 사카모토에서 아즈치까지 이렇게 한없이 시간을 끌어 내 부아를 끓어오르게 해야 옳겠느냐?"

그러나 미쓰히데도 미쓰히데였다.

"여기에 이렇게 오지 않았습니까."

라고 대답한 것이다.

일이 터지고 말았다.

마른하늘의 날벼락이 곧 젖은 하늘의 물벼락이 되었다.

"뭐라?"

라고 노부나가가 씩씩거렸다.

"촌각을 다투는 긴급한 일입니까?"

미쓰히데가 '화조실' 한가운데쯤에 고집스러운 모습으로 앉아,

"무슨 일인지 말씀하시지 않은 이상, 미쓰히데가 판단하는 것은 당연한 일입니다."

그의 말이 끝나기도 전에,

"이놈, 벽창호 같은 놈!"

노부나가의 눈가에 정말로 노기어린 빛이 짙어졌다.

3

귤대가리! 벽창호!

어느 것이나 지금 처음 듣는 악담은 아니었다.

또 특별히 미쓰히데에게만 악담을 하는 노부나가도 아니었다.

누구를 봐도 특유의 날벼락, 물벼락을 통렬하게 우르릉우르릉, 번쩍번쩍 울리기도 하고 내리치기도 했다.

그러나 오늘의 미쓰히데는 마음이 상해 있었다.

'사람이 얌전히 있으니까 끝도 없이!'

라고 생각한 순간,

"이놈, 귤대가리 녀석!"

노부나가가 노려보았다.

"이름이 있습니다. 이름을 부르십시오."

라고 미쓰히데가 말했다.

노부나가에게 이처럼 따지는 듯한 말투를 쓰는 것은 다이묘, 신하 가운데 미쓰히데 오직 한 사람뿐이었다.

"에잇, 건방진 놈!"

이번에는 노려보는 대신 코웃음 치며,

"귤대가리 일족에게는 삐딱하게 구는 피가 흐르고 있는 모양이

로구나. 성질 고약한 우콘 녀석이 결국은 뛰쳐나가고 말았어."

"네? 무슨 말씀이십니까?"

너무나도 뜻밖이었다.

"도망쳤어. 야반도주를 했어."

"네?"

"아직 몰랐느냐? 오란 녀석이 홀딱 빠져버린 게야."

"오오, 허면!"

"우콘 녀석이 뒤둥그러진 성격으로 싫어하고 싫어하고 끝까지 싫어한 게야."

"그래서……."

"지쿠부시마에 대리로 참배를 갔다가 돌아오는 길에 새버린 게야. 성으로 돌아오지 않고 구와노미데라로 달아났다는 사실이 나중에 밝혀졌어."

"아아, 구와노미데라로!"

"절의 장로 놈이 뻔뻔스럽게도 아케치 집안의 근성을 발휘해서 숨겨준 거야."

더욱 괘씸하다는 듯이,

"숨겨주기만 했다면 모르겠지만, 중놈의 목숨을 걸겠다는 둥, 시건방진 소리를 늘어놓으며 성에서 데리러 가도 우콘을 내놓으려 들지 않아. 발칙하기 짝이 없는 땡중놈이야."

라고 독설을 퍼부었다.

이 얼마나 거친 말투인가.

천하 중원의 패자이자 우다이진이라는 고귀한 신분에 있으면서 보병이나 잔심부름을 하는 자라도 쓰지 않을 듯한 말을 아무렇지도 않게 척척 연발했다.

'아아, 일이 어렵게 됐구나.'

라고 미쓰히데는 생각했다.

"나리."

"음."

"부르신 것은 그 일 때문입니까?"

틀림없이 이번 사건 때문에 부른 것이라고 생각했으나 노부나가는,

"와핫핫하하하!"

하고 느닷없이 불쑥 웃음을 터뜨렸다.

"어찌 웃으십니까?"

"그러니까 벽창호라는 게다."

"우스워서 웃기라도 하신단 말씀이십니까?"

"한심한 놈이! 그것뿐이겠느냐?"

"자, 그럼 그 외에도?"

라며 미쓰히데가 의아하다는 듯 주군의 얼굴을 바라보았다.

4

"나리. —들어보겠습니다."

미쓰히데가 이렇게 말하자,

"부른 것은 다름이 아니라,"

노부나가의 표정이 순식간에 변했다.

단지 강하다는 말만으로는 부족했다. 거기에는 범하기 어려운 엄숙함이 갑자기 나타났다.

'뭐지?'

얼마간 상반된 느낌을 받으면서도 긴장감이 전해졌기에 미쓰히

데가,

"네."하고 머리를 숙이자,

"오는 정월 보름, 교토에서 대대적인 관병식을 행할 게야. 그에 관해서 당일의 제병(諸兵) 총지휘를 미쓰히데 그대에게 명하겠네."

노부나가의 말이 미쓰히데에게는 얼마나 뜻밖이었겠는가.

"관병식에서 제병의 지휘라고 말씀하셨습니까?"

"그렇다네. 내 분국의 장사를 전부 교토로 불러 모아 일본 역사상 미증유의 대대적인 관병식을 거행해서 그것을 어람케 할 생각일세. 그 전례 없이 성대한 의식의 제병 총지휘라는 영광스러운 중임을 자네에게 맡기겠네. 감사한 줄 할게."

"네. 그야말로 미쓰히데, 분에 넘치는 영예입니다."

이렇게 대답하기는 했으나 순간적으로,

'틀렸어. 도저히 될 일이 아니야. 무엇보다 시일이 너무 촉박해. 정월 보름이라면 오늘부터 헤아려도 열여드레 되는 날이잖아. 불가능해.'

라고 생각되었기에,

"허나 나리, 행사의 준비가 과연 어떻게 될지 불안합니다만."

"뭔가, 불안하다는 건?"

이렇게 되묻자,

"불가능한 일이라 제게는 여겨집니다만."

미쓰히데가 이렇게 말하자,

"에잇!"

하고 노부나가는 머리를 흔들며,

"내게 불가능이라는 말은 없어!"

야가미 성에서 책형당하는 아케치 미쓰히데의 양어머니

"하지만 말입니다,"

"닥쳐라. 할 수 없는 일까지도 해내는 것이 노부나가다."

"나리, 토를 다는 듯합니다만,"

"닥치라고 하지 않았느냐!"

"아아, 그렇다면 무슨 일이 있어도?"

"그렇다, 무슨 일이 있어도 할 게야. 나는 이미 그대에게 명령했다."

"하지만 저는 아직 수락하지 않았습니다."

"네놈, 분에 넘치는 영예라고 하지 않았느냐?"

"그렇게 말씀드리기는 했습니다. 그러나,"

"됐다, 말했다면 그것으로 됐다. 총담당, 총지휘 틀림없이 명령했다."

한번 말하고 나면 그것으로 끝, 뒤로는 한 걸음도 물러나지 않는 것이 노부나가였다.

“미쓰히데, 그 뚱한 얼굴은 뭐지? 야가미 성의 책형에 관한 일로 대체 네놈은 언제까지 나를 원망할 생각이냐? 이 노부나가 정도의 주인을 위해서라면 어머니 한 사람이나 자식 한 명 정도는 희생으로 삼아도 상관없지 않느냐? 물론 골육의 정이라는 것이 있으니 슬퍼하는 것은 상관없다. 희생양이 되어 목숨을 잃은 사람을 애도하는 것은, 어떻게 애도를 하든 그건 자유야. 마음껏 울며 슬퍼하도록 해. 하지만 나를, 노부나가를 원망한다는 게 말이 되느냐?”

5

하시바 히데요시는 비스듬히 쏟아지는 옅은 햇살을 목깃 부근에 받으며 안뜰의 의자에 앉아 있었다.

의자는 미끌미끌한 도기로 만들어진 것이었다.

히데요시는 두 손을 뒤로 돌려 손가락 끝으로 엉덩이 아래의 질 좋은 도기의 감촉을 즐기듯 매만지고 있었다.

‘모든 의자는 매끈한 게 최고야.’

이렇게 생각한 순간, 문득 란마루의 모습이 보였다.

성 안의 대서원을 감싸고 있는 툇마루에 그 모습이 나타난 것이었다.

란마루도 안뜰에 있는 히데요시를 보고 인사를 한 뒤, 생긋 아름다운 미소를 지어 보이고, 그러나 그냥 지나치려 하는 것을,

“오란.”

히데요시가 손짓하자 란마루가 뜰로 내려와,

“무슨 볼일이라도?”

묻자,

"손을 좀 줘보아라."

"왜 그러십니까?"

라며 내민 손을 쥐고,

"한번 만져보아라."

히데요시가 쥔 란마루의 손끝을 자기 엉덩이 아래에 있는 도기 의자에 닿도록 가져갔다.

그러나 란마루는 너무나도 갑작스러웠기에 어쩌려는 것인지 알 수가 없었다.

"하시바 나리."

"그냥 한번 만져보아라."

"예. 무엇을 만져보라는 것입니까?"

"자, 여기. 매끄럽지 않느냐?"

히데요시는 상대방의 손끝을 몇 번이고 도기 표면에 대고 문질렀다.

"그야 도기 아닙니까. 매끄러운 게 어찌 이상하겠습니까?"

란마루는 난사(蘭麝)와 같은 지분 냄새를 히데요시의 코에 훅 풍기며 쥔 손을 얼마간 거칠게 뿌리쳤다.

"그런데 그렇지가 않아. 아케치를 좀 봐라."

"네?"

"이 의자는 하시바야. 히데요시란 말이야."

"나리가, 의자라니?"

"주군의 의자야."

"아아, 그런 의미였습니까?"

"핫하하, 그런 의미였어. 하시바는 매끄러운 게 조금도 이상할 것 없는 도기 걸상이야."

"그렇다면 아케치 나리는, 도기가 아니라는 말씀이십니까?"

"오란은 쥐엄나무라는 것을 알고 있느냐?"

"알고 있습니다. 가지에도 줄기에도 날카로운 가시가 있습니다."

"그거야, 아케치는. 쥐엄나무의 자연목으로 만든 의자야."

히데요시가 이렇게 말하자 란마루가 여자처럼 애교를 부리는 모습으로,

"호호호호호!"

라고 요염하게 웃는 소리도 남성이라고는 여겨지지 않을 정도였다.

"맞아요. 조금 전에도 그런 가시는 떼어내라고, 떼어내라고 주군께서 커다란 목소리로 야단치셨지만 아케치 나리는, 이 가시는 원래부터 돋아 있던 것이라며 한바탕 다투셨습니다."

"네가 들었느냐?"

"네. 문 뒤에서."

"결판이 날 것 같았느냐?"

"꽤나 어려울 것 같았습니다."

란마루가 이렇게 대답하자 히데요시가 미소 지으며,

"오란, 너의 죄가 깊구나!"

"어머?"

6

히데요시가,

"쥐엄나무의 가시를 끈질기게 깎아서 날카로움에 더욱 날카로움을 더하게 한 게 대체 누구냐?"

라고 히메지 시라사기(白鷺) 성의 태수로까지 벼락출세를 하고서도 조금도 변하지 않은 얼굴의 생김새를 일부러 일그러뜨려 보인

뒤,

"벌레도 죽이지 못할 것 같은 얼굴을 하고서 말이지."

손가락으로 색시동 사무라이의 윤기 나는 뺨을 콕콕 찔렀다.

"어머나!"

미모를 피할 생각도 않고 손가락 끝이 닿는 대로 닿게 내버려둔 채,

"그런 말씀을 하시면 전 싫어요."

라고 농염한 추파.

그 말투도 마치 여인이다.

"훗!"

'변태 녀석이.'

히데요시는 원숭이라는 별명에 아주 잘 어울리는 손짓으로 촐랑촐랑 손가락 끝을 움직여 매끈한 란마루의 뺨을 만지작거렸다.

"어머, 간지러워요."

"집요하게 잘도 했더구나."

"우콘 님의 일을 말씀하시는 건가요?"

"그렇다. 백사 같은 오란이로구나."

"어머, 너무해요!"

"아핫핫하, 너무하다는 건 아케치가 해야 할 말 아니더냐."

라며 히데요시는 웃고,

"그런데 결국은 어떻게 되려나? 대체 어쩔 생각인 게냐, 앞으로는?"

"저요? 우콘 님을 말씀이십니까?"

"언제까지고 포기하지 않는 뱀이 될 생각이냐?"

"어머, 결국은 뱀이라고 하시는 건가요."

"구와노미데라까지 내몰았으니 이제는 쳐든 머리를 다른 곳으로 돌려도 좋을 듯하다만."

"아니요, 좀 더 칭칭 감을 거예요."

"오호, 섬뜩한 일이로구나!"

"네, 주군의 위광을 등에 업고 엉겨붙겠습니다."

"흠, 아케치야말로 뜻밖의 재난을 당하게 되었구나."

"하지만 저는 되갚아주는 거예요."

"되갚아준다? 무엇을?"

"복수에요."

"오호, 무엇에 대한 앙갚음이지?"

히데요시가 가만히 바라보자,

"거부당해 깨져버린 첫사랑에 대한 분노와 모욕을 당한 것에 대한 보복입니다."
라고 대답한 란마루의 불타오르듯 반짝이는 눈 속에는 알 수 없는 이상함과 섬뜩함이 어려 있었다.

"응?"

히데요시는 아케치의 셋째 딸인 다마 히메에게 겨우 13세였던 란마루가 사랑을 거부당했다는 이야기는 들어서 알고 있었다. 그러나 일부러 과장스럽게 고개를 갸웃거리며,

"모욕을 당했다는 말은 처음 듣는구나. 역시 너를 매정하게 차버린 아가씨에게 당한 게냐?"

"아니요, 아가씨의 아버님께."

"오호, 미쓰히데에게?"

"열서너 살짜리 꼬맹이 시동에게 아케치의 딸이 당키나 하냐? 라고 모욕을 주셨습니다. 다마 히메에게 여동생이 있다면 그녀에게

매달리겠지만 마침 여동생은 없기에 한 핏줄인 우콘 님을 어디까지나! 끝까지!"

섬뜩함이 느껴지는 옅은 미소가 입가에 맴돌았다.

7

오다 우다이진의 정실- 즉, 오다 부인은 그 이름을 노 히메라고 하는데 아버지는 미노의 태수였던 사이토 도산, 어머니는 아케치 씨.

아버지의 성인 이나바야마에서 묘령 18세 때 오와리의 나고야(那古野) 성으로 시집을 와서 15세 청년이었던 노부나가의 아내가 되었지만 슬하에 자식은 없었다.

아이를 낳지 않은 여자는 용색이 떨어지지 않는 법이다.

물론 이는 당연한 일로 아이를 낳으면 상당한 미인이라도 눈에 띄게 용색이 떨어진다. 태아의 발육과 출산을 위해 그만큼 과로하기 때문이다. 그러나 무슨 말도 안 되는 소리냐, 뭐가 과로란 말이냐, 임신과 분만은 여자의 본분 아니냐고 말할 수 있을지도 모르겠으나, 아이를 낳지 않은 여자에 비해서 육체적 과로를 하는 것만은 틀림없는 사실이다. 따라서 노부나가의 아이를 낳은 이코마(生駒)나 미유키(深雪) 등과 같은 측실이 각각 미모의 쇠퇴를 보인 만큼 노 히메의 용색은 조락을 보이지 않았기에 훨씬 나이 어린 여자들보다 더욱 어리고 아름답게 보였다.

그랬기에 지금도 여전히 마흔으로도 보이지 않았다. 사실은 노부나가보다 세 살 위이니 쉰 살이었는데, 그 쉰 살이 된 해도 이제는 이틀밖에 남지 않았다.

그럼에도 불구하고 고운 색향(色香), 깊은 원숙미가 농익어 피어

오르는 듯한 느낌이었다.

현란한 가구로 꾸민 방에서 누구의 것인지 금방 알 수 있는 발소리를 듣고 노 히메가,

'어머, 어쩐 일이시지?'

라고 생각한 순간,

"계시는가?"

노부나가의 목소리가 장지문 너머에서.

그리고 시녀 가운데 하나가,

"계십니다."

라고 대답하는 것이 들려왔다.

리키마루를 거느린 노부나가가 들어와서,

"놀랐어."

라고 말했다.

"어머나, 밑도 끝도 없이."

"기가 막혀서, 정말."

"무슨 일이신가요?"

"당신과는 어디 한 군데 닮은 구석이 없는 벽창호야."

"어머, 저와 닮은 구석이 없다니요?"

"당신의 사촌 말인데, 정말 두 손을 다 들어버리고 싶은 심정이야."

"아아, 아케치 말씀이신가요? 뭔가 심기를 건드린 모양입니다만, 워낙 고집스러운 성격이기에 하시바 나리처럼 남의 마음을 살펴가며 행동하지는 못합니다. 하지만 그 대신—."

"이보게, 가족이라고 편을 들 생각인가?"

노부나가가 자리에 앉아 미소 지었다.

결코 그렇게 심기가 불편한 것은 아닌 듯했기에 부인은 마음이 놓여,

"우콘에 대해서 말씀하셨던 거겠죠?"

라고 물어보았다.

"그야 물론 말했지."

"그 일이라면 미쓰히데도 답답할 겁니다. 마음이 쓰이는 것은 당연한 일 아니겠습니까."

"이봐, 이봐. 이래서 팔은 안으로 굽는다고 하는 게야. 와핫핫하하하!"

노부나가는 더없이 호방하게 커다란 소리로 웃고,

"우콘 녀석의 소동에 대해서는 꽝해도 상관없어. 이름부터가 우콘(鬱金) 아닌가? 기분이 울적해지는 것도 당연한 일일지 모르고, 피붙이가 당한 비통한 일, 한탄할 만한 일에 마음이 아픈 것도 당연한 일이겠지. 하지만 바로 그거야, 내 마음에 들지 않는 건."

"어머나, 당연한 일이라고 생각하신다면?"

8

미소 지으며 노부나가는,

"나는 당연한 일이라고 생각하기에 더욱 마음에 들지 않는 게야."

이렇게 말했기에 부인이,

"어머, 어째서인가요?"

라며 새하얀 목덜미를 부드럽게 갸웃거린 모습은 참으로 짙은 원숙미.

"언제나 총명한 당신이 그걸 모르겠는가?"

"하지만 아케치가 우울해하는 것도 당연한 일이라고 생각하신다면 조금은 참으셔도 좋지 않을까요?"

"아니, 참을 수가 없어. 참을 수 없는 이유를— 당신이라면 알 것도 같은데."

"그래도 모르겠는 걸요!"

라며 갸웃했던 고개를 다시 한 번 까딱 갸웃거린 요염한 모습은 아무리 봐도 서른예닐곱으로밖에 보이지 않았다.

그 모습을 바라보며,

"그래도 모르겠는가?"

노부나가는,

'몸은 나이를 먹지 않는 여자로군!'

새삼스레 이렇게 생각하며,

"부인."

"네."

"당신은 인간의 통유성(通有性)이라는 것을 알고 있겠지?"

"인간의 통유성이라면 누구나 가지고 있는 인정에 대해서 말씀하시는 건가요?"

"음. 예를 들어서 부모형제, 사촌지간, 육촌지간, 즉 피로 연결된 골육의 불행을 슬퍼하거나 박복함을 근심하는 것은 인간의 통유성이야. —안 그런가?"

"그렇습니다."

"그렇다면 다시 하나 묻지. 목이 마르면 물이 마시고 싶어지고, 배가 고프면 배를 채우고 싶어지고, 나이가 차면 이성에 눈을 떠서 남자는 여자를, 여자는 남자를 원하는 것은 무엇일까, 인간의?"

"어머, 그건 당연한 일이잖아요. 그것이 본능인 걸요!"

"맞아. 본능이야."

노부나가는 고개를 끄덕인 뒤,

"인간의, 누구나 가지고 있는 인정이란 놈은, 다시 말해서 이 본능과 다르지 않아."

라고 말한 순간 부인이,

"나리. —그러한 일이 아케치와 뭔가 관계라도 있는 건가요?"

이렇게 묻자,

"있고말고, 커다란 관계가 있지."

"어머, 어떤 관계가 있나요?"

"그건 말일세, 미쓰히데 놈이 우울해하고 골이 나는 건 이른바 본능에 지나지 않기 때문이야. 귤대가리 벽창호 녀석이 세상의 누구나 가지고 있는 본능에 지나지 않는 울적함에 연연해서 나를 거스르려 하기에 참을 수 없는 게야."

"하지만 그 참을 수 없는 것을 참는 걸 인내라고 하는 걸요!"

"이거 참! 와핫하, 핫하하하. 진부한 말을 해대는군."

"어머, 죄송해요."

"와아하하하하하하하!"

하고 노부나가는 특유의 웃음을 웃은 뒤,

"당신은 사과하지 않아도 되지만, 미쓰히데는 봐줄 수가 없어. 왜냐하면 나 정도의 주인이 또 있겠느냔 말이야. 노부나가 정도의 주인이 또 있겠어?"

그렇게 말한 얼굴에서는 웃음기가 순식간에 가시고 눈동자가 형형하게 강한 자신감으로 반짝이고 있었다.

9

'오오! 저 눈빛!'

하고 부인은 생각했다.

반짝반짝 빛났다.

'세상에 저렇게 반짝일 수가!'

가슴 속에서 가만히 속삭이지 않고는 견딜 수가 없었다.

그때 노부나가가,

"천하의 어디에 있겠냐고?"

이렇게 되풀이했다.

'아아, 당신 스스로 믿고 계시는 저 강인함!'

이야말로 과연 불세출의 영웅이 아니고서는 품을 수 없는 신념이라고 노 히메는 느꼈던 것이다.

바로 이런 자신감이 있었기에 겨우 20년이라는 짧은 세월 동안에 도카이(東海)의 작은 나라, 오와리 일국에서 몸을 일으켜 중원을 호령하는 패자로까지 위대한 비약을 할 수 있었던 것이다.

"있는가? 나 정도의 인물이?"

"그야 물론, 있을 리가 없습니다."

라고 부인은 대답했다.

그렇게 대답했을 뿐만 아니라, 틀림없이 누구와도 비할 수 없는 제일인자라고 생각했다. 믿었다.

"흠, 잘 말해주었소. 바로 그래야 내 아내라고 할 수 있지. ―미쓰히데 놈도 당신처럼 이런 주인은 세상에 또 있을 리가 없다고 생각하고, 그렇게 말해야만 해. 그런데 그놈은 말하지를 않아."

"나리. ―미쓰히데는, 마음속으로 그렇게 생각하고 있어도 입이 무거운 사람입니다."

부인은 여전히 마음을 달래보려 했다.

"아니야."

라며 노부나가는 눈썹을 꿈틀 움직이고,

"마음속으로 그렇게 생각한다면 그런 낯짝을 할 리가 없어."

"그렇다면, 그 관병식의 총지휘를 맡지 않겠다는 건가요?"

묻는 얼굴은 눈에 띄게 흐려 있었다.

"귤대가리를 고집스럽게 옆으로 흔들었어."

"어머! 싫다고 머리를?"

"그놈은 고집불통이니까."

라며 노부나가가 미소 지었다.

그것으로 얼마간 마음이 놓여서,

"그럼, 그 역할을 누군가 다른 사람에게? 시바타나, 그도 아니면 하시바에게 명하실 생각이십니까?"

"무슨 말인가? 한번 내뱉은 말을 거둘 내가 아니지."

"어머?"

얼굴이 다시 흐려졌다.

한번 명령을 내렸으니 결코 바꾸지 않겠다는 노부나가와, 어디까지나 고집스럽게 고개를 가로 젓는 미쓰히데가 서로 맞선다면 어떻게 되는 걸까?

"핫핫하, 걱정할 것 없소."

"하지만."

"이 노부나가가 끝까지 싫다고 하게 그냥 내버려두었겠소?"

"하지만 아케치 나리가."

"찡얼거릴수록 녀석의 손해요. 그냥 밀어붙였소."

"그렇다면 끝내 받아들였다는 말씀이신가요?"

"음, 결국은 말이지."

"어머, 다행이네요!"

하얀 손가락이 목깃을 쓸어내렸다.

하지만 문득 우콘에 관한 일의 뒤처리가 머리에 떠올랐기에,

"그건 그렇고, 구와노미데라에 관한 일은?"

부인이 묻자,

"그런 일에 매달려 있어서는 중요한 관병식에 지장이 생기지." 라며 노부나가는 입 안에서 웃었다.

오란, 오후우

1

아즈치 산은 그야말로 불야성이었다. —밤은 벌써 상당히 깊어 있었지만.

그도 그럴 터였다.

1580년이라는 해도 이제는 하루밖에 남지 않았기 때문이었다.

"아아, 더는 못 버티겠어."

"몸이 몇 개 있어도 모자라."

"손이 일고여덟 개쯤 있었으면 좋겠어."

"다리도 하다못해 서너 개쯤."

"오오, 나는 눈이 핑핑 돌아."

"돌기만 하면 다행이게. 난 현기증이 나서 죽겠어. 쓰러질 것 같아!"

"누가 아니래! 이건 배가 고프기 때문이기도 해. 난 아침부터 아무것도 먹지 못했어. 정말 전쟁보다 더 힘들다니까."

언제, 어떠한 장소에서도 연말은 분주한 법이다. 하물며 이곳은 중원 패자의 중심지였다. 노부나가의 수부(首府)였다. 30여 국가들에 대한 정치상, 군사상의 명령이 전부 이 성에서 내려졌을 뿐만 아니라, 거기에 예의 대대적인 관병식 준비라는 아주 커다란 일이 연말의 분주함과 맞부딪쳤기에 도무지 견딜 수가 없었다.

"저희 여자들은 안살림을 맡고 있으니 정월의 준비만 마치면 나머지는 그럭저럭 한숨 돌릴 수 있을 것 같아요."

"이런 때 안살림을 맡는다는 건 정말 편한 일이에요."

"오늘로 준비도 거의 끝났고, 내일은 섣달그믐."

"하룻밤만 더 자고 나면 새해."

"봄기운을 기뻐하며."

"봄이라니, 즐겁네요."

"놀기로 해요."

"즐기기로 해요."

혼마루에서도 니노마루에서도, 하녀들에게 바깥에 있는 남자들만큼의 분주함은 없었다.

"이번에 남자들은 정말 가엾게 됐어요."

"먹을 시간도, 잠잘 틈도 없는 것 같던데요."

"대신할 수 있다면 대신해주고 싶을 정도예요."

"오호호호, 당신은 특히 더 그렇겠죠. 네, 물론 그러시겠죠."

"어머, 어째서죠?"

"세상에 시치미 떼는 것 좀 봐. 아이, 얄미워라!"

"어머, 당신이야말로 얄미운 사람! 제가 무슨 시치미를 뗀다는 거죠?"

"작작 좀 해요. 우리들은 장님인 줄 아세요? 요 다음에 몰래 만날 때는 살금살금 뒤따라가서 깜짝 놀라게 해줄 테니."

여기는 니노마루.

하녀들의 커다란 방은 떠들썩했다.

그러나 오후우(お富宇)의 방 주위는 고요한 정적이 벌써 한밤중과 같았다.

후우는 스무 살을 얼마 넘지 않은 젊은 측실이었다. 말할 필요도 없이 노부나가의 애첩 가운데 한 명이었다.

이 니노마루에는 노부나가의 애첩이 둘 살고 있었다. 한 명은 오쓰(お通). 다른 한 명이 이 오후우였다.

모두 어디 하나 빠질 것 없는 매화와 벚꽃.

혹은 작약과 모란꽃에 비유해도 좋을 두 여인들이었다.

하지만 오쓰는 나이가 훨씬 어렸다. 새해가 밝아도 겨우 16세. 수많은 측실 가운데서도 가장 어리고 가장 나중에 들어온 애첩이었다. 따라서 그녀에 비하자면 오후우는 7년쯤이나 선배인 셈이었다.

고요한 복도에서 발소리가 들려왔다.

2

그 발소리가 들려오기를 기다리고 있었다는 듯 복도에 서 있던 하녀 하루노(春乃)가,

“응? 오셨네. 오셨어.”

라고 같은 하녀인 하쓰세(初瀨)에게 외쳤다.

“어머, 그래?”

하쓰세는 이리가와에, 그녀도 역시 기다렸다는 듯 서 있었다.

그러자 방 하나를 사이에 두고 안쪽 방에 있던 오후우가,

“애야, 소홀함 없이!”

라고 말하자, 하쓰세가 복도로 달려 나갔다. 바로 그때 란마루의 모습이 보였다.

육각형 작은 등롱을 든 하녀의 인도를 받아 란마루는 지금 오쓰의 방에서 복도를 건너 혼마루로 돌아가려던 참이었다.

육각형 작은 등롱의 어슴푸레하고 희미한 불빛이 란마루의 아름다운 얼굴을 부드럽게 부각시키고 있었다.

"저기, 란마루 나리."

라고 불러세우듯 말했다.

"하루노로구나. 오후우 님은 안녕하시냐?"

부드러운 목소리로 이렇게 말하며 지나가려는 란마루를 이번에는 하쓰세가,

"란마루 나리, 저기, 아씨께서 잠시 뵙고 드릴 말씀이 있으시다고 합니다."

라며 갑자기 앞을 가로막고 섰다.

"어머. 이를 어쩌지. —나는 지금 바쁘니 조만간 다시 찾아뵙겠다고 아씨께 전해줬으면 해."

색시동 사무라이다운 말투로 란마루가 대답하자, 하루노가 뒤에서부터 느닷없이 란마루의 옷자락을 덥석 쥐고,

"어머, 어째서 그런 말씀을. 매정하시네요. 결코 시간을 빼앗지는 않을 것이라고 아씨께서— 그렇게 말씀하셨으니, 아주 잠깐이면 된다고 하셨어요!"

라며 있는 힘껏 방의 이리가와 쪽으로 끌고가려 하자, 앞쪽에서는 더욱 노골적으로 색시동 사무라이의 가슴팍을, 여자의 몸으로 여자답지 않게 한껏 움켜쥐었을 뿐만 아니라 온몸의 힘을 팔에 주어,

"에잇 정말, 매정하게도!"

라며 마구잡이로 밀어댔다.

이야말로 밀고 당기고, 오로지 주인을 위해서 앞에서 밀고 뒤에서 당기는 행짜, 야단법석.

육각형 작은 등롱을 든 하녀는 어리둥절했으며, 란마루도 설마 이런 일을 당하게 될 줄은 꿈에도 생각지 못했으나, 그러나 이 정도의 일로 동요할 그가 아니었다.

"이봐, 아아, 이봐. 이렇게 억지를 부리는 건 무례하잖아, 무례하잖아. 이걸 좀 놔, 이걸 좀 놓으라니까."
라고 말하며 질질 끌려서 이리가와로 들어갔다.

물론 보통 사람을 뛰어넘는 란마루의 힘으로 가녀린 여자 대여섯 명이 밀든, 당기든 꿈쩍도 할 리 없었으나 뿌리칠 생각이 없었던 듯, 자못 난처하게 됐다는 표정으로,

"아이 이거 참, 안 된다니까!"
라며 이리가와에서 다시 방 안으로 잡아끄는 대로, 밀어붙이는 대로 들어가 버렸다.

그때 오후우가,

"어머, 매정하신 오란 나리! 사람의 마음도 몰라주시고 그냥 지나치려 하시다니, 그건 너무하잖아요!"
하며 원망스러운 얼굴.

추파를 던진 그 아름다움.

3

"잠시 동안, 마음 편안히 계세요. 오호오호호호!"
라고 하녀인 하루노가 말하며 탁, 란마루 등 뒤의 장지문을 닫고 하쓰세와 함께 옆방에서 이리가와로 나갔다.

등롱을 들고 있던 하녀에게 하쓰세가,

"그만 돌아가세요! 란마루 나리는 저희가 배웅해드릴 테니."
라고 말했다.

하루노도,

"수고했어요."

단아하게 허리를 숙인 모습은 조금 전까지만 해도 남자 뺨칠

정도로 만용을 부렸던 여자라고는 여겨지지 않았다.

란마루를 따라왔던 하녀가 오쓰의 방 쪽으로 돌아가자 하루노와 하쓰세는 이리가와의 촛대 옆에 앉아서 서로 속삭였다.

안쪽 방에서는 오후우가,

“자, 이쪽으로 잠깐.”

하며 화사한 손으로 란마루의 손목을 가만히 쥐었다.

거칠게 뿌리칠 것이라 예상했으나 멋지게 빗나가서, 란마루의 손은 쥐어진 채로 가만히 있었다.

오후우의 격렬한 고동이 그녀의 손바닥을 통해서 남자의 손에도 전달되었다. 그러나 남자의 심장은 겉으로 보이는 몸짓의 참으로 수줍고 숙부드러운 모습에 반해서 얼마나 싸늘하게 굳어 있었는지. 그렇지만 한껏 상기되어 몸속의 피뿐만 아니라 마음까지 들떠버린 오후우는 물론 란마루의 그와 같은 싸늘함과 냉담함 따위 느낄 수도 없었다.

“자, 조금 더!”

오후우가 자신의 무릎 쪽으로 색시동 사무라이의 몸을 잡아끌자,

“어머, 어떻게—.”

란마루는 마치 뼈가 없는 몸처럼 흐느적흐느적 풍만한 여자의 무릎 위에 옆으로 쓰러져 기대었다.

아아 이 얼마나 기괴한 거동이란 말인가? 이게 이누이 망루에서 요 얼마 전 우콘에게 억지를 부리며 지분거릴 때, 그를 제지하기 위해 끼어든 노부나가의 사위이자 쓰쓰이 집안의 작은 어른인 사다쓰구의 6자가 넘는 거구를 간단히 집어던져 쓰러뜨려버린, 얼굴에도 몸매에도 어울리지 않는 놀라운 괴력을 가진 자라니!

색시동 사무라이의 낭창낭창한 촉감이 오후우의 전신을 오싹하

게 만들었다.

어딘가 이질적인 풍모가 한층 더 짜릿하게 느껴진 것이었다.

바들바들 떨면서,

'오오, 사랑스러워라!'

라며 뜨거운 눈길로 위에서부터 내려다보았다. —아래쪽에서 올려다보는 시선과 시선.

란마루가 넋을 잃은 듯한 표정으로,

"오후우 님! 오란은 오히려 두렵습니다."

목소리도 말투도 변성남자의 변태적인 것이었다.

"어머나."

"세상에, 뭐가 어머나, 라는 거죠?"

"아아, 얄미운 오란 나리, 사람을 놀리시나요?"

"아야야야, 어머 뭐하시는 거예요. 어머, 왜 이러세요, 왜 이러세요."

"너무너무 얄미워서, —얄미워서."

"어머 아파요, 아파."

"아픈 건—."

"어머, 아프다니까요!"

"나리는 좀 아프셔야 돼요. 제가 가르쳐드릴 게요. 꼬집든, 할퀴든, 물어뜯든, 마음껏 하고 싶은 대로 하라고 주군께서 허락을 하셨어요!"

4

마치 온천이 솟아나는 샘처럼 콸콸 쏟아져 나오는 감정이 여자의 말초신경을 자극했다.

란마루가 여자의 소매 아래서 올려다보는 얼굴로,

"그런 식으로 적당히 둘러대면서 저를 잘도 가지고 노시네요!" 라고 자기 얼굴의 매끄러운 피부로 여자 손목의 부드러운 살갗의 감촉을 맛보며,

"주군께서 허락을 하셨다니, 어찌 그런 터무니없는 말씀을 하셨겠어요. 장난도 그럴 듯하게 치셔야지요."

이렇게 말하자,

"제가 뭐 하러 괴롭히고 장난을—."

"하지만 얄밉다고 하셨잖아요. 얄밉다니 장난도 치시고 괴롭히기도 하시고 꼬집기도 하시는 거겠지요. 아프다고 그렇게 말씀드렸는데, 보세요, 이렇게 자줏빛으로 지렁이가 지나간 것처럼 부어오르도록 꼬집으신 게 가장 커다란 증거 아니겠어요?"

"어머, 정말 얄미워라, 요 입!"

"보세요, 얄밉다고 말씀하셨잖아요!"

"오란 나리, 저는 진실을 말씀드리는 거예요. 주군께서 분명히 허락하시겠다고 말씀하셨는걸요."

"허락하셨다니, 그건 무슨 말씀이시죠? 저는 어리석은 사람이니 좀 더 알아듣게 말씀하세요."

"어머, 어리석은 사람이라니."

"네, 둔감한 성격이에요."

—아! 어느 쪽이 여자의 말인지 알 수 없었다. 만약 둘의 모습이 보이지 않는 곳에서 누군가가 들었다면 틀림없이 고개를 갸웃거리며 '뭐지?' 하고 이상히 여겼으리라. 말투도 그렇고 목에서 나오는 소리도 그렇고 그냥 듣기만 해서는 도무지 자웅을 구별할 수가 없었다.

"오란 나리, 당신이야말로 저를 놀리시네요. 주군조차 오란은 천재다, 머지않아 몇 개의 영지를 가진 커다란 몸으로 출세할게야, 오란이야말로 보기 드문 기량을 가진 아이야, 라고 웬만해서는 남을 칭찬하지 않으시는 입으로 지금껏 들어보지도 못한 칭찬을 하신 게 한두 번이 아닌 걸요."

"어머, 얄미운 오후우 님! 그건 주군께서 당신의 마음을 시험해 보시려고 하신 말씀일 거예요. 혹시 정말로 그렇게 말씀하셨다면 그건 의심의 여지도 없이 당신께서 어떤 얼굴을 하실지 보고 싶으셨기 때문일 거예요."

"어머나, 어떻게 그런 말을!"

"아니요, 틀림없어요."

"하지만 주군께서는, 그 오란만은 무슨 짓을 해도 용서해주겠다고 말씀하셨는걸요. —'오란의 아버지인 산자에몬은 내가 나이 어렸던 열여섯 살 때부터 모리야쿠[52]를 맡아 커다란 고생을 했지. 뿐만 아니라 지금으로부터 정확히 10년 전, 벌써 오래 전의 일이 되어버렸지만, 1570년 9월, 다이묘인 아사이 · 아사쿠라 · 롯카쿠(六角) 들이 배신했을 때[53] 죽음으로 이 노부나가를 지켜준 것이 누구인지 아는가? 모리야, 산자에몬이야, 오란의 아비야.'라고 말씀하셨어요."

"오후우 님. 세상에, 무슨 말씀을 하시는 거예요? 주군을 위해서 목숨을 버린 사람이 어디 아버지 산자에몬 한 사람뿐인가요?"

---

52) 傅役. 지키며 뒤를 보살피는 사람.

53) 란마루의 아버지인 산자에몬(요시나리)은 1570년부터 우사(宇佐) 산성을 지켰는데, 노부나가가 셋쓰(摂津)의 노다(野田)와 후쿠시마(福島)를 공격하던 중 길을 끊기 위해 출격한 아사이 · 아사쿠라 · 롯카쿠의 대규모 연합군에 맞서 싸우다 오다 노부하루(織田信治)와 함께 전사했다.

"하지만 그때 오란 나리의 춘부장께서 목숨을 걸고 사카모토 성을 지키지 않으셨다면 주군께서는 교토에서 기후로 무사히는 돌아오시지 못하셨을 거라고 하시던 걸요!"

이렇게 말하고 오후우는 란마루의 아름다운 모습을 지금이라도 녹아들 듯한 눈빛으로 지긋이 바라보았다.

5

란마루가 일부러 눈부시다는 듯,

"오후우 님!"

역시 녹아들 듯한 눈빛으로 바라보자 정열에 땀으로 촉촉해진 오후우의 손바닥이 소맷자락 아래서 희롱거리고 있던 남자의 손등을 꼭 쥐고,

"네!"

"말씀하신 대로 선친 산자에몬은 목숨을 바쳐 사카모토 성을 지켰습니다만, 그것은 주군께서 베푸신 은혜를 갚은 일—."

"아니, 아니요. 주군께서는 모리의 충의는 특별하다고 말씀하시는 걸요."

오후우는 노부나가가 모리 산자에몬 요시나리의 충성스러운 죽음을 얼마나 높이 평가하고 있으며 얼마나 깊이 감사하고 있는지, 깊은 감정을 한껏 담아 길게 이야기했다.

모리 산자에몬이 노부나가의 모리야쿠가 된 것은 그 전의 모리야쿠였던 히라테 나카쓰카사54)가 당시 너무나도 난폭했던 어린 주군

---

54) 平手中務. 히라테 마사히데(平手政秀, 1492~1553)를 말함. 노부나가의 아버지인 오다 노부히데와 노부나가 2대에 걸쳐 오다 가를 섬겼다. 어린 시절 기행을 일삼았던 오다 노부나가의 행동을 바로잡기 위해 자결했다.

노부나가의 방자한 행동을 충고하기 위해서 할복한 뒤를 이은 것이었다. 그런 모리가 1570년 9월 19일, 노부나가를 위해서 사카모토 성을 사수하다 장렬하게 전사했을 때 노부나가는 그야말로 일대 위기에 처해 있었다.

그때는 에치젠의 아사쿠라 · 기타고슈(北江州)의 아사이 · 미나미고슈(南江州)의 롯카쿠 등, 일단은 노부나가 세력을 중히 여겨서 그의 교토 입성을 승인했던 각 다이묘들이 갑자기 히에이 산과 공모해서 노부나가가 기후로 돌아가는 퇴로를 끊은 것이었다.

당시 모리 산자에몬은 사카모토 성의 성주였다. 그는 자신의 성에서 적의 대군을 맞이했다. 그 덕분에 주군 노부나가는 간신히 퇴각할 수 있었다.

산자에몬의 충성스러운 죽음으로부터 벌써 10년. ㅡ그 사카모토 성은 지금 아케치 미쓰히데의 본성이 되어 있었다.

사카모토 성은 히에이 산의 기슭과 비와코를 끼고 있는 요충지로 매우 중요한 장소이기에 상당히 노련하고 무략에 뛰어난 장수가 아니면 성주가 될 수 없었다.

따라서 모리의 죽음 이후 아케치가 그런 사카모토 성의 성주가 된 것은 자연스러운 일이었다.

그러나 노부나가는 사카모토 성을 아케치에게 주기는 했으나 모리의 유족을 결코 소홀히 생각한 것은 아니었다. 아니, 매우 우대해주었다.

모리 산자에몬이 죽었을 때 장남인 나가요시는 13세, 차남인 란마루는 6세, 3남인 리키마루는 5세, 4남인 보마루는 4세였다.

노부나가는 장남인 나가요시에게 녹봉 20만 7천 9백 석을 주었으며, 미노 가니 군(可児郡) 가네야마(金山)의 성주로 삼았고, 또 차남인 란마루에게도 역시 미노의 이와무라 성과 녹봉 5만 석을 주었다. 뿐만 아니라 란마루, 리키마루, 보마루 삼형제를 자신의 품안에 두고 총애했다.

이는 사람들을 깜짝 놀라게 할 만큼 참으로 커다란 우대였다. 이와 같은 특별한 대우는 물론 전사한 산자에몬에 대한 감사의 마음이기도 했으나, 만약 모리의 아들들이 비범할 정도의 소질을 가지고 있지 않고 천재적인 기린아가 아니었다면 그렇게까지 우대하지는 않았으리라.

오후우가,

"주군께서 말씀하시기를, 네가 란마루를 사랑스럽게 생각하는 것도 당연한 일이다, 오란만 승낙한다고 머리를 끄덕인다면 내가 다리 역할도 하고 중매도 서주겠다, 고 참으로 황공한 말씀을 하셨습니다."

라고 말했다.

그녀가 마침내 본격적으로 설득에 들어간 것이었다. 그러나 란마루는,

"어머나, 세상에. 거짓말도 정말 그럴 듯하게 하시네요!"

라며 언제까지고 얼버무렸다.

뱀해의 봄

1

새해가 밝았다.

1581년은 뱀의 해였다.

신사년(辛巳年)의 봄이었다. 아즈치 성의 혼마루에서 나온 노부나가는 소켄지의 객전에서 연하 인사를 받았다.

"이상하지 않아?"

"뭐가?"

"주군께서는 어째서 혼마루에서 연하 인사를 받으시지 않으시는 걸까?"

"어째서라니, 주군의 뜻을 우리 같은 놈들이 알 수나 있겠는가?"

"그렇게 말해버리면 더 할 말은 없지만, 난 아무래도 이상하단 말이야. 어째서 일부러— 무엇 때문에 소켄지까지 직접 오신 건지?"

"핫하하하, 새해 벽두부터 하지 않아도 될 고민을 끌어안게 되었군. 우리 같은 놈들이 아하, 그러구나, 하고 알 수 있을 만한 일을 하신다면 어찌 오다 나이다이진(内大臣) 님이라고 할 수 있겠는가."

"이봐, 그걸 틀려서는 안 되지. 나이다이진 님은 벌써 몇 년 전의 일이라고. 지금은 하나 더 승진하셔서 우후 공 아니신가, 우다이진 아니신가."

“상관없지 않은가, 우든 좌든, 주군을 말하는 것임에는 변함이 없으니.”

“그야 물론 어느 쪽이든 상관이야 없지만, 아무튼 절에서 연하 인사를 받는 건 이상해.”

“후후, 스님들만큼이나 고민이 많군. 그만두게, 그만둬, 쓸데없이 고개를 갸웃거리는 건.”

절과 승려를 눈엣가시처럼 여겨 히에이 산의 칠당가람을 불태우고 오사카 혼간지를 철저히 공략해 궤멸시킨 노부나가가 신년 인사를 절에서 받는다는 것은 누가 생각해도 묘한 일이었다.

노부나가는 성의 정문에서 일단 성 밖으로 나와 바깥 쪽 해자 옆을 도도노하시(百々之橋)까지 화려한 행렬을 이끌고 갔고, 그 다리를 건너 소켄지의 첫 번째 문, 두 번째 문, 세 번째 문을 지나 객전으로 들어갔다.

그리고 객전 아래의 널따란 마당에는 아직 어두컴컴한 이른 아침부터 말 주위를 호위하는 무사, 닌자(忍者) 등의 군신이 가득 들어차 있었다.

속삭임은 그 무리들 가운데서 흘러나온 것이었다.

“겨우 이 정도의 일을 이상히 여긴다면, 그 기묘한 모습에 관을 씌워주고 한술 더 떠서 녹봉까지 내려 총애하는 모습은 과연 어떠한가?”

“흠, 오란 나리 말인가?”

“그렇지!”

“대놓고 말은 못하겠지만, 눈꼴시어서, 원!”

“정말 제정신이 아닌 것 같다니까.”

“그래서는 언덕을 굴러 떨어지는 수레와 다를 바 없지.”

"맞아, 막을 수가 없어."

"우콘 님은 정말 가엾다니까. 과연 어떻게 하실까?"

"참으로 안타깝지만 물에 젖은 까마귀처럼 윤기 넘치는 검은 머리를 자르고 스님이 되시는 수밖에 없을 거야."

"하지만 스님이 되어도 별수 없을 걸."

"뭐? 별수 없을 거라고?"

"스님이 되든, 비구니가 되든, 단념할 백사가 아니야."

"오호, 비구니가 되어도 놓지 않을 거란 말인가?"

"일단 표적이 되면 그것으로 끝이야."

"표적이 된 것이 불행의 시작이란 말이군?"

"끔찍한 일이지."

바로 그때 벽제 소리가 들려왔다.

"납시오."

객전 정면에 있는 자리로 노부나가가 모습을 드러냈다.

칼을 들고 있는 자는 모리 보마루.

뒤이어 란마루의 모습이 보였다.

2

객전 아래의 널따란 마당을 가득 메우고 있던 여러 신하들이,

"경축드리옵니다."

하고 일제히 인사를 했다. 그때 호리 규타로가,

"가장 먼저,"

하고 외친 뒤,

"기타바타케 주조 노부카쓰55) 경."

이렇게 지명하자 노부나가의 차남이자 이세 지방 장관의 집안인

기타바타케 가문의 가장이 된 노부카쓰가 가장 먼저 객전의 주군에게 인사를 했다.

"다음은 간베 산시치 노부타카[56] 나리."

외침에 따라서 노부나가의 셋째 아들인 노부타카가 뒤를 이었다.

"셋째, 오쓰기마루[57] 나리."

오쓰기마루는 노부나가의 넷째 아들로 올봄 13세가 되었다.

"넷째, 겐자부로[58] 나리."

다섯째 아들인 겐자부로가 뒤를 이었다.

이 겐자부로는 예전에 노부나가가 고신[59]의 다케다[60]에 대해서 평화공작을 펼칠 때 신겐의 양자로 들어갔기에 매우 어린 시절

---

55) 北畠中将信雄(1558~1630). 주조는 관직명. 오다 노부나가의 차남으로 기타바타케 도모후사(北畠具房)의 양자가 되었다. 노부나가 사후 동생인 노부타카(信孝)와 대립했으며 도쿠가와 이에야스와 결탁하여 고마키·나가쿠테(小牧·長久手) 전투를 일으켜 도요토미 히데요시와 싸웠다. 훗날 나이다이진이 되었다.

56) 神戸三七信孝(1558~1583). 오다 노부나가의 셋째 아들로 이세 간베 씨의 양자가 되었다. 혼노지의 변 이후 기후 성의 성주가 되었으나 훗날 상속 문제로 도요토미 히데요시·형인 노부카쓰와 전투, 노부타카 편을 들었던 시바타 가쓰이에가 패하자 자신도 자결했다.

57) 於次丸(1569~1586). 하시바 히데카쓰(羽柴秀勝). 오다 노부나가의 넷째 아들로 하시바 히데요시(도요토미 히데요시)의 양자가 되었다. 야마자키 전투에서 히데요시와 함께 아케치 미쓰히데를 격파했다. 오다 노부나가의 장례식에서 상주가 되었으며, 아케치 미쓰히데의 영지였던 가메야마 성의 성주가 되었다. 시즈가타케 전투, 고마키·나가쿠테 전투에 참가했으나 18세라는 어린 나이로 세상을 떠났다.

58) 源三郎(?~1582). 본명은 오다 가쓰나가(織田勝長)로 1560년에 다케다 신겐의 볼모가 되었다. 이후 시바타 가쓰이에의 도움으로 오다 가로 돌아왔으며, 이누야마 성의 성주가 되었다. 혼노지의 변 때 목숨을 잃었다.

59) 甲信. 야마나시(山梨)와 나가노(長野) 지방을 함께 이르는 말.

60) 다케다 신겐(1521~1573). 신겐은 법명이고 이름은 하루노부(晴信). 아버지 노부토라(信虎)를 폐하고 가이(甲斐)의 슈고(守護)가 되었다. 우에스기 겐신과 대립하여 수차례에 걸쳐 가와나카지마 전투를 치른 것으로 유명하다. 훗날 교토 진출을 꾀해 미카타가하라(三方ヶ原)에서 도쿠가와 이에야스를 격파하고 미카와(三河)로 들어갔으나 진중에서 병사했다.

을 고후(甲府)에서 보냈으나 오다와 다케다의 평화가 깨진 이후 친아버지의 슬하로 돌아와 있었다.

노부나가에게는 겐자부로 아래로도 아들이 6남에서부터 11남까지 6명이나 더 있었으나 아직 어리기에 이 자리에는 참석하지 않기로 되어 있었던 듯,

"오다 고즈케 노부카네[61] 나리."

라고 호리 규타로가 노부나가의 이복동생의 이름을 불렀다.

노부카네가 전으로 들어서자 규타로의 목소리가,

"오다 시치베에 노부즈미[62] 나리."

라고 호명했다.

시치베에 노부즈미는 노부나가의 조카로, 아케치 미쓰히데의 둘째 딸과 혼인을 한 사이였다.

다음으로 호명한 것은 오다 겐고 나가마스[63]. 다음이 오다 마타주로 나카토시[64].

두 사람 모두 노부나가의 이복동생이었다. 그러나 이복동생이라

---

61) 織田上野信兼(1543~1614). 오다 노부히데의 넷째 아들. 혼노지의 변 이후 도요토미 히데요시를 섬겼으며 가이바라(柏原)의 성주가 되었다. 이름을 '信包'라고도 쓴다.

62) 織田七兵衛信澄(?~1582). 오다 노부나가의 동생인 오다 노부유키(織田信行)의 장남. 1564년부터 쓰다(津田) 성을 썼다. 아케치 미쓰히데의 사위. 혼노지의 변이 있었을 때는 시코쿠 공략의 총대장이었던 오다 노부타카에게 속해서 오사카 성에 있었다. 미쓰히데와 인척관계라는 이유로 같은 해에 노부타카에 의해 살해되었다.

63) 織田源五長益(1547~1621). 오다 노부나가의 동생. 오다 노부나가와는 성격이 달라서 무장이었으나 만년에는 다인(茶人)으로 유명했다. 혼노지의 변 이후 도요토미 히데요시를 섬겼으며 세키가하라 전투에서는 동군에 가담했다. 오사카 겨울의 진 때 도요토미 쪽의 맹주로 추대되었으나 여름의 진 때 참가하지 않아 도쿠가와 이에야스의 스파이였다고도 일컬어진다.

64) 織田又十郎長利(?~1582). 오다 노부히데의 막내로 열두 번째 아들. 1574년에 나가시마 봉기의 토벌대에 가담했다. 혼노지의 변 때 노부타다와 함께 니조 성에서 아케치 군과 싸우다 전사했다.

고는 하지만 동생임에는 틀림없었는데 조카인 시치베에보다 이 두 사람이 나중에 불린 것에 대해서 군신들은 눈을 둥그렇게 떴다.

'아케치 나리의 사위이기 때문일까?'

시치베에의 아버지인 노부유키는 노부나가와 같은 어머니에게서 태어났으나 모반을 일으켰다가 최후를 맞이했다는 어두운 과거가 그의 아들인 시치베에에게도 늘 따라다녔기 때문에 아케치가 그를 사위로 맞아들였다는 사실을 내심 위험스럽게 여긴 자도 결코 적지 않았다.

그러나 그야 어찌됐든 일문의 호명이 끝나자 호출 순서를 적은 종이는 호리 규타로의 손에서 하세가와 다케[65]의 손으로 넘어갔다. 여러 신하들은,

'아케치 나리가 먼저일까? 아니면 하시바 나리가 먼저일까?'

하고 생각했다.

'여러 다이묘 중에서 누가 필두일까?'

'이 아즈치 성을 쌓은 건 아케치 나리야. 관병식의 총지휘도 아케치 나리라고 하고…….'

호출 역을 맡은 하세가와 다케가 마른기침을 한 번 한 뒤 순서가 적힌 종이를 바라보았다.

'과연 누구일까?'

'아케치일까, 하시바일까?'

"—첫 번째, 하시바 지쿠젠노카미 히데요시 나리."

다케가 이렇게 부른 바로 그 순간, 널따란 마당의 문 밖이 갑자기 소란스러워지더니 문을 지키고 있던 사무라이가 객전의 계단 아래

---

65) 長谷川竹(?~1594). 하세가와 히데카즈(秀一). 오다 노부나가 사후에는 도요토미 히데요시를 섬겼다.

까지 달려 들어왔다.

"고하겠습니다!"

라며 기후 성에서 파발마가 왔다는 전갈.

'새해 첫날부터 무슨 일일까?'

사람들은 낯빛이 변했으나 노부나가는 조금도 동요하지 않는 모습으로 태연하게 자리에서 일어났다. 그리고 바깥문과 이어진 복도 쪽으로 나갔다.

파발마를 타고 급히 달려온 사자는 사카우치 도자에몬(坂内藤左衛門)이었다.

3

"도자. ―흉인가, 길인가?"

라고 노부나가가 물었다.

기후에서 파발마를 타고 온 사자, 사카우치 도자에몬의 얼굴을 보자마자 이렇게 말을 건넨 것이었다.

기후 성에는 노부나가의 장남이자 오다 가의 후계자인 노부타다[66]가 머물고 있었다. 노부타다는 아명을 기묘마루(奇妙丸), 지금은 산미추조(三位中将)라 불리고 있었다. 기후는 노부나가가 이곳에 아즈치 성을 구축하기 전까지 오다 가의 본거지였기에 성의 짜임새도, 저택의 장려함도, 아즈치에는 뒤졌으나 그래도 외국인 선교사인 프로이스를 깜짝 놀라게 만들었을 정도였다.

"내가 포르투갈 및 인도를 거쳐 일본에 이른 오늘에 이르기까지

---

66) 織田信忠(1557~1582). 오다 노부나가의 장남. 오다니(小谷) 성 공격 때 처음으로 전쟁에 참가, 이후 여러 전투에서 공을 세웠으며 1582년에 가이를 공격하여 다케다 씨를 멸망시켰다. 혼노지의 변 때는 묘카쿠지(妙覚寺)에서 분전했으나 아케치 군에게 포위되어 자결했다.

본 궁전 중에서 이처럼 정교하고 아름답고 청정한 것을 본 적이 없다는 사실에는 의심의 여지도 없다. 이야말로 지상에 건축한 천국의 낙원과도 같은 대건축물이다."

라고 감탄케 했을 정도였다. 그 기후 성에서 지금 급사가 도착한 것이었으나,

'파발마로 왔다고 해서 전부가 나쁜 일이라고만은 말할 수 없겠지.'

노부나가는 이렇게 생각한 것이었다. 그러나 사자인 도자에몬은 복도 바깥의 땅바닥에 웅크린 채,

"네. 큰일이 일어났습니다. 산미추조 나리께서 출마하셨습니다."

"뭐라, 출마라고? 어디로?"

"네. 이미 기요스(清洲) 성까지."

"설마 매사냥이나 유산(遊山)을 나선 건 아닐 테고."

"추, 추, 출마라고 말씀드리지 않았습니까!"

"그렇게 소리 지르지 않아도 된다. 다케다가 어쨌다고 도쿠가와로부터 무슨 말이라도 있었던 게냐?"

"그, 바렇습니다."

"멍청한 놈, 그런 말이 어디 있느냐?"

"그게, 주군께서 너무나도 훤히 꿰뚫어보고 계시기에 저도 모르게 입이 그만, 무례하게도 멋대로 말을 쏟아냈습니다. 너그러이 용서해주시기 바랍니다."

"사죄하지 않아도 된다. 말해보아라."

"네. 고 · 신 · 슨(甲信駿) 지방의 적장인 다케다 가쓰요리[67]가

---

67) 武田勝頼(1546~1582). 다케다 신겐의 아들. 아버지의 뜻을 물려받아 미노, 도토우미(遠江), 미카와까지 진출했으나 1575년 나가시노 전투에서 오다 노부

— 엔슈(遠州) 다카텐진(高天神) 성의 후방을 공격하기 위해서 수만의 대군을 이끌고 도쿠가와 나리의 영지 안까지 침입한 형세, 참으로 예사롭지 않다고 도쿠가와 집안의 본성인 하마마쓰에서 화급히 전갈— 그걸 들으시고 산미추조 나리께서는 이거 큰일이로구나, 한시도 지체할 수 없다며 바로 출마하셨습니다."

사자인 도자에몬이 이렇게 고하자,

"왓핫하하!"

노부나가는 아무 일도 아니라는 듯 한바탕 웃음을 터뜨린 뒤,

"노부타다 놈, 허둥대기는. —이에야스에게 맡겨두면 될 일을."

이렇게 툭 내던지듯 말하고 서둘러 객전 쪽으로 되돌아가려다 슬쩍 뒤를 돌아보며,

"도자에몬, 술이라도 한껏 마시고 가거라."

"네. 송구스럽습니다."

도자에몬이 머리를 조아렸다가 들어보니 노부나가의 모습은 벌써 복도에서 객전의 이리가와로 사라지고 없었다.

노부나가가 자리로 돌아왔다.

여러 다이묘도, 근신도 무슨 일로 급히 사자가 온 것인지 내심 궁금했으나 의식이 한창 진행 중이고, 노부나가의 얼굴에는 어떤 그늘도 없이 오히려 희미한 웃음의 그림자까지 보였기에 어쨌든 곧 알게 되리라 생각한 순간,

"두 번째, 아케치 휴가노카미 미쓰히데 나리."

라고 호출 역을 맡은 하세가와 다케의 목소리가 객전 안에 울려 퍼졌다.

나가 · 도쿠가와 이에야스 연합군에게 대패한 이후 세력이 급격하게 쇠락했다. 이후 오다 노부나가에게 쫓기다 1582년에 덴모쿠 산(天目山)에서 자결했다.

아까부터 하시바 히데요시는 노부나가가 앉은 곳 앞으로 나가서 앉아 있었다.

미쓰히데가 자리에서 일어났다.

그 음침한 표정을 보고 노부나가의 눈이 번쩍 빛났다.

4

미쓰히데가,

"신사년, 새해를 축하드리옵니다."

라며 공손하게 머리를 조아렸다.

그러나 노부나가의 얼굴에 머물던 미소의 그림자는 못마땅한 표정으로 바뀌어 있었다.

"별로 축하하는 것 같지도 않은 낯짝이로구나."

"나리. 그것이 연초의 말씀이십니까?"

"그렇다."

노부나가의 두 눈이 다시 번쩍 빛났다.

"그렇다면 간언(諫言)을 올리겠습니다."

"간언? 귤대가리가 간언하기 딱 좋은 일이 생겼구나."

"그건 또 무슨 말씀이신지?"

"다케다 가쓰요리가 다카텐진 성의 후방을 공격하기 위해 엔슈까지, 조무래기 같은 병사들의 대가리숫자를 맞춰 밀고 들었다고 하더구나. 기껏해야 알몸으로 공격하는 정도가 전부일 가쓰요리가 무엇을 할 수 있겠냐만, 얼간이 같은 노부타다 놈! 거품을 물고 기후에서 기요스까지 벌써 출동했다고 하는구나. 미쓰히데, 네 놈의 그럴싸한 말로 표현하자면 군국다사(軍國多事)라고 할 수 있을 게다, 왓핫하하!"

"앗! 웃으실 일이 아닙니다. 그야말로 군국다사—."

"그래서 내가 말하지 않았느냐. 그러니 관병식 같은 건 때려치우라고 간언하는 게 벽창호라는 게다."

"그 벽창호야말로 이 미쓰히데의 진가입니다."

아케치가 씨름판에서 살바싸움을 하는 듯한 기세로 정면에서부터 밀어붙였다.

그러자 노부나가는 그 밀어붙이는 손을 일부러 부둥켜안듯,

"다케다는 이제 뿌리가 말라버린 거목에 지나지 않는다. 그냥 내버려둬도 쓰러질 게야."

"잠깐, 나리. 이 미쓰히데가 언제 다케다를 노후한 나라가 아니라고 말했습니까? 제가 간언하고 싶은 건 노후한 나라이든 신흥국이든, 변경에 적을 맞이해서 언제라도 싸워야 할 상황인데 관병식을 개최하는 것은 시기상조가 아닐까 하는 점입니다."

"뭐가 상조라는 게냐? 군국다사이기에 대대적인 관병식을 어람케 하는 게다."

라고 노부나가의 목소리가 강하게 울렸다.

미쓰히데가 마치 기다렸다는 듯,

"어람을 하신다니 더욱!"

그도 격한 어조로,

"일을 서두른다는 건 안 될 말입니다. 미쓰히데가 이미 말씀드렸듯이 준비 기간도 없이 이번 달 15일에 개최하시겠다는 뜻은, 그야말로 말도 안 되는—."

말이 채 끝나기도 전에,

"닥쳐랏!"

노부나가가 노엽다는 듯 말했다.

그러나 미쓰히데는 힘차게 튀어오르듯,

“바로, 바로 그것이 독단이라는 겁니다! 옥에 티입니다. 병폐이십니다!”

라고 외쳤다.

‘이거 재미있어졌군!’

이라고 생각한 건 히데요시였다.

‘오늘은 아케치도 물러설 생각이 없는 듯해.’

그때 미쓰히데가,

“어람을, 나리는 어떻게 생각하고 계신 겁니까?”

언성을 높이자,

“흠!”

천하의 노부나가도 약간 움츠러드는 듯한 모습을 보이자 바로,

“황공하게도 어람에 바칠 행사를 가벼이 생각하고 계신 건 아니십니까?”

급소를 쿡 찔렀다.

“흠!”

할 말을 잃은 적이 거의 없었던 노부나가가 말문이 막혀버린 것이었다.

히데요시가,

‘아케치 놈, 제대로 찔렀구나. 과연, 어떻게 될지?’

5

노부나가는 거만하고 자신의 고집을 꺾을 줄 모르는 사람이었으나, 매우 경건하게 천황을 존중하는 사람이었다.

황실에 바치겠다면서 가벼이 생각하고 있는 것 아니냐고 미쓰히

데가 말하자, 과연 다른 말이 떠오르지 않았다. 그랬기에 참으로 드물게도 간언을 받아들여 충분한 준비를 할 수 있도록 관병식 날짜를 2월 28일로 연기했다.

"그렇게 하면 되겠지? 단, 그 대신 이번 15일에는 씨름대회를 열 생각인데, 어떤가?"

"그런 일이라면 어떻게든 뜻대로 하십시오."

미쓰히데가 이렇게 대답했기에 노부나가는 쓴웃음을 지었다.

히데요시는 적잖이 김이 샌 듯한 모습으로,

'이거 태산이 떠나갈 듯 요동칠 줄 알았더니 쥐새끼 한 마리 얼굴을 보이지 않는구나!'

라고 낙담했으나 노부나가는 그래도 씩씩하게 자리에서 일어나,

"다른 사람들의 인사는 그만두기로 하자. 그리고 모두 나를 따라 오너라. '행어실'의 구경을 허락하겠다. 모두 오너라."

이렇게 말하고 복도로 얼른 나섰다.

"하지만 공짜로는 볼 수 없다. 배견 비용을 각자 따로 내야 한다. 두당 100문씩이다. 누구를 막론하고 다 내야해. 다 받을 게야. 그러니까 노부카쓰도 100문, 오쓰기도 100문, 아케치도 하시바도 모두 100문씩 평등하게 부과하겠다. 알겠느냐?"

그래도 사람들은 설마 싶었다.

노부나가 자신이 앞장서서 '행어실'을 향해 복도를 건너갔다.

이 '행어실'은 노부나가가, 언젠가 적당한 기회만 생긴다면,

지존의 행어를 바라는 마음에서 이곳 아즈치의 소켄지 안에 온갖 재료와 아름다움을 동원한 규모와 구조로 건축물을 지어둔 것이었다.

지붕은 노송나무 껍질로 멋지게 이었으며 용마루, 차양에 박은

금붙이가 찬란하게 빛나고 전 안쪽도 역시 전부 금을 입혔다.

그 가운데서도 방은 사방의 벽지를 금으로 발라놓았다. 그리고 쇠 장식도 전부 황금이었다. 바탕에 당초무늬를 새겨놓았으며 천장은 촘촘한 격자 모양으로 짜여 있었다.

그림은 전부 가노우 에이토쿠가 그렸다.

위도 반짝이고 아래도 반짝이고, 눈부신 광채— 마음과 말 모두 빼앗길 정도로 아름다운 모습이었다.

최상급 다다미의 표면은 품격 넘치는 푸른 빛, 다다미 둘레의 띠는 흰 바탕에 검은 무늬를 새긴 것과 붉은 바탕의 세로 줄 사이에 꽃 모양을 새긴 직물이었다.

정면에 있는 방 2칸의 안쪽에는 지존의 어좌인 듯, 고운 발 안쪽에 한 단을 높이고 금으로 아름답게 꾸며놓은 공간이 눈부실 정도로 빛났으며, 훈향이 사방으로 퍼져, 그저 눈을 놀라게 하고 머리를 숙이게 만들 뿐이었다.

노부나가가 복도에 버티고 서서,

"자, 오너라!"

라며 자신의 두 손을 내밀고,

"100문씩이야."

라고 말했다.

'설마 싶었는데 정말로 배견 비용이 필요한 모양이군.'

이거 큰일! 100문이라는 비용에 특별히 놀란 것은 아니었으나 마침 가지고 있는 돈이 없었다. 각자가 데리고 온 가신들의 품속에는 혹시 돈이 있을지도 몰랐기에 각 다이묘들이 황급히 객전 쪽으로 가기도 하는 등 커다란 소동이 벌어졌다.

노부나가가 높다랗게 웃으며,

"가진 돈이 없단 말이냐? 준비성이 없구나."

이렇게 말하자 하시바 히데요시가,

"원숭이 놈은 마침 가진 돈이 있습니다."

라고 미소 지으며 대답했다.

6

"100문보다 많아서도 안 됩니까?"

히데요시가 품속을 뒤적이며 말했다.

"평등하게 균일해서 말이지. 더 많아도 곤란해."

라고 노부나가가 대답했다.

"오반68) 입니다만."

"열 냥인가?"

노부나가가 미소 짓자,

"특별히 용서해주실 수 없으시겠습니까?"

"특별 취급을 용납할 수 없는 경우지만, 기특하게도 금전을 몸에 지니고 있었다는 사실을 참작해서 평등하게 100문을 받아야 하는 배견 비용을 그대에게만은 특별히 10냥을 받고 봐주기로 하지."

"분에 넘치는 고마움입니다."

금전을 품속에 소지하고 있던 자는 하시바 히데요시를 빼면 단 한 사람도 없었다. 그런 어처구니없는 배견 비용 따위는 그 누구도 예견할 수 없었기 때문이었다. 그런 만큼 노부나가는 히데요시의 용의주도함이 새삼스럽게 마음에 쏙 들었다. 그 흡족해진 마음을 놓치지 않고 가장 유효하게 이용하여 히데요시는 당돌하게도 노부

68) 大判. 타원형의 커다란 금화. 하나가 고반(小判) 10개에 해당한다.

나가의 넷째 아들로 올해 13세가 되는 오쓰기마루를 자신의 양자로 주셨으면 한다고 말했다.

"뭐라, 오쓰기를 달라는 겐가?"

천하의 노부나가도 놀랐다는 듯 눈을 둥그렇게 뜨자,

"네. 은혜로 베푸신 히메지 64만 석을 오쓰기마루 님께 물려드리고 싶은 것이 저의 소망입니다."

히데요시에게는 자식이 없었다. 짚신을 관리하던 몸에서 발탁되고 또 발탁되어 지금은 히메지의 태수가 되었으나 64만 석이라는 커다란 녹봉을 물려줄 자식이 없었던 것이다.

"당돌하구나."

라고 노부나가가 말했다.

그러나 당돌함을 더없이 좋아하는 노부나가는 곧, 품속에 돈을 가지고 있었다는 용의주도함보다 몇 십 배나 더 그 당돌함이 마음에 들었다.

"흠! 알겠네. 오쓰기를 오늘 보내기로 하지."

일의 빠른 처리를 무엇보다 좋아하는 노부나가였다.

일문의 높은 지위에 있는 사람들과 각 다이묘들이 배견 비용 100문을 구하기 위해서 우왕좌왕 허둥대는 사이에 히데요시는 오반 한 닢으로 세상에서 더 없이 커다란 잉어라 할 수 있는 경사스러운 행운을 그대로 낚아챈 것이었다.

―새해를 축하하기 위해 장식했던 소나무가지도 이제는 모습을 찾아볼 수 없었다.

정월 8일, 노부나가는,

〈오는 15일, 아즈치 산에서 씨름대회를 거행하겠다. 씨름꾼의 순위 및 대진표는 당일 발표하겠다.〉

힘겨루기를 하는 노미노 스쿠네와 다이마노 게하야

라고 공고했다.

새해 첫날 미쓰히데에게 관병식을 연기하는 대신 씨름대회를 열겠다고 한 말이 현실이 되어 나타난 것이었다.

노부나가의 도락은 첫째가 말, 둘째가 매사냥, 셋째가 천렵, 넷째가 씨름, 다섯째가 다도라 일컬어지고 있었다.

따라서 말을 연기했으니 그 대신 씨름을 하겠다는 것이었다.

그 무렵 씨름은 이미 전문 씨름꾼이 생겨났을 정도로 성행하고 있었다.

무릇 씨름 기술은 먼 신화시대 때부터 일본에 있었던 듯하다. 스이닌테이[69] 시대에 노미노 스쿠네[70]와 다이마노 게하야[71]를 불러 힘겨루기를 시킨 것이 마침내 일상적인 조정의 행사가 된 데서 시작하여 매해 7월에는 '씨름 연회'가 열렸고, 이치조테이[72] 이후부터는 기술이 뛰어난 씨름꾼도 등장하기 시작했다. 그리고 조정의 벼슬아치 중에서도 씨름에 능한 자가 나오게 되었다. 그리하여 가마쿠라 시대[73]부터는 전장에서의 육탄전을 위한 연습에도 도움이 되기에 무사들 사이에서 장려되었고 그로 인해 기술이 한층 더 발달하게 된 것이었다.

7

커다란 폭죽이 펑펑, 퍼엉.

작은 폭죽이 탁탁, 타악.

두두, 둥 큰북이 야외에 세워진 망루 위에서부터 아즈치 산으로

---

69) 垂仁帝. 140살까지 살았다고 하는 일본의 11대 천황. 실존인물인지는 분명하지 않다.

70) 野見宿禰. 『일본서기』 등에 등장하는 전설상의 인물. 다이마노 게하야와의 힘겨루기에서 승리했다고 한다. 일본 씨름인 스모(相撲)의 조상이라 일컬어진다.

71) 当麻蹴速. 신화시대에 용맹을 떨쳤다고 전해지는 인물. 힘이 장사로 스모의 조상으로 알려져 있다. 노미노 스쿠네와 힘겨루기를 하다 갈비뼈가 부러져 사망했다고 한다.

72) 一条帝(980~1011). 일본의 66대 천황.

73) 鎌倉時代. 1192~1333.

울려 퍼졌다. 동이 트기도 전부터 씨름판 주변에서는 수많은 사람들이 밀치락달치락하고 있었다.

씨름을 좋아하는 사람들은 이날 15일만을 학수고대하고 있었는데 그들의 열광적인 모습은 예나 지금이나 다를 바 없는 듯, 그야말로 야단법석이었다.

날이 아직 완전히 밝지 않았기에 씨름판 위 역사들의 얼굴도 제대로 보이지 않을 때부터,

"와아아!"

아우성치는 커다란 소리가 사방을 뒤흔드는 듯했다.

"역사들의 숫자만 해도 1500명이라고 하더군."

"씨름의 본고장인 고슈와 교토를 시작으로 전국 각지에서 고르고 고른 역사들이야."

"그게 아니라 내 말은, 1500명이나 되는 사람들이 전부 대결을 할 수 있겠냐는 거야."

"그래서 동트기 전부터 판을 벌인 거 아니야. 이야, 정말 큰데, 좀 보라고."

씨름이 융성한 것은 노부나가 덕이라고 할 수 있으리라. 다시 말해서 노부나가가 씨름을 좋아했기에 씨름이 급격하게 발달한 것이었다. 승리한 씨름꾼에게 활을 건네주는 것도 노부나가가 1570년 2월 25일, 고슈 조라쿠지(常楽寺) 경내에서 커다란 씨름판을 벌였을 때, 최우승자인 미야이 간자에몬(宮居眼左衛門)이라는 역사에게 상으로 비장의 시게토[74] 활을 준 데서 시작된 일이었다.

아즈치 성이 완성된 뒤만 해도 이번이 세 번째 열리는 씨름대회

---

74) 重籐. 손잡이에 검은 옻을 바르고 등나무로 세게 감은 활.

였다. 다행스럽게도 맑은 하늘—

하늘, 쪽빛으로 한없이 맑고, 태양은 반짝여 한중(寒中)의 씨름 대회를 열기에 안성맞춤인 흥겨운 날이었다.

시간이 지나 대진이 하나둘 진행됨에 따라서 높은 곳에 설치한 관람석도 점점 채워지기 시작했다.

씨름 기술이 뛰어난 강호들의 등장은 오후도 상당히 늦은 시간이 되어서였으나 그때가 되자 높은 곳의 관람석에도 갑자기 꽃이 핀 듯 아름다운 빛깔이 섞이기 시작했다.

각 다이묘와 중신들의 아내와 딸들이 관람석에 모습을 드러내기 시작한 것이었다.

자신이 좋아하는 것은 남들에게도 보게 하는 것이 노부나가였다. 자신의 처첩, 주위의 여자들까지 의무적으로 보게 했다. 따라서 가장 화려한 색채가 노부나가의 주위였다는 점은 말할 필요도 없으리라.

물론 여자들에게 있어서 전문 씨름꾼들의 승부는 아무래도 상관없는 것이었다. 그러나 마음에 두고 있는 것은 이 씨름꾼들의 승부가 끝난 뒤, 젊은 가신들 사이에서 벌어질 승부였다. 특히 오늘은 노부나가가 지명을 한 자들끼리의 대결이 펼쳐지기에 누가 누구와 얼굴을 마주하게 될지, 어떤 젊은 도령이 어느 집의 하인이나 잡병과 승부를 가리게 될지 그때가 되지 않으면 알 수 없었다.

그때의 상황, 노부나가의 기분에 따라서 지명을 받게 될 테니, 누가 누구와 씨름판 위에서 붙게 될지 전혀 짐작조차 할 수 없었다. 따라서 남자들은 말할 것도 없고 여자들의 가슴까지 설레는 것도 당연한 일이었다.

마침내 그때가 왔다.

사람으로 가득 들어찬 곳의 소란! 씨름꾼들의 승부가 끝나 우승한 역사가 노부나가로부터 활을 받고, 이어 씨름판 위에서는 이제 가신들의 대결이 펼쳐지려 하고 있었다. 와아, 와아, 하는 술렁거림 뒤에 곧 찬물을 뿌린 것 같은 침묵이 장내를 잠시 쥐 죽은 듯 고요하게 만들었다.

그때 노부나가의 목소리가,

"한쪽은 호소카와 요이치로 다다오키. —한쪽은 모리 란마루 나가사다(長定)."

라고 울려 퍼졌다.

8

관람석의 상하, 입추의 여지도 없이 모여 있던 사무라이들이 일제히,

'앗!'

하며 숨을 들이쉬었다. —전혀 생각할 수도 없었던 대진이기 때문이었다.

"호소카와의 젊은 나리에!"

"오란 나리라니, 오란 나리라니!"

더 없이 기발하고 더 없이 기묘했다.

일단 들이쉬었던 숨이 일제히,

"와아아!"

하고 터져 나왔다.

마치 격렬한 파도소리와도 같은 사람들의 떠들썩한 소리, 소리.

3년 전의 8월 15일, 역시 이 아즈치 산에서 개최되었던 씨름대회 때에도 이름을 떨치고 있는 다이묘의 아들들이 씨름판 위에서 힘을

겨루었다. 가모(蒲生)의 아들로 노부나가의 사위이기도 한 주사부로 우지사토(忠三郎氏郷)와 노부나가의 측근으로 총신이기도 한 젊은 영재 호리 규타로 히데마사 등이 승부를 겨루었다.

만미 센치요(万見仙千代), 후세 도쿠로(布施藤九郎), 고토 기사부로(後藤喜三郎), 나가타 교부쇼유(永田刑部少輔), 아베 마고고로(阿部孫五郎) 등처럼 혈기 넘치는 젊은이들이 씨름판 위에서 씨름 기술을 겨루었다.

그러나 그때는 대진표가 미리 발표되어 있었다.

그런데 오늘은 아무런 예고도 없이 온전히 노부나가의 즉흥적인 지명에 의해서 대진이 결정되는 것이었다. 바로 그런 대진의 첫 번째 대결.

바로 그 순간 씨름장으로 다가가고 있던 하시바 히데요시가,

"이거 정말 커다란 함성이로구나."

라고 나란히 걷던 이치하시 구로에몬(市橋九郎衛門)에게 말했다.

"하시바 나리는, 씨름을 별로 안 좋아하시는 줄 알고 있었습니다만."

"맞아. 그래서 이제야 이 관람석에 얼굴을 내밀어 적당히 넘어가려는 건데, 이거 정말 굉장한 소란이로군. 뭐가 재미있어서 저렇게 소리들을 질러대는 겐지."

"나리라서 드리는 말씀입니다만, 저도 하시바 나리와 마찬가지로 씨름은 정말 재미가 없습니다. 물론 제가 힘이 없는 탓도 있습니다만 구경하는 것이 고통입니다."

"와하하하, 주군께 고자질을 해야겠구나."

히데요시가 이렇게 말한 순간, 관람석 쪽에서 한달음에 달려온 것은 히데요시의 가신인 호리오 모스케[75]였다.

"나릿, 굉장한 일이 벌어졌습니다!"

"뭐, 뭐가 굉장하다는 게냐?"

"터, 터무니없는 일이 벌어지고 말았습니다. 어서, 어서 드십시오!"

"그렇게 거품을 물다니, 꼴사납구나, 모스케."

"나리! 거품을 물지 않을 수 있겠습니까? 큰일 났습니다. 하, 하, 한풀이 씨름입니다!"

라고 모스케가 새빨간 얼굴로 외쳤다.

"한심한 놈, 알아듣게 말해보아라."

"한풀이 씨름은 한을 품은 자들끼리의 힘겨루기. 주군께서 대결을 명하셨습니다, 주군께서 말입니다. 이건 그냥은 끝나지 않을 겁니다. 짓궂은 장난에도 정도가, 정도가 있는 법입니다!"

"대체 누구하고 누가 대결을 한다는 게냐?"

라고 히데요시가 물었다.

"누구와 누구랄 것도 없습니다! 시, 시, 시작되었습니다! 벌써 엉겨붙었습니다. 얼른, 얼른!"

"한심한 놈!"

"오란 나리입니다!"

"오란이? 씨름을 한다는 게냐?"

이는 히데요시에게도 뜻밖이었다.

"그, 그렇습니다. 상대는 호소카와, 다다오키 나리입니다!"

75) 堀尾茂助(1543~1611). 호리오 요시하루(吉晴). 도요토미 정권의 삼중로 가운데 한 사람.

9

얼음과 숯은 서로를 받아들이지 못한다는 말이 있다.

다다오키와 란마루가 바로 그랬다.

물론 얼음은 란마루, 숯은 다다오키.

얼음은 차가움과 하얀색의 징표다.

그리고 숯은 그 검은색과 불이 된 경우의 뜨거움을 비유하는 말이다.

다다오키는 피부가 그렇게 검은 편은 아니었으나 사내답게 약간 갈색 지방이 올라 있었기에 참으로 건강한 색처럼 보였다.

란마루의 하얀 피부색은 그야말로 백설이 무색할 정도. 여자와 헷갈릴 정도로 부드럽고 탄력 있는 몸의 곡선.

참으로 선명한 대조는 외견에서 느껴지는 강인함과 부드러움, 구릿빛과 백설의 차이뿐만 아니라, 다다오키의 마음이 활활 타오르는 불처럼 뜨거워져 있는데 반해서 란마루는 그야말로 얼음과도 같은 냉혹함, 날카롭고 냉정한 감정을 품고 있었다.

지금 두 사람은 씨름판 위에서 알몸으로 서로 맞붙어 있었다.

"요이치로 나리!"

"오란 나리!"

두 사람을 편드는 소리가 저마다의 입에서 목청껏 터져나와 서로 교차하고 있었다.

겉모습만 봐서는 물론, 애초부터 대결도 되지 않을 것 같은 시작이었다. 그러나 눈에 띄게 키가 크고 늑골이 늠름한 다다오키에게 걸리면 단 한 번의 비틀기에 뒤집어질 것 같은 란마루가 참으로 기괴한 강인함으로 씨름판의 한가운데서 다부지게 물고 늘어지고 있지 않은가?

"오란 나리!"

"다다오키 나리!"

관람석에서는 얌전함도 단정한 몸가짐도 잊은 채 자신도 모르게 지르는 새된 여자의 목소리까지 울려 퍼졌다.

하시바 히데요시가 관람석에 모습을 드러낸 것은 바로 그럴 때였다.

"후후, 그렇군!"

"나리, 저기, 저기!"

라고 모스케가 씨름판에 시선을 고정시킨 채 외치자,

"흠, 큰일이로구나, 누가 져도 말이다."

씨름을 싫어한다고 했던 히데요시도 이번 씨름에는 숨이 막힐 정도의 흥미를 느꼈다.

곁에서는 이치하시가 마치 잠꼬대처럼,

"주주주, 주군도 못할 짓을 하시는 분입니다!"

라고 웅얼거렸다.

모스케가 다시,

"앗, 더는 못 보겠어!"

라고 외치면서도 눈을 쟁반처럼 둥그렇게 떴다.

씨름판 위에서는 깊숙이 파고들어 몸을 밀착시킨 란마루의 두 팔을 다다오키가 두 손으로 꾹 쥐어 있는 힘껏 씨름판 밖으로 밀어내려 하고 있었다.

호소카와 쪽의 관람석에서는 다다오키의 젊은 아내인 오타마(お珠)가,

'아아, 기쁘구나. 밉살맞은 란 나리를, 우리 서방님이!'

라며 가슴 설레었으나 변성남자인 색시동 사무라이가 조그만 몸

어디에서 내는 힘인지, 기술인지, 그 왼쪽 발이 씨름판 끝에서 갑자기 다다오키의 오른쪽 다리에 안다리 걸기를 시도했다.

'앗!'

하는 순간 란마루의 쥐어져 있던 오른쪽 팔이 빠지는가 싶더니 그 손으로 다다오키의 안쪽 허벅지를 낚아채려 했다.

다다오키의 거구가 휙 흔들렸다.

"어머나!"

하고 오타마가 명치를 누르며 자신도 모르게 소리를 질렀다.

그러나 누구보다도 강한 다다오키는 쓰러지지 않았다.

커다랗게 흔들렸던 몸을 일으켜 세운 순간, 란마루도 씨름판 거의 끝까지 밀려났던 뒤꿈치를 나는 새처럼 잽싸게 돌려 안쪽으로 돌아들었다.

형세는 다시 어슷비슷.

승부는 과연 어떻게 될지?

10

씨름 기술에는 48수의 표리가 있다고 사람들은 흔히 말하지만 옛 기술의 근본은 단지 4수였다.

채기, 걸기, 비틀기, 뒤집기. 이 4가지 수였다.

상대방을 손으로 쓰러뜨리는 것이 채기다. 다리로 쓰러뜨리는 것이 걸기다. 허리로 쓰러뜨리는 것이 비틀기다. 그리고 머리로 쓰러뜨리는 것이 뒤집기다.

채기에 12수, 걸기에도 12수, 비틀기에 12수, 뒤집기에도 12수. 도합 48수에 각각의 이면이 있어서 96수. 거기에 혼합 기술 12수까지 있기에 더욱 복잡하다.

란마루는 지금 다시 호각지세 형국으로 돌아섰으나,

'이놈, 나의 연적!'

이라는 생각이 들자 무슨 수를 써서라도 반드시 이기고 싶다는 생각이 들었으며 다다오키도 역시,

'이 사람 같지도 않은 오란 놈!'

이루지 못한 사랑에 대한 분풀이로 자신이 가장 사랑하는 아내 다마 히메의 아버지인 아케치 미쓰히데의 일가, 일족에게 독사처럼 집요하게 들러붙고 엉겨붙어서 원수를 갚으려 하는 악마!

이런 생각이 들자 단번에 넘쳐나는 살기.

순간 슥 떨어지는 몸과 몸.

서로 맞잡은 네 개의 손.

그러다 갑자기― 란마루의 오른손이 목을 공격했다 싶은 순간―

벌컥 뿜어져 나오는 선혈.

피가 다다오키의 콧구멍에서부터 란마루의 하얀 손으로 흘러내렸다.

금지된 기술― 반칙인 주먹 지르기를 란마루가 쓴 것이었다.

'이 비겁한 놈!'

마음속으로 분노가 벌컥 치밀어 오른 다다오키가 혼신의 힘을 다해 밀어붙였다. 맹렬하게 밀어붙였다. 힘에 있어서만은 도저히 다다오키의 적수가 될 수 없는 란마루는 버텨내지 못하고 씨름판의 끝까지 내몰렸다.

"와아아!"

관중들은 소리 높여 열광했다.

'오오, 얼굴에서 피가, 피가!'

라며 오타마는 마음속으로 절규했다. 심장이 당장에라도 터질 듯

고동쳤다.

씨름판 끝까지 내몰린 란마루가 무시무시한 허리의 힘으로 몸을 활처럼 젖혀 한껏 버티면서도 무슨 기술인가를 쓰려 한 순간,

"에잇!"

하고 기합을 넣은 다다오키가 섬뜩할 정도의 목채기.

보기 좋게 기술이 들어가 란마루의 몸은 씨름판 바깥으로 떨어져 쓰러졌다.

그리고 다다오키도 그 위로 겹쳐지듯 털썩 쓰러졌다.

"요이치로 나리!"

"다다오키 나리!"

사람들이 있는 힘껏 커다란 목소리로 외쳤다.

성난 파도와도 같은 환호성이 한동안 끊임없이 울렸다.

사석(捨石)

1

교토 아라시야마(嵐山)에서 산인(山陰) 본선 옆을 흐르는 호쓰가와(保津川)의 맑은 물을 따라 몇 개의 터널을 지나면 가메오카(亀岡)다.

미나미쿠와다(南桑田), 후나이(船井) 2개 군의 중심지이자 호쓰가와 하류의 행락지로 유명한 마을인데, 덴쇼 시절[76]에 이 가메오카는 가메야마라 불렸으며 아케치 미쓰히데가 여기에 성을 쌓고, 그해 봄에 16세가 된 장남 주베에 미쓰요시[77]를 성에 머물게 한 뒤 후견인으로 아케치 조칸사이— 우콘의 아버지인 미쓰타다를 붙여주었다.

따라서 이곳 가메야마 성은 사카모토 본성에 버금가는 아케치 집안 제2의 근거지였다.

—지지배배, 지지배배

우짖는 휘파람새.

매화는 벌써 떨어졌고 보드랍게 싹튼 새 잎이 터지려 하고 있었다.

호쓰가와 가장자리의 둑에는 쑥의 새싹이 연둣빛 양탄자를 깔아

76) 1573~1592.

77) 十兵衛光慶(1569~1582). 1582년 봄에 병에 걸려 가메야마에 있었는데 혼노지의 변이 있던 날부터 악화, 미쓰히데가 살해당한 6월 13일에 세상을 떠났다고 한다.

놓은 듯했다.

둑에서 자라는 벚나무의 꽃망울이 꽤 부풀어 있었다.

"형! 뭘 그리 멍하니 있는 거야?"

라고 신노조(晋之丞)가 말을 걸었다.

형인 하루스케(晴介)는 둑 경사면의 새싹 위에 앉아 말없이 계속 생각에 잠겨 있었다. ―나이는 스물다섯을 몇 살 넘지 않은 것처럼 보였다. 야무지고 보기 좋은 얼굴이었다.

동생인 신노조는 둑길을 천천히 오가고 있었다. 형보다 체격이 훨씬 더 듬직했다.

"왓하하하하."

갑자기 웃음을 터뜨리자,

"왜 웃는 게냐?"

얼굴을 돌린 형에게,

"알았다! 사랑의 열병이 다시 돋은 거지?"

그러나 하루스케는 대답하지 않았다.

따사로운 햇살이 하얀 얼굴의 반면에 그림자를 만들었다.

"형! 얼굴에 다 써 있어. 아즈치의 구와노미데라에서 우콘 님이 돌아오셨기에 체념했던 마음이 되살아나 상사병이 재발, 재발!"

동생이 이렇게 말하자,

"아는 척하지 마."

옅은 웃음이 언뜻 뺨을 스치더니,

"어쨌든 나는 좀 더 중대한 일로 고민을 하고 있는 거야."

"우콘 님에 대한 연정이 중대하지 않다는 거야?"

"내 한 몸만 생각한다면 물론 중대하지. 말하자면 목숨까지도 바칠 수 있는 사랑이야. 하지만 그건 사적인 일이야. 나의 고민은 주군, 아케치 가의 안위흥망과 관련된 일이야."

"어라? 상사병의 재발도 있지만, 그 외의 일도 있다는 거야?"

"맞아. 사랑과, 그보다 훨씬 더 중요한 충성의 상극에 고민하고 있는 거야."

"그래? 사랑을 버리지 않으면 충성을 바칠 수 없다는 거야?"

신노조가 둑길에서 사면의 풀밭으로 내려와 형 옆에 앉았다.

"형. ―사랑과 충성, 지금의 형이라면 양쪽 모두를 만족시킬 수 있지 않아? 우콘 님은 아즈치 나리의 측실이 아니라고 하고, 그 사건 때문에 구와노미데라에서 돌아오신 지금, 망설일 게 뭐가 있어?"

"신노조. ―난 란마루를 베어버릴까 생각 중이야!"
라고 갑자기 하루스케가 말했기에,

"뭐?"

동생은 깜짝 놀라 형의 눈동자를 가만히 바라보았다.

2

아케치 조칸사이는,

'봄이로구나. 더없이 좋은 날이다만, 정작 중요한 당일에 맑아줬으면 좋겠는데―.'

이런 생각에 잠긴 채 망루 아래의 돌담을 스치며 흐르는 물소리를 무심히 듣고 있었다.

살갗에 미지근하게 느껴질 정도의 밤기운이 실내로 들어와 촛대의 불이 아주 희미하게 흔들렸다.

호쓰가와의 여울목을 흐르는 물소리가 졸, 졸, 졸 들려왔다.

그 울림에서조차 봄의 목소리가 느껴졌다.

'일세의 영광! 눈부신 영예, 주군의 커다란 임무— 전에 없던 성대한 의식, 대대적인 관병식의 총지휘를 맡으신 미쓰히데 나리는 벌써 사카모토 성에서 교토로 들어가셨으리라. 내일은 나도 미쓰요시 작은 나리와 함께 참가부대를 이끌고 이곳 가메야마에서 교토로 떠나기로 하자.'

조칸사이는 더없이 자랑스러운 사촌형 미쓰히데가 말을 타고 있는 모습을 떠올려보았다.

식 당일, 도읍으로 모여들 수만의 무사들이 미쓰히데의 호령 하나에, 이른바 수족처럼 움직일 것이라 생각하면 참으로 이상한 긴장감을 느끼지 않을 수 없었다.

그때—

"아버지."

하고 우콘의 목소리가 들리고 옷깃 스치는 소리와 함께 아름다운 용모와 자태가 실내로 모습을 드러내더니,

"여기저기 찾아다녔어요."

단아하게 앉자,

"여기는 내가 좋아하는 방이다. 조용히 봄의 방문을 듣고 있었다. 저 여울목의 물소리에서는 세상의 번거로움과 애증의 추한 갈등을 초월한 자연의 속삭임이 들린다."

"어머나, 한가롭기도 하시지!"

"얘야, 너도 저 속삭임에 마음을 기울여보는 건 어떻겠느냐. 애증의 집념에 지나치게 시달려왔으니."

조칸사이가 뱀과 같은 란마루의 섬뜩하고도 사악한 마음에 걸려 가혹한 운명에 시달리고 있는 딸 우콘을 위로하는 마음에서 이렇게 말했다.

우콘은 구와노미데라의 장로가 속세의 인연을 잊지 않고 호의를 베풀었기에 위기를 넘기고 아버지의 성인 이곳 가메야마로 올 수 있었던 것이다.

"얘야! 네 마음은 너무나도 지쳐 있다."

"아버지. 다름이 아니라."

라고 우콘이 아버지의 측은한 마음과는 매우 어긋난 기분으로,

"아키야마 하루스케가 뭔가 굉장히 커다란 결심을 한 모습으로 바로 뵙고 싶다고 하기에 찾아온 거예요."

"뭐라, 하루스케가 커다란 결심을 한 모습으로?"

"네. ―만나보시겠어요?"

우콘이 고개를 살포시 기울인 듯한 모습으로 아버지의 얼굴을 바라보았다.

"하루스케―가?"

눈썹을 찌푸린 채, 마음에 뭔가 석연치 않은 것이 있는 듯,

"무슨 일인지, 네게 말했느냐?"

물으니,

"아니요. 그냥 아주 은밀히 드릴 말씀이 있다고만 했어요."

딸은 이렇게 대답했으나 조칸사이는 뭔가 불안한 걱정에 마음을 빼앗긴 듯한 모습으로,

"아키야마가 은밀하게 만나고 싶다니― 우콘과의 일 때문일까?"

라고 혼잣말처럼 중얼거렸다.

3

"가까이 앉아라."

조칸사이가 촛대 옆을 가리켰다.

부르러 갔던 우콘의 뒤를 따라서 이곳 강가의 누각 위에 있는 방으로 들어온 하루스케가 매우 커다란 결심을 한 듯한 모습으로 조칸사이가 가리킨 곳에 앉아 머리를 조아렸다.

"하루스케. ―사람들을 물렸다. 말해보아라."

틀림없이 딸에 대한 연심이 다시 불타올라 구혼을 하러 온 것일 게라고 조칸사이는 생각했다.

어찌 보면 그렇게 생각하는 것도 당연한 일이었다.

하루스케는 어렸을 때부터 조칸사이의 시동으로 있던 사무라이였다. 옆에 가까이 두고 부렸기에 딸 우콘을 만날 기회도 많아서 언제부턴가 우콘을 연모하게 되었다. 그 애절한 연정이 마침내 싹을 내밀었고 우콘도 그것을 싫어하지는 않았으나 하루스케는 결국 포기할 수밖에 없었다. 우콘이 우다이진 노부나가의 측실로 아즈치성에서 살게 되었기 때문이었다.

그랬기에 그 사랑이 다시 불타오른 것이라고 조칸사이는 생각한 것이었으나,

뜻밖에도―

"나리!"

결연히 얼굴을 들어,

"저는 모리 란마루를 벨 생각입니다."

갑자기 이렇게 말한 것이었다.

"뭐라? 무슨 소리를 하는 게냐?"

조칸사이가 불빛에 반짝이는 하루스케의 두 눈을 가만히 바라보았다.

"네, 간신을 벨 결심― 마음을 정했습니다!"

"아, 이성을 잃은 것이냐, 아키야마?"

조칸사이가 자신도 모르게 노려보았다.

"이성을 잃었다는 건 지나친 말씀이십니다!"

하루스케가 외치듯이 말하자,

"입 다물어라. 모리 오란은 아즈치 나리께서 둘도 없이 아끼는 자— 설령 이성을 잃었다 할지라도 그런 말, 입 밖에 내서는 안 된다, 하루스케!"

조칸사이 역시 자신도 모르게 격한 어조로,

"생각한다 한들, 입 밖에 낸다 한들, 이룰 수 없는 일이다, 불가능한 일이다. 어리석은 놈이!"

라고 호통을 쳤다.

그러나 하루스케는 굴하지 않고,

"나리! 오란이야말로 그 이름처럼 군주 옆의 간물(奸物), 마침내는 천하를 어지럽힐 난신(亂臣), 모리배입니다. 아케치 가에 대해서 란마루가 어떤 해로운 마음을 품고 있는지는 제가 굳이 말씀드릴 필요도 없을 것입니다. 지금 그 화근을 베지 않는다면—."

"닥쳐라, 닥쳐, 하루스케!"

라고 날카롭게 질타했다.

"모리 란마루의 사악한 지혜와 간교한 아첨은 말할 필요도 없는 일이나, 누구보다도 노부나가 공의 총애를 받는 색시동 사무라이가 아니냐! 벨 수 있을 듯하냐? 벨 수 없다. 그것을 베겠다는 둥, 제거하겠다는 둥, 망언도 정도껏 해라, 한심한 놈이!"

"아닙니다, 벨 수 있습니다. 베겠습니다. 제가 반드시 베어 보이겠습니다!"

라고 하루스케가 흥분해서 떨리는 목소리로 말하자,

"에잇, 네놈은 지금 이성을 잃었다. 가령 벨 수 있다 할지라도,

혹시 베었다 할지라도 그건 곧 아케치 가의 파국이다! 파멸이란 말이다!"

"하지만 베지 않으면 집안이—."

말하게 두지 않고 대갈일성,

"어리석은 놈!"

하고 호통을 친 뒤,

"그 정도의 이치도 모르는 너였더냐? 여기서 한마디라도 더 해보아라, 그냥 내버려두지 않겠다."

그리고는 매섭게 노려보았다.

4

하루스케는 성문을 나와 해자의 다리를 건너자 훅 숨을 내쉰 뒤 가슴 깊이 바깥의 공기를 들이마셨다.

길은 어두웠다. 달이 뜨기에는 아직 이른 시간이었다. 오늘밤은 23일이었다.

미지근한 봄밤의 공기가 뺨에 기분 좋게 느껴졌다. 그러나 하루스케의 머릿속은 그런 말초적 감각과는 전혀 상관없이 끓어오르고 있었다.

성 안에서의 흥분은 상당히 가라앉았으나 그래도 아직 무엇인가를 땅바닥에 있는 힘껏 집어던져 부숴버리고 싶은 심정이었다.

'어쨌든 아우에게 이야기한 뒤—.'

그의 머리는 더 이상 이성적으로 생각할 힘을 잃고 말았다.

그저 부글부글 끓어오르고 있는 자신을 발이 어딘가로 데려갈 뿐이었다.

집의 문을 들어서자 안은 쥐 죽은 듯 고요했으나 안쪽의 방 한

칸에서는 그다지 넓지 않은 정원으로 불빛이 새어나오고 있었으며 동생 신노조가 새파란 얼굴로 그를 기다리고 있었다.

"형, 왔어?"

"조용하구나. 오리에(折枝)는 어디 갔느냐?"

오리에란 신노조와 허혼한 사이로 이미 동거를 하고 있는 여자였다.

"오리에는 젊은 무사들을 데리고 밖으로 달맞이를 갔어. 다른 하인들도 모두 일부러 밖에서 놀다 오라 했고. 성에 들어갔던 일은 어떻게 됐어?"

신노조가 묻자,

"어찌 이럴 수 있느냐."

"응?"

"형편없이 되었다."

형은 힘없이 앉아 머리를 숙였다.

"그럼 허락하지 않으신 거야?"

날카로운 동생의 눈빛이 하루스케의 떨군 뺨에는 아프게 느껴졌다.

"나리께서 격노하셨어. 참으로 호되게 야단을 맞았다!"

형의 목소리가 부들부들 떨렸다.

"아니, 나리께서 화를 내셨다고? 뜻밖인데."

참으로 뜻밖이라는 듯 신노조가 눈썹을 찌푸리자,

"정말 등골이 오싹할 정도로 화를 내셨어. 오란을 베겠다고 계속 고집을 부리면 그냥은 내버려두지 않으시겠다며 나리께서는 허리에 찬 물건에 손을 가져가기까지 하셨어!"

"흠!"

한동안 서로 말이 없었다.

형이 마침내 얼굴을 들어 동생의 눈빛을 응시했다.

"그렇다면 형은 그렇게도 굳은 결심을 버릴 생각이야?"

"신노조! 나리께서는 이렇게 말씀하셨다— 혹시 베었다 할지라도 그 순간, 아케치 가가 어떻게 되겠느냐? 파국이다, 파멸이다. —어리석은 놈! 이라는 질책의 말씀에 대해서 나는 일언반구도 대꾸하지 못했어."

"형! 그래서 결심이 꺾인 거야? 딱하기도 하지, 바보같이! 생각해봐, 나리 입장에서는 그렇게 말씀하실 수밖에 없잖아?"

"뭐?"

"우리 형제의 사려가 깊지 못했던 거야."

"아아, 그럼 너도?"

"첫, 바보같이!"

"아, 아니냐?"

"한참 잘못 짚었어! 애초부터 이런 일을 무거운 책임을 짊어지고 계신 우리 조칸사이 나리께 여쭙고 가부의 판단을 청한 것이 어리석은 짓이었어. 내가 하고 싶은 말은 그거야."

"아니, 그야말로 바보 같은!"

하고 형이 외쳤다.

5

"란마루 나리를 베는, 그처럼 큰일을 형제 둘만의 독단으로 할 수 있겠느냐?"

하루스케가 거친 목소리로 말했으나,

"형은 머리가 어지러워져 있어. 아마도 우콘 님에 대한 미련 때문이겠지."

신노조가 차갑게 비아냥거렸다.

"닥쳐! 죽음을 결심한 내게 어찌 미련이 있겠어? 사랑도 목숨도 집안을 위해서 버릴 생각이야. 단, 마음에 걸리는 것은 죽음 후의 일이야. 충성이 오히려 원수가 되어 아케치 집안에 끔찍한 재앙이 내리지나 않을까, 그게 걱정스러운 거야."

"아니! 그런 걱정이라면 할 필요 없어."

"뭐라고? 어째서?"

"아즈치 나리의 총명함이 종종 흐려지는 것은 곁에 오란 나리가 있기 때문이야. 아즈치 나리 옆의 간물을 베어 숨통을 끊어놓기만 하면 틀림없이 눈을 뜨실 거야."

"만약 눈을 뜨지 못하신다면 어떻게 되는 거지?"

"아니, 반드시! 원래부터 영매하신 노부나가 공이시잖아. 일본에 처음 등장한 영웅이라고까지 불리시는 분이야. 그 증거로 생각해 봐, 요즘 미쓰히데 나리에 대한 신임이 두텁지 못한 듯 보였지만 막상 중요한 일이 있을 때는 옆에서 무슨 소리를 하든 역시 노부나가 공의 안식은 밝으시잖아. 이번에 열릴 대대적인 관병식에서도 영광스럽고 자랑스러운 총지휘의 커다란 임무를 미쓰히데 나리께 명령하셨잖아."

"그래도 나는 불안해!"

"에잇, 소심하기는."

"하지만―."

"형은 겁쟁이야! 과감하게 단행할 기백이 없다면 사람은 큰일을 할 수가 없어!"

"이게 사사로운 일이라면 앞뒤 가리지 않고 과감하게 단행해도 상관없겠지. 하지만 일이 집안의 안위와 관계된다면."

하루스케는 다시 고개를 숙이고,

"우콘 님에게 그렇게도 부당한 짓을 한 오란 나리를 꾸짖기는커녕 제멋대로 날뛰게 내버려둔 노부나가 공 아니시냐. 더없이 매정한 분 아니시냐."

이렇게 말하자 동생이 느닷없이 다다미를 두드리며,

"쳇, 우유부단하게!"

라고 외쳤다.

"그렇다면 무슨 일이 있어도?"

하루스케가 신노조의 얼굴에 시선을 고정시켰다.

"말할 필요도 없지. 형이 싫다면 나 혼자서라도 단행하겠어."

"신노조. 잘 생각해보아라, 잘 생각해보고—."

"생각은 할 만큼 했어. —란마루 나리가 다마 히메 님을 연모했다는 건 노부나가 공도 알고 계셨어. 그런데도 다마 히메 님과 호소카와의 젊은 나리의 혼례식을 주관하신 게 누구셨지?"

"그야, 노부나가 공이셨지. 하지만—."

"형! 얼마 전— 정월의 씨름대회에서 다다오키 나리가 목채기 기술로 보기 좋게 오란 나리를 씨름판 바깥으로 내던져 쓰러뜨렸을 때, 공께서 뭐라고 하셨었지?"

"그야, 손에 들고 계시던 부채로 이마 위를 가리시고 '장하구나, 다다오키!'라고 커다란 목소리로 칭찬하셨지만—."

"바로 그거야! 그러니 단행하는 거야. 목숨을 바쳐 충성을 다할 거야. 나는 오리에의 눈에 눈물이 맺히게 할 거야. 형도 충의를 위해서 우콘 님에 대한 미련은 깨끗이 버리도록 해!"

"아니! 나는 미련 때문에 이러는 게 아니야."

형제는 한동안 말없이 서로를 매섭게 노려보았다.

그때 장지문 뒤에서 갑자기—

“앗.”하는 여자의 이상한 외침이 들려왔다.

6

“아앗, 저 목소리는!”

하루스케가 외치자 신노조도 놀라 얼굴빛을 바꾸고 자리에서 일어서자마자 옆방의 장지문을 벌컥 열었다.

여는 것과 소리를 지른 것이 거의 동시였다.

“자, 자, 자결!”

순간 멈춰 섰던 신노조가 퍼뜩 뛰어든 등 뒤에서,

“뭐, 자결?”

형이 말했다.

“오리에가, 오리에가!”

떨리는 목에서 쥐어짜듯 나오는 동생의 말.

“달맞이를 나갔던—.”

형도 방으로 뛰어 들어왔다.

희미한 등롱의 불빛 속에, 어둑하기에 거뭇하게 보이는 선혈 속에, 붉게 물든 오리에가 엎드려 괴롭다는 듯 몸부림을 치고 있었다.

비수가 가슴 깊숙이 박혀 있었다. 피로 물든 주먹이 손잡이를 쥔 채 다다미 위에서 격렬하게 경련을 일으키고 있었다.

신노조가 피로 손을 물들이며 이미 빈사상태에 빠진 오리에를 끌어안고,

“어째서 자결을 한 것이냐?”

라고 귓가에 외쳤다.

여자는 이미 숨결마저 희미해져 있었으나 귓가에 대고 외친 목소리는 들었다. 가느다란 목소리로 더듬더듬,

"제가…… 마음에…… 걸려서는, 방해…… 한발 먼저 삼도천에서, 기다릴…… 기, 기다릴……."

그리고 목소리가 꺼졌다.

허혼을 한 여자의 목소리가 가늘어지다 꺼진 순간.

"음, 장한 마음이여! 오리에, 들리는가, 이 귀에 들리는가? 너의 죽음을 헛되이는, 헛되이는 하지 않겠다. 보란 듯이 란마루를 쳐 죽여 아케치 가의 화근을 베어버린 뒤 나도 목숨을 끊어 뒤를 따라갈 테니, 오리에, 오리에!"

신노조가 불렀으나 여자의 숨은 이미 끊어져 있었다.

팔에 죽은 자의 무게가 느껴졌다.

영혼이 떠나버린 그 육체에,

"아아, 잘도, 잘도 죽어주었구나! 너의 뜻— 신노조는 이 가슴에 품고 반드시, 반드시 란마루 놈을 베겠다!"

비통함에 말이 떨렸다.

아까부터 수심에 잠긴 듯 얼굴을 숙이고 있던 형 하루스케가,

"신노조! 나도 결심이 섰다!"

라며 눈을 들어 동생을 바라보았다.

"형! 결심이 섰다니, 망설임을 버리겠다는 말인가?"

확인하듯 묻자 하루스케가,

"그래! 나는 지금 오리에의 충정에 한없이 감동했다. —나의 의심이, 망설임이 부끄러워졌다. 미적지근했던 나의 마음을, 오리에가 죽어줌으로 해서 깨끗이 버리게 되었다."

이렇게 대답했다.

"형!"

"신노조! 오늘 밤 당장 떠나기로 하자."

"고마워! 그렇다면 은밀하게."

"실수가 있어서는 안 돼."

"서둘지 않으면 일이 귀찮아질 거야."

"그래, 그래."

형제는 서로 고개를 끄덕이며 마음을 굳게 다잡았다.

"그럼, 시치스케(七助)를 불러서—."

신노조가 이렇게 말하자,

"돌아왔을까?"

"아마도—."

동생이 젊은 무사의 이름을 불렀다.

어　둠

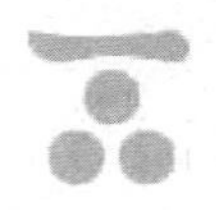

1

하루해가 저무는 가운데 교토의 거리거리는 장수와 무사와 병사들로 메워져가고 있었다.

달이 없는 밤이었으나 크고 작은 길에, 그리고 공터와 정원에 피운 화톳불로 어두운 밤하늘도 불그레하게 달아오른 듯 보였다.

평소에는 조용하던 봄밤도 오늘은 교토 인근, 이웃 지방, 멀리 각지에서 수많은 숫자의 병마가, 마침내 하루 앞으로 다가온 대대적인 관병식—

어람에 바칠 관병식을 위해서 교토 안으로 전부 모여들었기에 말로 표현할 길이 없을 만큼 혼잡했다.

길가에는 병사들의 소용돌이.

<달은 동쪽에

묘성은 서쪽에

사랑스러운 그이는

한가운데>

맑고 고운 목소리가 노래하자, 탁한 목소리가,

"오늘 밤은 어두운 밤도 새카맣게 어두운 밤이야."

라고 야유했다.

<오늘의 젊은이는

보릿짚 어깨끈

하룻밤 걸치고는

걸치고는 버리네>

아름다운 노랫소리였다.

어딘가의 병사가,

"제길!"

하고 외쳤다.

아케치 조칸사이는 숙소 정원의 담 곁에 서 있었다.

담 밖은 길이었다.

'하루스케와 신노조 놈들! 그렇게 말했는데도 모습을 감추다니……. 오리에는 자결하여 목숨이 끊어졌다 하고……. 젊은 사무라이 시치스케의 행방도 알 수가 없어.'

괘씸한 놈들!

조칸사이는 이렇게 중얼거렸다.

'얕은 생각에서—'

란마루에게 접근하여 목숨을 끊어놓으려는 것임에 틀림없다며, 불안한 가슴이 아릿했다.

'쉽게 다가갈 수는 없을 테지만, 그러나 목숨을 걸고 덤벼든다면 무슨 일을 저지를지 알 수 없어. 그렇다고 해서 지금 손을 쓸 방법이 있는 것도 아니고!'

형제를 찾으려 해도 찾을 수 있을 리 없었으며, 도읍 전체가 혼란스럽기 짝이 없으니 목숨을 건 형제의 계획을 막으려 해도 막을 길이 없었다.

<사랑스러운 젊은이와

장고는

밀고 당기며

가다듬네

잠들기 전에

울릴까 울리지 않을까>

담 밖을 노래하며 지나갔다.

그것은 얼마 전부터 유행하기 시작한 『류타쓰부시(隆達節)』로 노래의 가사는 남색(男色)을 읊은 천박한 것이었다.

조칸사이는 눈썹을 찡그리고,

'쳇, 망측한 노래가 유행하는군.'

한탄스럽게도 남색을 즐기는 젊은이들의 전성시대로구나, 생각했다.

자신의 불안도, 심통함도 색시동이 원인이다. 오란이 원인이다. 오란에 대한 노부나가 공의 맹목적인 사랑이 무엇보다 좋지 않은 것이다.

'그러나 이렇게 된 이상 차라리— 차라리 하루스케와 신노조 형제가 한시라도 빨리 실패를 했으면 좋으련만—.'

조칸사이는 이렇게 생각하지 않을 수 없었다.

란마루의 신변에 접근하기 전에 발각되어 살해당했으면 좋겠다고 마음속으로 바란 것이었다.

2

혼노지 경내는 화톳불의 밝음과 밤의 짙은 어둠이 드문드문 교차하는 명암의 줄무늬.

노부나가가 상경할 때면 숙소는 이 혼노지로 늘 정해져 있었다.

침전과 이어진 복도의 안쪽— 안뜰은 경호병들이 피운 화톳불의 빛조차 다다르지 않아 어둠이 한층 더 짙었다.

그 어둠 속에 웅크리고 앉아 있는 세 개의 검은 그림자.

입이 귀에 대고 가느다랗게 속삭였다.

"숨어들기는 간단했으나, 다음은?"

"흠! 내부로 숨어든다 해도 배치를 모르니."

"오란 놈이 있는 곳을 모른다면 개죽음을 당하게 될 거야."

"어쨌든 기다려보기로 하자, 한동안은."

"기다리자고?"

"기다릴 수밖에 없잖아."

조금 떨어져 있던 검은 그림자가 이때 갑자기 다가오더니 좌우의 손을 동시에 움직여 다른 두 사람의 검은 몸에 댔다.

안쪽의 복도에서 발소리가 쿵쿵 들리더니 사람의 목소리가—이야기를 나누는 목소리가 들려왔다.

"때가 때이니 만큼 아케치 나리의 숙소로 보내는 사자는 다른 사람에게 명하는 편이 더 낫지 않을까?"

"누가 아니래. 오란 나리가 사자로 가면 둥글게 끝날 일도 모가 나버리고 말거야."

"그러게. 오란 나리가 사자로 가시면 틀림없이 뭔가 문제가 생길 거야."

"내일 행사를 앞두고 걱정이 되는군."

이야기소리가 멀어지다 마침내 들리지 않게 되자 안뜰의 어둠 속에서 속삭임이 가만히 오갔다.

"하늘이 주신 기회다!"

"기회가 왔어!"

"흠, 뒤를 따라가서—."

"나리!"

모리 란마루

"시치스케, 가자!"

3개의 검은 그림자가 복도 아래를 빠져나가 안뜰과는 반대가 되는 방향으로 나섰다. 그리고 빛을 피해가며 어둠을 뚫고 나갔다.

혼노지의 문 앞은 병사들로 가득했다. 무장을 한 병사들 사이에는 평상복을 한 사무라이들도 적잖이 섞여 있었다.

거기까지 오자 3개의 검은 그림자는 더 이상 각별히 몸을 숨길 필요도 없게 되었다.

누가 어디 소속인지도 알 수 없을 만큼 혼잡했기 때문이었다.

얼마 기다렸다고도 할 것 없이 곧 말에 탄 란마루가 모습을 드러냈다.

화톳불의 빛이 화려한 차림새를 비추었다. 밤의 어둠 속에 떠오른 미모는 오히려 섬뜩할 정도로 요염하게 보였다.

요염하고 고운 모습에 익숙해져 있던 병사들조차 자신도 모르게,

'아아, 아름다워라!'

라고 넋이 빠져서 한동안은 시끌벅적했던 소리도 멈추고 그 뒷모습을 바라보았다.

란마루가 탄 말 앞뒤로는 말에 탄 자와 걸어가는 자가 30명 정도 따르고 있었다.

목적지는 아케치 미쓰히데의 숙소- 도읍의 동쪽에 위치한 난젠지(南禅寺) 안의 곤치인(金地院)이라는 암자.

길가의 벚나무는 곧 터지기 시작할 듯 부풀어 오른 꽃망울을

달고 있었다. 길가의 화톳불이 그 꽃망울을 어둠 속에 도드라져 보이게 했으며, 따뜻한 산들바람이 봄의 향기를 움직이게 했다.

"아아, 란마루잖아. 저기 좀 봐!"

"이야! 저 사람이 그 유명한 란마루 님이로구나!"

"정말 아름다운 모습이야!"

교토의 시민들이 무리 지어 눈을 둥그렇게 떴다.

3

교토 오산(五山) 가운데 으뜸인 난젠지, 그 난젠지의 암자인 곤치인의 정문에는,

<관병식 총지휘관 아케치 휴가노카미 나리 숙소>

라고 굵은 글씨로 적힌 푯말이 세워져 있었다.

시모교(下京)의 혼노지에서 온 사자 모리 란마루가 이 문 안으로 말을 들이자 따라온 자들도 그 뒤를 이었다.

란마루가 말에서 내렸다. 그리고 마중 나온 사졸들 앞을 지나쳐 현관 쪽으로 나아갔다.

문 밖은 마침내 이전과 같은 고요함으로 되돌아갔으며 짙은 어둠이 사방을 감쌌다.

그곳은 선종의 절 가운데서도 커다란 사찰인 난젠지의 경내로 거대한 나무들이 우뚝우뚝 솟아 있었다. 고요함과 적막함이 어둠과 서로를 부둥켜안고 있었으며, 화톳불의 빛줄기조차 없었다.

바깥 정원의 좁은 길을 삼삼오오 짝을 지은 병사들이 가끔 횃불을 들고 오가는 정도였다.

사자인 란마루 일행을 뒤따라온 3개의 검은 그림자는 커다란 나무들이 숲을 이룬 어둠 속에서도 한층 더 어두운 곳에 몸을 웅크

리고 숨어 있었다.

"형! 돌아가기를 기다렸다가 저 문에서 나오자마자—."

"음, 그래. 빈틈이 있든 없든 상관하지 말고—."

"맞아. 여기서 벨 수밖에 없을 듯해."

주위의 어둠 속으로는 인기척이 완전히 끊겼기에 입을 귀에 가까이 가져갈 필요도 없었다.

"신노조. 너는 말의 앞다리를 베어라. 시치스케, 너는 뒷다리를 쳐주었으면 한다. 내가 그때 다짜고짜 달려들어서 오란 놈을 벨 테니. 말에서 떨어진 순간 덤벼들면 틀림없이 벨 수 있을 거라 생각해. 오란이 제 아무리 수련을 쌓았다 해도 어둠 속에서 불시에 덮치면 설마 실패할 일은 없을 거야. 오롯이 마음을 가라앉히고—."

"알았어, 형! 시치스케, 실수가 있어서는 안 돼!"

"네!"

형제와 시치스케는 어두운 나무그늘 아래서 이마를 맞대고 계획을 세웠다.

'목표는 오로지 란마루 한 사람. 그만 쓰러뜨리면 된다!'

이렇게 생각하자 짐은 무거웠으나 마음은 편안해졌다. 그리고 세 사람의 마음은 모두 한결같았다.

목숨을 건 습격이었다. 형 하루스케는 우콘에 대한 사랑을 버리고, 동생 신노조는 허혼한 사람인 오리에를 자결케 하고, 자신들 두 사람은 여기서 목숨을 버릴 각오로 임하는 것이었다. 구사일생으로 살아남기도 바라지 않았다.

"그 돼먹지 못한 놈을 죽일 수만 있다면 여기서 목이 잘려 최후를 맞이한다 해도 여한이 없을 거야, 안 그러냐, 신노조?"

"말할 필요도 없지!"

형제는 이미 칼집의 아가리를 축축하게 적시고 있었다.

"뽑을까?"

"뽑자."

허연 칼날이 칼집에서 빠져나왔다.

형제의 목숨을 건 습격에 몸을 바치려 하는 충복 시치스케도 지지 않고 칼을 뽑았다.

'오너라, 이놈!'

언제든 달려들 수 있는 자세를 취했다.

이제 남은 일은 란마루가 곤치인의 정문을 나와 숙소로 돌아가기만을 기다리는 것뿐이었다.

"형, 왜 이렇게 안 나오지!"

"서두르지 마! 서둘러서는 일을 망쳐."

하루스케가 동생을 나무라듯 말했으나 자신 역시 이렇게 기다리는 시간이 너무 길게 느껴졌다.

세 자루의 하얀 칼이 어둠 속에서 흔들렸다.

4

"왔다!"

"응!"

"시치스케!"

곤치인의 문에서 횃불이 나왔다. 어둠 속에 떠 있는 그 불빛이 선두에 선 이토와카(糸若)의 말을 밝게 비추고 있었다.

습격의 때가 왔다.

하루스케와 신노조는 숨을 멈췄다. 시치스케가 두어 걸음 앞으로 나섰다.

란마루의 말도 문을 나섰다.

신노조가 앞으로 나선 시치스케를 지나 길가까지 나가서 나무 옆에 몸을 찰싹 붙였다.

선두에 선 이토와카가 앞을 지나치자마자 신노조가 곧 횃불의 빛 속으로 뛰어들었다.

느닷없이 번뜩인 허연 칼날.

혼신의 힘을 날 끝에 담아,

"에잇!"

외친 순간, 목표로 삼았던 란마루가 탄 말의 앞다리를 묵직한 손의 느낌과 함께 베어버렸다.

"습격이다!"

말 위의 란마루가 날카로운 소리를 지른 순간,

"이얍!"

첫 번째 타격을 가한 신노조에게도 뒤지지 않을 날렵함으로 어둠 속에서 뛰쳐나온 시치스케가, 역시 있는 힘껏 할당된 자신의 역할대로 란마루가 탄 말의 뒷다리를 쳤다.

그러나 그 두 번째 타격은 허공을 가르며 빗나가고 말았다. 시치스케의 몸이 비틀거릴 때,

"이놈!"

외치며 란마루를 향해 달려들던 하루스케는, 헛손질을 해서 몸이 기우뚱한 시치스케와 부딪쳤기에 생각만큼 칼끝을 뻗을 수가 없었다.

아니, 그보다 더 안 좋았던 것은 민첩한 란마루가 이미 말의 등에서 뛰어내렸다는 사실이었다. 당황한 하루스케가 칼을 거두었다가 다시 휘두른 필사의 칼끝. ―깊숙이 베인 것은, 그러나 사람이 아니

라 말이었다.

말은 비명처럼 울부짖으며 털썩 옆으로 쓰러졌고 하루스케는,

'아뿔싸! 란마루 놈을 말에서 내리게 하다니, 쳇. 실수다, 실수!'

라고 마음속으로 비통한 외침을 올렸다.

바로 그 찰나—

"짐승 같은 놈, 각오해라!"

신노조가 외침과 동시에 란마루에게로 달려들었다.

희미한 불빛에 번뜩인 칼날의 서슬 퍼런 한 줄기 빛, 목숨을 건 매서운 일격이었다.

"앗!"

하는 소리가 울린 순간, 신노조의 몸과 란마루의 몸이 눈에 보이지도 않을 속도로 교차하더니 좌우로 슥 갈렸다.

란마루의 손에는 핏방울이 떨어지는 칼이 들려 있었다.

어깨 깊숙이 칼을 맞은 것은 신노조였다.

란마루가 몸을 피하며, 칼을 뽑는 손의 움직임조차 보이지 않을 만큼 단련된 솜씨로 오히려 상대방을 찌른 것이었다.

"히히히히히히히!"

양성을 가진 듯한 색시동 사무라이 특유의 웃음소리가 들려왔다.

"이놈, 란마루. 뒈져라!"

하루스케가 정신을 차리고 사납게 외쳤다.

격렬한 증오로 타올라 눈에 쌍심지가 켜졌다.

어깨를 찔린 신노조도,

"이, 이, 이놈!"

하며 움츠러들려던 마음을 독려했다.

그러나 그때는 이미 란마루를 따르던 자들이 모두 칼을 뽑아들고

둥글게 포위를 한 뒤였다.

'아아, 실패로구나.'

5

"신노조!"

"형!"

형제가 란마루의 빈틈을 노리며 서로를 불렀다. 목소리와 목소리는 절망에 대한 예감으로 떨리고 있었다.

말을 베어 말에서 떨어뜨린다. 그와 동시에 떨어진 란마루를 우선 깊숙이 찔러 쓰러뜨린 뒤, 두 번째 칼, 세 번째 칼로 베어 목숨을 끊어놓는다. —이렇게 하기로 했던 계획이 완전히 빗나가서 너무나도 간단히 란마루로 하여금 칼을 휘두르게 했으니 이야말로 희망이 끊긴 것이나 다름없었다.

"이거, 어디서 본 적이 있는 놈들이로군."

하고 외친 것은 이토와카였다.

칼끝을 땅바닥에 내려놓고 있던 란마루가,

"이토와카. —어떤 놈들이냐?"

이렇게 묻자 이토와카가 칼을 서슬 퍼런 눈 높이로 치켜들고 두어 걸음 다가가더니,

"아케치 나리의 가신들 중에서 틀림없이 본 적이 있는 놈들입니다."

라고 대답했다.

"후후, 대충 그렇게 된 것이라 짐작은 하고 있었다. 역시 그랬군."

란마루의 중성적인 목소리는 어디까지나 냉정하고 차분했다.

"무슨 소리냐, 아니다!"

라고 하루스케가 외쳤다.

"아케치 나리와는, 아케치 나리와는 아무런 관계도 없다!"

신노조도 이렇게 외쳤다.

그러자 이토와카가 코웃음을 치며,

"무슨 헛소리를 지껄이는 게냐. 불 속으로 뛰어든 불나방이 같은 놈들! 그렇게 숨기려는 게 더욱 수상하다."

하루스케를 향해서,

"자, 칼을 받아라—."

하고 달려들려는 것을,

"기다려라 이토와카."

말린 것은 란마루였다.

"오란 나리!"

"이 란을 노리고 온 자 아니냐. 얼마간 실력이 있겠지. 괜히 다가갔다가 다치면 손해야! 그냥 나한테 맡겨둬."

이미 칼에 피를 묻히고도 여자와도 같은 말투.

참으로 야릇하게 아름다운 젊은이.

버드나무와도 같은 부드러움 속에 대담한 혼, 비할 데 없는 실력.

어둠 속에서 습격한 자객을 애초부터 비웃고 있었다.

검을 쥐면 놀라울 정도의 섬뜩함을 내보이는 란마루가,

"너희는 움직일 필요 없다."

이렇게 제지를 한 뒤,

"이놈, 다시는 칼을 쥐지 못하도록 해주겠다."

적을 적이라고도 생각지 않는 옅은 웃음을 새하얀 뺨에 띄우며,

"그래, 그 팔!"

이라 말하고― 아아, 이 얼마나 날랜 솜씨.

"아앗!"

비명과 선혈이 동시에 터져나오더니 하루스케가 비틀거렸다.

오른쪽 팔이 잘려 떨어져 칼과 함께 땅바닥으로 날아가버렸다.

가엾은 하루스케는 몸의 중심을 잃어 쓰러져 있던 말에 발이 걸리고 말았다. 그리고 그 위에 겹쳐지듯 털썩 쓰러져 숨을 헐떡였다.

그 순간 번쩍 불똥이 튀며 칼과 칼이 쨍그랑 부딪쳤다.

신노조의 공격을 란마루의 칼이 막은 것이었다.

6

쨍, 쨍, 쨍―

두 칼이 서로 부딪치는 소리.

격렬한 승부. 신노조는 물러서면 베일 것이라 생각했다. 그러나 상대를 제압할 만큼의 힘은 없었다. 에잇 하고 혼신의 힘을 다해 외치며 맞섰는데, 그 순간 자신의 두 눈이 튀어나오는 듯한 느낌이 었다.

'형의 팔!'

잘려 떨어진 형 하루스케의 오른 팔이 의식의 표면을 스치고 지났기에 그것을 내몰기 위해,

"에잇!"

모든 영혼을 담아 절규한 찰나―

"타앗!"

시치스케― 시치스케가 외쳤다.

절규와 외침이 하나가 된 순간, 시치스케의 퍼런 칼날이 란마루

의 허리를 향해 뒤에서부터 베고 들었으나,

"같잖은 놈!"

하는 질타의 목소리가, 훌쩍 뛰어올랐다.

참으로 가벼운 도약, 란마루가 발로 땅을 박차고 오르자 유연한 몸이, 말 그대로 나는 새처럼 옆에서 날아든 칼을 훌쩍 뛰어넘었다.

"아앗!"

신노조가 한쪽 손을 옆구리에 대고 몸을 뒤로 젖혔다.

시치스케의 칼끝이 그만! 주인 신노조의 옆구리를 벤 것이었다. 적의 허리를 옆에서부터 베려 했으나 그 칼을 피했기에 이 참극이 벌어진 것이었다. 그러나 시치스케는 그것을 슬퍼할 겨를도 없이,

"원통하구나!"

라고 외친 것이 이 세상에 마지막으로 남긴 말.

위에서부터 내리 휘두른 란마루의 번뜩이는 마검(魔劍)이 정수리를 대나무처럼 두 쪽으로 갈라놓았기에 털썩 쓰러졌을 때는 이미 숨통이 끊어져 있었다.

신노조는,

'끝장이로구나!'

라고 느꼈다. 하지만 너무나도 분했다. 쓰러진 몸을 땅바닥에서 일으키기 위해 칼로 지팡이처럼 땅을 짚었다.

그러나 너무 많은 출혈이 정신을 아득하게 했다.

거의 혼수상태에서,

'하다못해, 하다못해 한 번만이라도!'

죽기 전에 어떻게 해서든 한 번만이라도 원한의 칼날을 휘두르고 싶었다.

그렇게 희미하게 꺼져가려던 영혼이 한 덩어리의 원한이 되어

꿈틀거렸다.

몸을 일으키기 위해 짚고 있던 칼을 쥔 손.

나약해진 힘이라 할지라도 칼날을 쥐고 몸을 지탱하면 손바닥을 베는 법이다.

쥔 손에서 뚝, 뚝, 뚝 떨어지는 핏줄기.

더욱 심해지는 빈혈.

'아아, 여기까지인가!'

얼마 남지 않은 피가 흘러 떨어졌다.

'형은?'

이미 희미해져버린 눈을 형 하루스케가 쓰러져 있는 쪽으로 간신히 돌렸으나,

'벌써 보이지 않는구나! 죽음! 죽음!'

치명상은 옆구리의 상처라기보다, 란마루의 첫 칼에 맞은 어깨의 상처였다.

사람이 죽을 때 마지막까지 남는 감각은, 귀다.

신노조의 귀에 원수의 목소리가 들려왔다.

"팔 하나갖고 바로 죽지는 않아."

"그렇군요. 아직 숨통이 붙어 있습니다."

"이토와카. ㅡ어쨌든 상처를 감싸서 데려가는 게 좋겠어. 정신을 차려도 자백은 하지 않을지 모르겠지만ㅡ."

흐린 봄날

1

구와노미데라 약사의 벚꽃이 만개.

피지 않은 꽃도 없고, 지기 시작한 꽃도 없고.

향기 속으로 자욱하게 번진 듯한 꽃 아래에는 오후우를 따라온 몸종들이 부드러운 어린 풀에 무릎을 묻은 채 앉아 있었다.

"어머나? 하루노의 눈에서 눈물이— 흐르고 있어. 어떻게 된 일이야?"

라고 하쓰세가 물었다. 그러자 하루노가 눈물을 흘리며 미소 짓고,

"너무 황홀해서 그래. 꽃이 너무 아름다워서."

"어머, 꽃이? 정말 이상한 일도 다 있네."

"이상하게 쓸쓸하다는 생각이 들어서."

"오호호호, 네가, 말이지?"

"아이, 얄미워라! 나도 가끔은 눈물을 흘린단 말이지."

"하지만 꽃을 보고 눈물을 흘리는 사람이었던가? 오호호호호! 그건 그렇고 어쩐 일이실까?"

하쓰세가 일어나 주위를 둘러보았으나 오후우의 모습은 아직 보이지 않았다.

"장로님 하고 뭔가 할 말이 있으신 것 같았는걸."

"이상하잖아. 무슨 얘길까?"

"글쎄. 단순한 꽃놀이가 아니었을지도 모르겠어."

"그렇다면 더욱 이상하지 않아?"

"아씨와 장로님 사이에 은밀히 나눌 이야기가 있다니 아무리 생각해봐도— 이상하지?"

"정말 이상해. 한쪽은 아케치 가의 식구로 우콘 님을 끝까지 감싸다 결국은 가메야마로 달아나게 해주신 장로님이시잖아. 그야말로 죽이고 싶을 만큼 오란 나리를 미워할 실 게 틀림없을 텐데!"

"누가 아니래. 그러니까 아씨와는, 말하자면 원수와도 같은 사이잖아. 오란 나리를 애타게 바라보다 애가 타서 죽어도 부족할 만큼 사랑스럽게 여기시는 오후우 님이신걸, 한쪽은."

"그러게 말이야."

"정말 이상해!"

"대체 무슨 이야길까?"

하루노와 하쓰세가 이상히 여기는 것도 당연한 일이었다.

오늘은 나들이를 즐기기에 더없이 좋은 날. —한창 무르익은 봄꽃의 색을 즐기기 위해 구와노미데라 뒤편의 산, 약사의 벚꽃을 찾은 데는 아무 이상할 것도 없었으나, 란마루를 증오하는 절의 장로와 란마루를 사랑하는 오후우가 남들 눈을 피해가면서까지 이야기를 나누는 것은 어째서일까?

"정말 이상해."

하루노는 꽃이 만개한 아름다운 경치를 보고 마침내 눈물을 줄줄 흘렸던 황홀한 기분과는 전혀 거리가 먼 의심으로 고개를 갸웃거렸다.

바로 그때 장로는 오후우와 단둘이서만 벚나무 숲 한쪽 구석에서 소곤소곤 이야기를 나누고 있었다.

"아씨가 뜻하지 않게 약사로 꽃놀이를 오셨기에 이렇게 청을 드리는 겁니다. 이런 걸 바로 신불의 인도라고 하는 걸까요?"

장로는 이렇게 말하고 진심에서 우러나는 간원을 깊이 담은 눈으로 가만히 바라보았다.

"많이 부족하지만 제가 할 수 있는 한은 해보기로 하겠습니다."
라고 오후우가 대답하자,

"오오, 고맙습니다."

머리를 숙이고,

"아씨께 기대는 밖에 달리 방도가 없습니다."

2

장로가 계속해서,

"마침— 듣자하니 오늘 노부나가 공께서는 지쿠부시마로 은밀하게 놀이를 가셨다고 합니다. 지쿠부시마라면 왕복 350리의 거리로, 아무리 생각해도 당일로 다녀오시기는 힘드실 듯하니, 역시 나가하마 부근에서?"
라고 말을 이었다.

오후우가 고개를 끄덕이며,

"네. 나가하마 성에서 하룻밤 묵으신다고 합니다."

"오오, 그렇다면 모쪼록 천천히, 이곳의 사찰음식이라도 드시고 돌아가셨으면 합니다."

"감사합니다."

"워낙, 아무리 생각해도 뾰족한 수가 떠오르지 않으니 이번 일은 아씨께서 란마루 나리께, 그리고 란마루 나리께서 노부나가 공께, 잘 말씀해주시는 것 외에 달리 방도가 없습니다. 아키야마 하루스케 · 신노조 형제 때문에 아케치 집안이 받고 있는 의심을 풀고,

또 거기에 고슈에서의 건까지, 2중의 욕심스러운 청이니 잘 말씀드려서 우선은 아씨께 그렇기도 하겠지, 과연, 하고— 이해를 얻어야 하겠기에.”

장로는 이렇게 말했다.

참으로 간절한 표정이었다.

“그럼 나중에 방으로 찾아가서 자세한 말씀을—.”
이라고 오후우는 대답했다.

장로는 만족스럽다는 듯 얼굴을 부드럽게 펴고 감사의 말을 했다. 오후우가 예를 표하기는 아직 이르다고 생각하여 그를 말렸으나, 그는 매우 기쁜 듯 몇 번이고 몇 번이고 감사의 말을 되풀이하는 것이었다.

그러나 너무 이르다고 느낀 오후우의 예감이 너무 지나치다 싶을 정도로 적중했다는 사실이 나중에 밝혀진다.

장로는 이때부터 참극의 서막에 등장하게 될 운명을 짊어지게 되었다.

그렇다면 어떤 참극이 벌어졌는지는, 우선 지쿠부시마로 봄의 경치를 즐기러 갔던 노부나가가 어떻게 됐는지 거기서부터 이야기하지 않으면 안 되리라.

“무료하구나. 하나도 재미없어.”

노부나가의 흥미를 자극할 만한 것이 지쿠부시마에는 아무것도 없었다.

화창한 봄 햇살에 찬란하게 빛나는 호수 한가운데 그림보다 더 아름답게 떠 있는 섬에서 지체 없이 배를 나가하마 쪽으로 되돌려 말 위에 올라앉았다.

“주군!”

하고 란마루가 불렀다.

그러나 노부나가의 말은 이미 걷기 시작하고 있었다.

"나가하마 성에는 들르지 않으실 생각이십니까?"

"그만두겠다. 돌아가겠어."

노부나가는 뒤를 돌아보지도 않고.

란마루의 말이 울부짖었다.

훌쩍 뛰어올라 뒤를 따랐다.

뒤이어 동생 리키마루와 보마루도 미려한 색과 무늬의 소맷자락을 휙 공중에 휘날리며 말의 등 위에 부드러운 몸을 실었다.

그 외의 따르던 자들도 황급히 뒤를 이었다.

어떤 자는 말로— 어떤 자는 도보로.

'뭐가 마음에 들지 않으셨던 걸까?'

'이왕 나오셨으니 더할 나위 없이 화창한 이 날에 무르익은 봄을 조용히 맛보시면 좋을 텐데.'

'아아, 속도를 내시기 시작했다!'

'주군의 솜씨로 말을 급하게 몰아치면 당해낼 재간이 없어!'

'못 해먹겠어. 이건 따라갈 수가 없어!'

한가로이 아지랑이가 피어오르고 있는 나가하마의 평야를 무슨 이유로 그리도 질주하는 건지?

3

말발굽에 피어오른 흙먼지 뒤에는 나가하마의 평야가 남아 있었다, 이누카미 강(犬上川)의 다리가 남아 있었다.

굉장한 속력이었다.

노부나가가 탄 말의 발 아래로 봄 들판의 길이 화살처럼 흘러갔다.

간신히 뒤를 따르고 있는 것은 오직 란마루가 탄 말 1기. 다른 시동들은 상당히 뒤처졌으며, 도보로 따르는 무리들은 더욱 그랬다.

리키마루와 보마루도 말에는 꽤 단련되어 있어서 다른 사람들보다는 뛰어난 기수이기는 했으나 뒤를 따라갈 수가 없었다.

"오란."

"네."

목소리도 바람에 흘러갔다.

"잘도 타는구나."

"지금이 최선— 입니다."

한 마디 한 마디 바람에 흩어졌다.

질주가 공기를 찢어놓기에 일어나는 돌풍이었다. 사실은 산들바람조차 불지 않는 화창한 날씨— 호숫가의 봄빛은 화사— 꿈결 속에 있는 듯했다.

란마루도 조금 전까지,

'무엇 때문에 서두르시는 걸까?'

라고 의심을 해보았으나 이유다운 이유는 무엇 하나 떠오르지 않았다.

"유쾌하구나."

라고 노부나가가 외쳤다.

'아, 역시 변덕이 일어난 것일까?'

란마루가 이렇게 생각하며 약간 처지기 시작한 자신의 말을 채찍으로 두드렸을 때,

"오란. —나는 마음껏 해보겠다."

이렇게 말한 노부나가의 목소리가 들려왔기에,

'응? 마음껏 하시겠다니, 뭘?'

말의 엉덩이를 다시 한 번 내리쳐서 거리를 바싹 좁힌 뒤,

'아케치 나리 일가에 대한 문책을 말씀하시는 것일까?'

물어보려고,

"나리. 마음껏 해보시겠다고 하신 일은?"

그러나 노부나가가 앞서 달리고 있었기에 바람을 안고 있었다. —란마루의 말이 잘 들리지 않았는지,

"오랜만이로구나, 전속력은."

하고 외쳤다.

그렇게 전속력으로 달리는 말 위에서 주고받는 대화였기에 소리를 지르지 않으면 들리지 않았다.

전속력은 오랜만이라고 한 노부나가의 말뜻을 란마루는 잘못 받아들여서 한번 이렇게 하겠다고 생각하면 조바심이 나서 견디지 못하는 성격이니,

'한달음에 달려가서 오래간만에 노부나가 공답게 용맹과단, 처벌하시려는 것일지도 몰라. 아니, 틀림없이 그럴 거야. 아케치를 엄하게 문책하시려는 거야.'

어떤 처벌일까?

'아키야마 형제는 조칸사이의 시동으로 있던 사무라이, 특히 하루스케 놈은 우콘을 마음에 품었다고 했어!'

설령 조칸사이는 습격 계획을 몰랐다 할지라도 책임을 면할 수는 없었다.

그런데도 노부나가는 어떤 이유에서인지 그를 그냥 내버려두었다.

그날 밤으로부터 벌써 십여 일이 지났으나 지금까지 아무런 문책도 없었다.

'하루스케 놈이 혀를 깨물어 자결한 것도 의심을 더욱 크게 하는 일 중 하나 아닌가?'

전속력으로 달리는 말의 갈기에 자신의 뺨을 가져가며 란마루가,

"나리, 마음껏 해보시겠다고 하신 일은?"

이라고 다시 외쳐 물었다.

그러나 노부나가는,

"마음껏, 있는 힘껏이야."

라고 대답했다.

애치 강(愛知川)에 걸린 다리가 발굽 아래서 울렸다.

4

노부나가는 결코 란마루가 생각한 것처럼 아케치 조칸사이를 마음껏 처분하겠다고 생각한 것이 아니었다.

그저 변덕스러운 마음에서 있는 힘껏 달려보고 싶었을 뿐이었다.

노부나가의 도락 가운데 으뜸은 말이었다.

어렸을 때부터 조금 심하다 싶을 정도로 말을 좋아했다. '콘콘우마(こんこん馬)'라는 별명은 여우를 말에 태운 것 같다는 의미였는데, 거의 아침부터 밤까지 말을 탔다.

그랬기에 48세가 된 지금까지도 마술에 매우 능해서 감히 따라올 자가 없었다.

왕이 지켜보는 가운데 대대적으로 열렸던 지난번의 관병식 당일에도 명마인 '오구로(大黑)'를 타고 마장을 종횡으로 달리다 창을 쥐어 과녁을 노려보더니,

"이얍!"

하고 한바탕 기합.

기합과 함께 던진 창이 푹, 멋지게 표적의 한가운데에 꽂혀 그것을 관통했기에— 임금의 감탄도 작지 않았다.

그야말로 더없는 영광.

찬란히 빛나는 듯한 영예였다.

지존에게 창던지기를 보여준 무장은 전에도 후에도 노부나가 한 사람뿐이었다.

이는 노부나가가 누구보다 위대한 점이었는데, 그때 탔던 애마 '오구로'를 지쿠부시마에서 돌아오는 길, 문득 마음껏 달려보게 하고 싶었기에 정말 쏜살같이 아즈치 성까지 달려온 것이었다.

"오후우를 불러라."

노부나가는 돌아오자마자 이렇게 말했다.

'오란이 말을 얼마나 잘 타는지를 들려주면 오후우도 틀림없이 기뻐할 게야.'

이렇게 생각하자 자신도 모르게,

"후후후후!"

하고 웃음이 저절로 흘러나왔다.

란마루가 나긋나긋한 손짓으로 땀을 닦으며,

"아니, 어찌 웃고 계십니까?"

묻자, 노부나가가 장난스러운 기분에서 얼굴을 이상하게 일그러뜨려 보이며,

"그 아이는 이런 얼굴을 해보일 게다, 틀림없이—."

"네?"

란마루는 우아한 모습으로 고개를 갸웃했다.

아아, 이 얼마나 야릇한 양성구유(兩性具有)의 교태란 말인가!

그러나 노부나가는 그것이 한없이 기뻤다.

“다른 녀석들은 아직 절반쯤밖에 오지 못했겠지. 네가 이렇게 잘 탈 줄은 나도 생각지 못했구나. 오후우를 불러 네가 말을 얼마나 잘 다루고 얼마나 잘 타는지, 그 모습을 들려줄 생각이다. 그 아이—기뻐서 어쩔 줄 모를 게다.”

명백하게 변태적 흥미에 자극을 받은 것이었다.

그런데 부르러 심부름을 보냈던 사무라이가 돌아와서,

“오후우 님은 아직 돌아오지 않으셨습니다.”

라고 고했다.

“뭐, 돌아오지 않았다고?”

“네.”

“오후우가 없단 말이냐? 어디에 갔는가?”

“꽃놀이를 하러 구와노미데라의 약사로 가셨다고 합니다.”

“흠, 약사로 꽃놀이라.”

노부나가는 혀를 차며,

‘얼른 오지 않고 뭘 꾸물대는 게야!’

라고 생각했다.

5

“얼른 왔으면 좋겠지?”

노부나가가 야릇하게 미소 지었다.

“어머, 제가 왜?”

참으로 오란답게, 요염한 자태를 낭창낭창, 유연하게 낭창거렸다.

"능란하기 짝이 없는 놈!"

"어머, 저는 정말 서툰 걸요!"

"새빨간 거짓말, 잘도 하는구나."

"아니, 정말이에요."

"훗! 천하의 바람둥이가."

"어머나, 그런 말씀을!"

"검에도 강하고, 말과 여자에도, 삼박자를 갖췄으면서—."

"어머, 대체 무슨 말씀을 하시는 건지."

비단결처럼 곱고 하얀 손가락이 흘러내린 머리카락을 쓸어 올리는 모습의 요염함이란.

오래 전부터 보아온 익숙한 모습이었으나 노부나가는 뼛속 깊이 스밀 정도로 상큼한 근심을 느꼈다.

"오란. 나는 보았다, 들었다."

"어머, 무엇을요?"

"본 것은 말이고, 들은 것은 여자, 여자 쪽이다. 오후우에게서 아주 세세하게— 기분이 상할 정도로 들었다."

"세상에, 저는 모르는 일이에요!"

아아, 이 얼마나 자연스러운! 일부러 그러는 듯한 기색은 조금도 느껴지지 않는 수줍음 아닌가.

요염하게 살짝 상기되어 붉어진 뺨으로 칠흑 같은 머리카락이 두어 가닥 흘러내렸다.

이 사람이 정말 난젠지의 사원인 곤치인 문 앞에서 하루스케, 신노조 형제를 놀라운 검술로 베어 쓰러뜨린 자란 말인가?

남자인지 여자인지도 구별이 되지 않는 사람.

"후후, 얻기 힘든 녀석이로구나!"

라고 중얼거린 노부나가.

마치 발작과도 같은 몸의 떨림.

실제로 란마루는 보살 같기도 하고, 악귀 같기도 하고.

아니, 색보살(色菩薩) 같기도 하고, 검마(劍魔) 같기도 하다고 해야 하리라.

"나리! 얻기 힘들다는 건 오후우 님을 말씀하시는 거겠죠?"

"무슨 소리냐, 네게 준 여자 아니냐."

노부나가는 묘한 쾌감을 느끼며,

"어쨌든 그 아이에게서 자세하게 들은 것에 대한 보답으로 오늘은 네가 말을 얼마나 잘 다루는지를 내가 들려줄 생각이다."

빙그레 미소 지었다.

일종의 변태정욕도 여기까지 오면 참으로 기괴한 것이다.

구와노미데라의 장로는 참으로 미묘한 시기에 오후우를 의지한 것이라고 말할 수밖에 없었다.

오후우가 돌아온 것은 해가 저문 뒤였다.

그랬기에 노부나가는 기다리다 지쳐 잔뜩 골이나 있었다.

거기다 일이 안 되려고 그랬는지 그녀는 술에 상당히 취해 있었기에,

"나리! 청이 있어요."

라고 다짜고짜 말해버리고 말았다.

"뭐냐, 청이라는 건?"

노부나가가 되물었다.

오후우는 술에 취해 앞뒤 생각하는 힘이 흐트러져 있었기에 평소와는 달리 노부나가의 안색과 심기를 살피지 않았던 것이다.

"장로님이 아주 크게 걱정을 하고 계십니다."

6

노부나가는 단번에 심기가 뒤틀려서,

"뭐라?"

기분이 상해버리고 말았다.

오늘 밤은 당연히 나가하마에서 묵으리라— 그렇게 생각했기에 오후우는 그만 술이 지나쳐버리고 만 것이었다.

나가하마는 하시바 나리의 성이잖아. 극진하게 향응을 준비했을 테니 돌아오시겠다고 해도 틀림없이 붙드실 거야, 라고 생각해서 권하는 대로 마음 편히 마셔 취한 것이었다.

아직 술에서 깨지 않은 오후우가,

"나리."

라고 앉은 자세마저 약간 흐트러뜨린 채— 평소 엄하게 대하지 않은 탓도 있었으리라, 노부나가의 안색을 살피기보다 오란에게 추파를 던지기도 해가며,

"—저기, 아키야마 형제인지 뭔지 하는 자들의 터무니없이 못된 음모에 대해서는 조칸사이 나리도, 우콘 님도 전혀 모르고 계셨으니……."

이렇게 말을 꺼냈기에 참을성 없는 노부나가는,

"닥쳐라!"

라고 호통.

그러나 오후우는 술 때문에 신경이 마비되어 있었던 듯,

"누명을 써서— 조칸사이 나리가 벌을 받으시면 당사자도 가엾을 뿐만 아니라 그것이 화근이 되어 어떤 불길한 흉사가 일어날지도 알 수 없는 일이라고 장로님께서—."

하고 계속 하려는 것을,

"뭐라, 잠깐! 시카쿠 놈이 어떤 불길한 일이 일어날지도 모른다고 했단 말이냐?"

말을 끊는 노부나가의 노여운 목소리.

그러나 노부나가의 호통에는 이미 익숙해진 오후우였다.

취하지 않았다 할지라도 이처럼 호통을 치는 노부나가에 대해서 약간 불감증 기미를 보이고 있었다는 점이 장로에게는 불운의 시작이었다.

"네, 장로께서, 만약 아케치 일가가 마침내는 주군을 원망하기에 일이 이른다면 천하가 어지러워질 것이라고, 그것을 염려하고 있는 것이라고. 저는—."

"쳇, 어리석은 놈. 너는?"

"네, 저는 당연한 근심이라 생각하고 있어요."

"터무니없는 놈이로구나!"

"그리고 장로께서는 고슈의 에린지(惠林寺)로부터 가이센(快川) 국사님이 사자로 오셔서, 다케다 가가 화목을 제의했다는 사실도 말씀하셨습니다."

"뭐, 에린지에서?"

순간 노부나가의 낯빛이 슥 변하더니,

"이놈, 이 매국노 같은 중놈!"

하고 외쳤기에,

"어머!"

아무리 오후우라 해도 놀라지 않을 수 없었다.

노부나가가 섬뜩함이 느껴질 만큼 화난 얼굴로,

"매국노 같은 중놈, 매국노 같은 중놈을 불러라!"

한껏 목소리를 높인 뒤,

"당장 사람을 보내서 끌고 오너라!"

라고 란마루에게 명령했다.

"아니!"

"나리!"

오후우와 오란이 놀란 눈으로 바라보자 노부나가의 얼굴은 붉으락푸르락했다.

"당장 끌고 와서 내 앞에 꿇어앉혀라!"

취기도 단번에 깨는 듯한 느낌이었기에,

"저기, 장로님을 말씀이신가요?"

라며 오후우는 부들부들.

7

꿈결처럼 보드라운 봄밤.

희미하게 번지는 달빛이 부드럽게 툇마루로 쏟아지는 듯 마는 듯, 부윰했다. 봄날, 꽃이 흐드러질 무렵, 흐리지만 온화한 날이었다.

그런 가운데 이 얼마나 사나운 노부나가의 목소리란 말인가?

툇마루에는 지금 막 불려온 시카쿠 장로가 앉아 있었다.

구와노미데라로 사람이 급히 달려가서 억지로 장로를 데려온 것이었다.

"이놈, 얼른 고하지 못하겠느냐!"

화가 난 노부나가의 목소리는 점점 격해져갔다. 곁에 있던 란마루는,

'이거 점점 재미있어지는데.'

가만히 미소 지었다.

그곳은 안뜰에 면한 작은 서원으로 한적한 주위에서는 아무런 소리도 들리지 않았다.

그 고요한 공기가 호통 때문에 부르르 떨려왔다.

"드려야 할 말씀은 이미 전부 말씀드렸습니다."

굳게 마음을 정한 듯한 말투였다.

장로가 앉아 있는 툇마루와 노부나가가 앉아 있는 깔개 사이의 거리는 다다미 네다섯 장.

달빛은 노부나가 옆까지 다다르지 않았으며, 촛불은 장로 얼굴의 세세한 음영까지는 비추지 못했다.

"매국노 같은 중놈! 그것이 대답인가?"

"그렇습니다."

"흠, 정녕 그러한가?"

노부나가의 목소리와 어조가 얼마간 가라앉았기에,

'어라?'

란마루가 옆에서 바라보니,

'살기!'

—주군의 눈빛에, 아아 '참(斬)!'

분명하게 느껴졌다.

물론 그것은 얼핏 스치고 지나갔으나 란마루는 놓치지 않았다.

'장로가 목숨을 잃을지도 모르겠군.'

그러나 이런 생각은 상궤에서 꽤나 벗어난 것이었다.

왜냐하면 장로는 결코 목숨을 잃을지도 모를 만한 말을 노부나가 앞에서 한 게 아니었기 때문이었다.

고슈의 명찰인 에린지의 가이센 국사는, 역시 아케치와 속세의 인연이 있었다. 그러한 연줄도 있었기에 이번에 사람을 보내 다케다 가가 제안한 화목에 대해서 교섭을 한 것이었다. 그러나 그 사실을 오후우에게 이야기하고 란마루가 힘을 쓰게 해달라고 부탁한 것이 화근이었다.

노부나가의 분노는 충동적으로 극한에까지 다다랐다.

장로는 단지 다케다 가의 희망 조건이,

1. 스루가 1국을 할양하겠다.

2. 고 · 신 양국의 안정을 보장할 것.

3. 기쿠(菊) 히메와의 관계를 되돌릴 것.

—이 3개 조항임을 밝히고 모쪼록 그 조건을 들어주길 바란다고 청했을 뿐이었다.

우콘을 숨겨준 이후부터는 노부나가로부터 미움의 대상이 되었다. 그러나 장로는,

'아무리 미움을 샀다 할지라도 내 떳떳하지 못한 행동을 한 기억은 조금도 없다. 나는 옳았다. 옳은 일을 했는데 그것 때문에 벌을 받는다면 어쩔 수 없는 일이다!'
라고 마음속으로 각오를 한 것이 좋지 않았던 것이다.

처참한 운명이 바로 코앞까지 은밀하게 다가와 있었다.

8

'베자.'

살기가 머릿속을 한순간 스치고 지나간 뒤부터 노부나가의 태도에는 오히려 여유와 편안함이 생겨나 분노도 어느 정도 가라앉은 듯 보였다.

그러나 비유해서 말하자면 그것은 쥐를 앞에 둔 고양이의 여유와

도 닮은 부분이 있었다.

"머리는 둥글게 깎았으나, 성격은 모가 난 중놈, 시카쿠[78]."

라고 노부나가는 말했다.

그 말투가 뜻밖에도 온화하다 싶었기에 장로가 힐끗 다시 한 번 바라보았다.

다시 바라보았으나 말은 없었다.

"뭐라 말을 해보아라."

그러나 장로는 대답하지 않았다.

"이 중놈! 그 모난 성격이 마음에 들지 않는 게다. 이 노부나가를 노부나가라고도 생각지 않는 그 성깔, 그 성깔이 내 마음에 들지 않는 게다. 자, 무슨 말이든 해라"

장로는 여전히 아무런 말도 하지 않았다.

"말하지 못하겠느냐? ―다케다는 나가시노[79] 이후의 숙적이다. 이제 와서 아무리 울며 매달린다 한들 뿌리째 말려버리지 않고는 그냥 둘 수 없다. 설령 자신의 영지인 고슈까지 전부 넘겨준다 할지라도 나는 항복을 받아들여주지 않을 게다. 그런데 스루가 하나를 떼어줄 테니 기쿠 히메와의 인연을 원래대로 되돌리자고? 대체 어디를 어떻게 두드려야 그런 소리가 나온단 말이냐? 그런 어처구니없을 만큼 넉살 좋은 소리를 그대로 전하는 중놈의 그 뻔뻔함이 나는 마음에 들지 않는 게다."

---

78) 시카쿠는 일본어로 사각형의 '사각'을 뜻하기도 한다.

79) 나가시노 전투. 1575년 미카와의 나가시노 성을 포위한 다케다 가쓰요리 군과 오다 노부나가 · 도쿠가와 이에야스 연합군이 시다라가하라(設楽原)에서 벌인 전투. 조총을 사용하여 연합군이 대승을 거두었으며 오다 노부나가는 천하통일에 한 걸음 더 다가가게 되었다. 이 전투 이후 축성법과 전술에 획기적인 변화가 일었다.

노부나가가 이렇게 말했으나 장로의 입은 역시 굳게 다물린 채 움직이려 하지 않았다.

기쿠 히메란 고 다케다 신겐의 막내딸이자 가쓰요리의 동생으로, 오다와 다케다 두 집안 사이의 평화가 깨지기 전까지는 노부나가의 계승자인 장남 노부타다의 아내였다. 그랬던 부부가 이혼을 하게 되었고, 이후 나가시노 전투가 벌어진 것이었는데 이번 화의의 조건 가운데 하나로 그 기쿠 히메와의 관계를 되돌리자는 내용이 포함되어 있었던 것이다. 그러나 노부나가는 다케다가 제시한 조건에 화가 난 것이 아니라, 그것을 전달하고 그대로 성사시키려 하는 장로가 미웠던 것이다.

아니, 그보다 더 근본적인 이유를 말하자면, 자신에게 대드는 듯한 장로의 마음이 미웠던 것이다.

"이놈, 언제까지?"

"……."

"저승길에 이르기까지 고집을 부릴 셈이냐?"

"……."

"목숨이 아깝지 않느냐고 묻고 있는 게다."

그런 말을 듣고도 장로는 대답을 하지 않았다.

"흠, 입을 열지 않는 건, 죽을 각오인 듯하구나. ―좋은 각오다. 죽어도 고집을 부리겠다는 낯짝이로구나."

노부나가가 차가운 미소를 지었다.

잔인성이 미소 짓게 만든 것이었다.

이른바 태양의 흑점. 그것은 노부나가의 잔인성이었다.

그것만 없었다면 노부나가는 실로 순전한 위인이었으리라. 그러나 그 흑점이 있었기에 마치 태양이 변덕스러운 기후의 격한 변화를 일으키듯 노부나가 또한 개세(蓋世)의 영웅에게는 참으로 어울리지 않을 정도로 아량이 부족하여 때로는 잔혹함에 사람들의 눈을 가리게 만드는 듯한 행위를 굳이 행하며 즐거워했던 것이다.

실제 지금의 경우도 그랬다.

"자, 중놈아! 내게 대들다 죽을 생각이라면 그 각오대로 해주겠다. —오란."

노부나가가 란마루를 돌아보고,

"베어라!"

9

란마루는 촛불 속에서 명령을 확인하듯 주군의 얼굴을 바라보았다.

그러자 말 그대로 얼굴에도 역시,

'베어라!'

라고 쓰여 있었기에 더 이상의 망설임은 필요치 않았다.

란마루에게 있어서 노부나가의 명령은 절대적인 것이었으리라. 명령한 일에 대해서 선악에 대한 비평은 일체 생각하지 않는 것이 그의 습성이었다.

이에 란마루는 자리에서 일어났다.

일어나서는 곧장 툇마루의 장로 곁으로 슥 다가갔다.

그러나 장로는,

'설마!'

라고 생각했다. 노부나가가 란마루에게 베라고 명령한 말은 물론 잘 들렸다. 귀에 분명하게 들리기는 했으나, 마음에까지 수긍이 가는 말은 아니었다.

'출가한 승려를 베는 것은 예로부터 오역(五逆) 가운데 하나였다. 이유도 없이 함부로―.'

하지만 노부나가에게는 이유가 있었던 것이다. 장로는 그것을 생각지 못한 것이었다. 전혀 생각지 못한 것은 아니었으나 마음에 와 닿지 않았다.

그랬기에 그것이 와 닿은 것은,

"아앗!"

하고 외친 찰나였다.

게다가 그 비명과 함께 장로는 툇마루에서 정원으로 떨어졌다.

몸을 베이고 만 것이었다.

'자, 자, 잘렸다!'

두 다리, 두 손을 허공에 휘저으며 영혼이 빠져나가는 고통을 느끼는 가운데, 어깨 위에서부터 가사를 걸친 곳까지 베였다는 사실을 의식한 장로에게,

'이제 알았느냐!'

싱긋 마성의 웃음을 희미하게 던진 란마루의 칼등마루를 타고 뚝뚝 떨어지는 핏방울.

방울은 툇마루 아래로 떨어지고 있었다. 마룻바닥에는 단 한 줄기의 핏자국이 흔적을 남기고 있을 뿐이었다. 이 얼마나 뛰어난 솜씨란 말인가.

자리에서 일어나 노부나가가,

"천벌을 받을 한심한 중놈이!"

마루로 나가 내려다보니 장로의 몸이 땅바닥에서 붉은 빛으로 물들어가며 버둥거리고 있었다.

이미 단말마의 고통을 느끼고 있었다.

희미하게 쏟아지는 달빛 속에서 사지는 격렬하게 경련을 일으키고 있었으며 손톱이 땅을 긁고 있었다.

고통에 찬 목소리가 단속적으로,

"저……, 저……, 저주받을 노부나가……. 여기서 목숨은 사라질지라도……, 혼백만은 틀림없이……, 남아, 이 원한……, 이 원한……."

매섭게 노려보는 분노의 불꽃.

불타오르는 듯한 저주의 눈동자.

참으로 처참하기 짝이 없었으나 노부나가는 조금의 망설임도 없이,

"핫핫하!"

하고 냉소를 퍼부은 뒤,

"혼백만은 이 세상에 남겠다고? —어디, 어디? 그럼 혼백은 남기고 가거라."

"원……, 원……, 원한을!"

"품어라, 품어. 얼마든지 품어라!"

"풀지 않고, 풀지 않고는……, 그냥 두지……, 그냥 두지 않겠다……."

외침은 더 이상 육체의 목소리가 아니었다.

그것은 이미 혼백의 외침이었다. 움직이지 않게 된 입술이 외친 것이었다.

분노의 불꽃과도 같았던 눈동자가 그 순간 공허해지더니, 형체 없는 저주가 너울너울 공중으로 떠올랐다.

금창(金瘡)의 명인

1

희붐하게 밝아오는 히가시야마[80] 36봉의 끝자락.

교토의 초여름 새벽이었다.

마쓰하라(松原) 대로, 주젠지(十禅寺) 주변의 숲 속에서는 일찌감치 일어난 새들이 아침 이슬에 촉촉이 젖어가며 상큼한 소리로 지저귀고 있었다.

이 숲은 예전에 벤케이[81]가 살인을 저질렀을 때 숨었다는 전설의 장소이지만 지금은 인가도 상당히 들어서서 그렇게 적막한 일대는 아니었다.

숲 속에 금창 치료의 명인인 마나베 로쿠로다유(真鍋六郎太夫)의 집이 있었다.

집 안에는 아직 고요하게 한밤중의 꿈이 이어지고 있었다.

실제로 로쿠로다유는 꿈을 꾸고 있었다.

그런데 낯설지 않은 목소리가,

"꿈이 아닐세, 꿈이 아니야!"

머리맡에 펼쳐놓은 병풍 뒤에서 들려왔다.

'아아, 이 목소리는 장로님!'

놀라 이부자리 위에 벌떡 일어나 앉은 로쿠로다유가 엉거주춤한

80) 東山. 교토 동쪽에 있는 산들의 총칭.
81) 弁慶(?~1189). 헤이안 시대 말기의 승려. 호걸의 상징처럼 알려져 있다.

자세로 머리맡 병풍 쪽을 바라보자 목소리가,

"이 상처가 이렇게까지 깊지만 않았다면 좋았을 텐데, 로쿠로다유!"

음침하게 울렸다.

"앗, 거기에 계신 것은 구와노미데라의!"

"시카쿠일세!"

"스님, 스님!"

몸을 내밀려 했으나 어떻게 된 일인지 로쿠로다유는 이부자리 위에 못 박힌 것처럼 몸을 움직일 수가 없었다.

"어찌 한밤중에, 그런 곳에— 오신 것입니까, 스님?"

이렇게 외친 순간,

"우, 우, 우!"

신음하는 듯한, 원망하는 듯한 헐떡거림이 들려오는가 싶더니 갑자기—

흔들흔들 병풍이 흔들리고 그 뒤에서 불쑥 모습을 드러낸 것은 온몸의 털이 곤두설 만큼 처참한, 피투성이 모습.

얼굴도, 몸도, 손과 발의 끝까지 빨갛게 물든 스님의 모습은, 그러나 틀림없이 구와노미데라의 시카쿠 장로 아닌가.

'아, 아, 그 모습은?'

외치려 했으나 목이 메고 눈앞이 캄캄해졌다.

로쿠로다유는 어지러워서 푹 쓰러져 베개에 이마를 묻었다— 싶은 순간 퍼뜩 깬 새벽녘의 꿈.

번쩍 뜬 눈에 들어온 것은 머리맡 장등의 희미한 연노랑 불빛과 아무런 이상도 없는 머리맡 병풍 속의 화조도.

두 번, 세 번 방 안을 둘러보고 나서야 후 굵은 한숨을 내쉬고,

"꿈이었구나. 꿈이었어."
라고 중얼거렸다.
'하지만 참으로 무서운 꿈이었다.'
정말 불길한 꿈이었다. 어째서 그런 꿈을 꾼 것일까?
이렇게 생각한 로쿠로다유는 가만히 고개를 숙였으나 섬뜩함에 자꾸만 몸이 떨려오고 오싹오싹 소름이 돋았다.
팔에 돋은 소름을 문지르며,
'장로님 몸에 뭔가 재난이? 어떤 뜻밖의 이변이라도?'
라고 생각하지 않을 수 없었다.
이 심통함도 당연한 일이었다. 그는 장로의 제자였다. 학문의 제자였을 뿐만 아니라 금창을 치료하는 외과수술도 이 장로에게서 배운 것이었다.
그때 현관 쪽에서,
"실례합니다."
라고 부르는 사람의 목소리가 들려왔다.

2

기울인 로쿠로다유의 귀로 새의 지저귐이 들려왔다.
'새벽 아닌가. 이렇게 이른 시간에 사람이 다쳤다는 것도 이상한 일이다.'
하인이 일어나는 소리가 들렸다. 마침내 문 열리는 소리가 들리더니 잠시 후,
"큰일 났습니다, 나리. 아즈치 구와노미데라의— 장로께서!"
하인이 문가에서 이렇게 말했기에 로쿠로다유는 가슴이 덜컥 내려앉았다. 아아, 지금의 꿈.

"뭣이? 장로님께서?"

"네, 장로님의 행방이 1개월 정도 묘연했었는데 뜻밖의 최후를 맞이하셨다고, 소식을 전하러 사람이 왔습니다. 만나보시겠습니까?"

"오오, 뜻밖의 최후라고! 아아, 그건 단순한 꿈이 아니었구나."

로쿠로다유가 잠옷을 입은 채 현관으로 나가보니 절에서 온 사람이,

"주인 어르신이십니까? 장로님은 아즈치 성 안에서 노부나가 공의 칼에 맞으시어, 비명의 죽음— 횡사하셨습니다. 노부나가 공의 뜻을 거슬렀기 때문이라고 하는데 자세한 사정은 전혀 알 길이 없습니다만, 공의 칼에 맞으신 것만은 확실하다고 합니다. 저는 또 다른 곳에 급히 소식을 전해야 하기에 이만 실례하겠습니다."

소식을 전하러온 사내는 바로 돌아가려 했다. 로쿠로다유가 그를 붙들고 이것저것 물어보았으나 그 사람이 고한 것 이상은 전혀 알 길이 없었다.

소식을 전하러 온 사람이 돌아갔기에 로쿠로다유는 침실로 돌아와 머리맡 병풍 뒤쪽을 가만히 들여다보았다. 피투성이가 된 장로의 모습이 다시 한 번 보일 것 같았기 때문이었다. 꿈과 현실의 구분이 머릿속에서 한데 뒤엉켰다.

'꿈일까, 유령일까?'

인간의 영감은 꿈을 통해서 연결된다고도 한다.

하지만 정말로 장로의 망령이 나타난 것은 아닐까?

'꿈이든 현실이든 그 끔찍한 모습이 눈에 보였다는 건 장로님의 커다란 원한이 집념이 되어 떠돌아다닌다는 말인데, 그 고승께서 이 세상에 혼백을 남기셨다면 참으로 잔인하고 비참한 방법으로

무참히도 최후를 맞이하셨기 때문이겠지. 아아, 대체 어떤 연유로?'

은사의 횡사는 로쿠로다유를 몇 시간이고 멍하게 만들었다. 아침밥도 넘어가지 않았다. 넋이 나간 상태에서 평상복으로 갈아입고 있기는 했으나 안절부절 가만히 있을 수가 없었다.

그런데 그때 환자의 집에서 급히 와주었으면 좋겠다고 사람이 찾아왔다.

그 환자는 후쿠이 몬도(福井主水)라 불리는 떠돌이무사로 벌써 오래 전부터 치료를 해왔는데, 환부는 다리였고 전장에서 부상을 입은 것이 그 원인이었다. 왼쪽 다리는 칼에 맞은 상처였고, 오른쪽 다리는 창에 찔린 상처였는데 양쪽 모두 화농(化膿)의 예후가 좋지 못해서 로쿠로다유가 처음 봤을 때는 거의 절망적이라 여겨질 정도로 시기를 놓쳤으나 그의 처치로 간신히 버틸 수 있었다. 그러나 환부는 낫지 않았다. 그로부터 몇 년 동안 치료를 해온 환자였다.

"용태는 어떠신가?"

라고 로쿠로다유가 물었다.

"그게, 갑자기 고통스러워하시며－."

그는 새파래진 얼굴로 떨고 있었다.

부리는 사람이라고는 이 하인 한 사람뿐일 정도로 몰락한 떠돌이무사였으나 원래는 한 성의 주인이 아니었을까 여겨질 정도의 기품이 느껴지는 인물이었다.

3

환자의 낯빛을 한번 보고는,

'혹시 패혈?'

다년에 걸친 경험을 통해서 로쿠로다유는 어쩌면 이제는 틀린 걸지도 모르겠다고 생각했다.

괴롭다는 듯 병석에 누워 있는 몬도의 얼굴은 마치 납처럼 둔탁한 색으로 변해 있었다.

맥을 짚어보니 매우 좋지 않았다.

'심장이 이렇게 약해지다니, 의심할 것도 없이 패혈증이다.'

패혈증이란 고름의 균이 혈액 속으로 침입해서 전신증상을 일으키는 병이기 때문에 명의라 불리는 로쿠로다유에게도 손을 쓸 방법이 없었다.

따라서 이제는 절망적이라는 사실을 솔직히 말하는 편이 좋겠다고 생각했기에,

"용태가 매우 좋지 않습니다. ―뭔가 남길 말씀이라도 있으시다면."

이렇게 말하자,

"살 가망은?"

"아마도."

"없는 게요? 보이지 않는 게요?"

"마음의 준비를 하십시오."

"나는 죽고 싶지 않아!"

참으로 비통하다는 듯 환자의 목소리는 떨리고 있었다.

"허나 수명은 사람의 힘으로―."

"수명이 다한다 할지라도 나는 눈을 감을 수가 없소. 무슨 수를 써서라도 한 칼, 한 칼― 노부나가에게 원한의 칼―, 휘두르기 전까지는 살아 있고 싶소. 주, 죽을 수 없소!"

"노부나가라면, 아즈치의 우다이진?"

이라며 로쿠로다유는 자신도 모르게 환자의 얼굴을 응시했다.

"아즈치— 아즈치가 원수요!"

격렬한 고통에 거의 굳어버린 안면근육이 꿈틀꿈틀 경련을 일으키며 일그러졌다.

"오오, 원수라니, 원수라니?"

로쿠로다유가 외쳤다.

몬도가 엉기는 혀로,

"극악무도한 속임수에, 단바 야가미 성에서 불려나와 아즈치 지온지(慈恩寺)에서 비참한 최후를 맞이한 하타노 우에몬 히데하루(波多野右衛門秀治) 나리 형제 이하 일족 13분의 원한을 갚기 전에는—."

"오오, 그렇게 말씀하시는 당신은? 몬도 나리는?"
이라고 묻자,

"후쿠이 몬도는 세상을 속이기 위한 가명— 사실은 하타노 도사노카미(波多野土佐守)의 삼남인 도노모(主殿)—."

이미 반죽음에 이른 환자가 이렇게 분명하게 말했다.

"역시!"
하며 로쿠로다유도 얼굴을 일그러뜨렸다.

비참한 하타노 일가의 말로는 그야말로 누구나 알고 있는 지옥의 그림 그 자체였다. 물론 로쿠로다유도 사람들의 입을 통해서 그 비참함은 알고 있었다.

'하타노의 원한은 깊은 것이다!'

그렇게 생각한 순간 로쿠로다유의 머리에 퍼뜩 떠오르는 것이 있었다.

그것은 오늘 아침, 새벽녘 꿈에 보았던 피투성이 시카쿠 장로의 섬뜩하다고도, 비참하다고도 표현할 길이 없는 모습이었다.

"아아!"

자신도 모르게 외치는 소리가 로쿠로다유의 목에서 흘러나왔다.

머릿속 영상이 곧 눈앞 한가득 환영으로 펼쳐진 것이었다.

'오오! 틀림없이 장로님의 원한도— 얼마나 깊으실지— 깊기에 내 눈에도 생생하게 오늘 아침처럼— 아아, 또한 지금처럼, 저기 저렇게!'

가까이 다가오는 환영.

피투성이가 된 장로의 원한에 잠긴 모습.

4

'아아, 얼마나 잔혹한 방법으로 목숨을 잃으셨을지!'

로쿠로다유는 그러나 자신이 지금 임종을 맞이한 환자 앞에 있는 의원이라는 의식을 되찾아, 눈앞에 나타난 장로의 처참한 환영을 내몰듯 하고 몬도의 참으로 위독한 맥에 손가락을 대었다.

예를 들어 등불의 기름이 떨어졌을 때, 불빛이 한 차례 확 밝아져 마지막으로 타오르는 것처럼 끊어지려던 맥박이 벌떡벌떡 박동하더니,

"부탁이오! 부탁하겠소!"

라고 몬도— 사실은 하타노 도노모가 영혼 속에서 쥐어짜내는 듯한 목소리로,

"달리 방도가 없소! 이 세상에 그대 한 사람뿐이니 그대 외에는 부탁할 사람이 없소! 이 원한을, 나대신 노부나가에게 하다못해 한 칼이라도— 갚아주시오. 부탁이오, 로쿠로다유!"

라고 외치는가 싶더니 갑자기 축 늘어져 눈동자가 공허하게 열린

채 움직이지 않았으며, 숨도 맥도 끊어져버리고 말았다.

조용히 죽음을 확인한 뒤, 로쿠로다유는 합장을 하고 눈을 감았다. 그리고,

'임종에서의 청이기는 하나 내가 그 청을 받아들여야 할 이유가 있을까? 이런, 한심하기는! 하타노 일족의 원한 때문에 어찌 내가 노부나가 공에게 칼을 겨눌 필요가 있단 말인가! 말도 안 되는 소리야. 지금 숨을 거둔 하타노 도노모 나리와 나 로쿠로다유는 단지 환자와 의사의 관계에 지나지 않으니 아무리 부탁을 했다 할지라도 어찌 노부나가 공에게—.'

이렇게 생각한 순간—

어디에서인가 음산하게 울리는 목소리.

"아니, 그렇지 않다!"

퍼뜩 커다랗게 뜬 눈앞에,

'아, 또!'

나타난 시카쿠 스님—.

'마음의 미혹!'

로쿠로다유는 섬뜩한 환영을 스스로 지우려 노력했다.

그러나 그 노력은 헛된 것이어서 환영이 사라지기는커녕 그 윤곽이 더욱 뚜렷해지기 시작했다.

다시 들리는 음침한 목소리.

"나의 원한— 풀어주기 바란다, 로쿠로다유!"

들린다. 들린다.

"자네 말고는 부탁할 사람이 없네! 자네를 믿고 하는 부탁일세!"

훌쩍이듯 들렸다.

로쿠로다유가 자신도 모르게,

"오오, 이 목소리! 이 말은!"

하고 외쳤다.

그렇게 외친 얼굴은 이미 무엇인가에 씌운 듯한 표정이었다.

눈에 보이는 것은 환영— 귀에 들리는 것은, 그것 역시 환청— 이렇게 생각하면서도 실제로 생생하게 보이기도 하고 들리기도 하는 시카쿠 장로의 형상과 목소리를 어떻게 해볼 수가 없었다.

"그렇게까지! 아아, 그렇게까지!"

완전히 이성을 잃고 외쳤다.

아아, 얼마나 섬뜩한 광경이었는지— 원한을 풀지 않고는 눈을 감을 수 없다는 말과 함께 숨이 끊어진 도노모의 싸늘하게 식어 누워 있는 시체의 머리맡에서, 원한이 서린 환영의 모습과 목소리를 접한 로쿠로다유—.

'복수!'

2개의 원한이 하나의 소용돌이가 되어 그를 덮친 것일까?

'청을 들어주겠소!'

원수는 노부나가. 한 칼이라도, 원한을 갚자. 로쿠로다유는 이렇게 마음을 정했다.

란자타이(蘭奢待)

1

교토에서 오우사카 산(逢坂山)을 넘으면 호수가 눈 아래에.

오쓰(大津) 호반을 왼쪽으로 바라보며 세타(瀨田)의 기다란 다리를 건넌 로쿠로다유는 근처에 있는 다케베(建部) 신사 쪽으로 머리를 조아리며,

'모쪼록 소망을 이루어주시기 바랍니다! 은사 시카쿠 장로를 위해서, 또 하타노 나리의 마지막 청에 의분을 느껴 이 한 목숨을 내던지는 저, 신의 가호를 얻어 단 한 칼이라도 오다 우후 공에게 원한을 갚을 수 있도록!'

이렇게 기원한 뒤, 신록으로 물든 오우미의 길을 따라서 구사쓰(草津), 모리야마(守山), 야스카와(野洲川)를 지나 다시 히노가와(日野川)를 건너자 마침내 하치만(八幡).

이제 아즈치 산이 저 앞으로 보였다.

아무리 천천히 걸어도 교토에서 아즈치까지는 이틀 길이었다.

로쿠로다유가 아즈치의 바깥 해자에 걸린 도도노하시 부근에 섰을 때, 해가 저물기까지는 아직 시간이 꽤 남아 있었다.

다리를 건너면 소켄지의 정문이었다.

로쿠로다유는 그 문 앞까지 갔다가는 다시 다리 쪽으로 돌아왔다. 몇 번이고 오가며,

'듣던 것보다 더 번창한 모습— 과연 천하인의 품속이로구나.'

사람의 왕래가 이렇게 많아서는 자칫 생각이 흐트러지기 쉽다, 마음을 조금 가라앉히고 숨어들 수단을 강구해봐야겠다, 고 생각하며 머리 바로 위에 우뚝 솟아 있는 산 위 천수각의 장엄한 모습을 올려다보았다.

'이렇다 할 방도는, 아무것도 없지만―.'

그러나 뭔가 행운을 가져다줄 우연이 바로 앞에서 기다리고 있을 것 같다는 생각이 들었다.

'바위까지도 뚫는 뽕나무 활!'

정신일도 하사불성.

'마음을 하나로 모으면!'

로쿠로다유의 마음은 더욱 용맹스러워져 오로지 힘차게 부르짖었다.

마침내 서쪽 해의 저녁 빛이 성의 하얀 벽을 붉게 물들이고 산 아래의 길에도 땅거미가 내리기 시작했다.

오가는 사람들의 발걸음이 빨라졌다.

로쿠로다유는 밤이 되기를 기다렸다.

어두워진 뒤 얼추 2시간쯤 지났을 무렵, 하인인 듯한 자 하나가 한손에는 등롱, 한손에는 서장이 든 상자를 들고 다가왔다.

다행히 주위에 다른 사람의 그림자는 없었다.

'됐다! 나의 집념이 통한 것이다!'

이렇게 생각하며,

"이보게, 자네는 어느 집안의 사람인가?"

묻자,

"나 말인가? 유아사 진스케(湯浅甚助) 나리의 하인이네만, 무슨 일로 그러는가?"

"아아, 그런가? 유아사 나리께서 보낸 사람이로군. 그런데 어디로?"

"난 지금 바빠. 급한 환자가 생겨서, 비록 마을의 의원이기는 하지만 평판이 좋은 호리구치 료스케(堀口良助) 나리를 모시러 가는 길이야."

라고 얼른 말하고 성큼성큼 지나쳤다.

그 뒤에서 로쿠로다유가 갑자기,

"에잇!"

갈고닦은 솜씨로 뼈가 으스러져라 급소를 내질렀다.

"헉!"

외마디 비명을 지르자마자 털썩 나자빠졌다.

'이는 다케베 신의 가호일지도 모르겠군.'

급한 환자가 생겨서 의원을 부르러 간다니, 이 얼마나 절묘한 우연이란 말인가.

로쿠로다유는 정신을 잃은 하인에게서 얼른 서장이 든 상자를 빼앗았다.

2

운 좋게도 하인이 쓰러질 때 땅바닥에 떨어뜨렸던 등롱은 불이 꺼져서 편지가 불에 타지 않고 그대로 남아 있었기에 로쿠로다유가 바로 초에 불을 붙여 그 불빛으로 상자 안의 내용물을 꺼내 읽어보니, 하인의 말대로 성 안의 사무라이인 유아사 진스케가 마을의 의원인 호리구치 료스케에게 보내는 글이었다.

'천운이로구나!'

로쿠로다유는 유아사 집안의 문양이 새겨진 등롱을 들고 성의 정문 쪽으로 갔다.

그리고 문지기에게,

“마을의 의원인 호리구치의 제자입니다만, 유아사 진스케 나리 댁에 급한 환자가 있다고 사람을 부르러 왔기에 우선은 제가 들어가는 길입니다. 지금 다른 환자를 보러 가셨던 스승님도 곧 뒤따라 오실 것입니다.”

이렇게 해서 문 안으로 들어갔다.

정문 다음은 ㄴ자로 꺾어진 이중 문.

그 안쪽으로 2장[82]. 물이 없는 해자를 건너 급격한 오르막길을 오르면 다시 물 없는 해자가 나오고 혼마루의 현관문이 있지만, 그 앞은 그냥 지나쳐 ‘미다이도코로미카도(御台所御門)’라 불리는 문 앞까지 가서는 아마도 이 안이겠거니 싶었기에,

“유아사 진스케 나리 댁이 이 문 안쪽입니까? 저는 호리구치 료스케의 제자입니다!”

라고 묻자 그 문지기가,

“아아, 그런가. 들어가게.”

친절하게도 유아사의 집을 가르쳐주었다.

로쿠로다유는 자신이 어엿한 의원이었기에 호리구치 료스케 대신 진료를 하는 정도는 식은 죽 먹기였다.

급한 환자라는 건, 진스케의 딸로 병은 위경련— 이른바 산적(疝癪)이라는 것이었다. 마침 로쿠로다유의 품속에는 몰래 숨겨가지고 온 단도 외에 다행스럽게도 두어 가지 약재를 준비해놓은 것이 있었는데 그것이 도움이 되어 딸의 통증이 곧 가라앉았기에,

---

82) 丈. 길이의 단위. 1장은 약 3m.

"덕분에—."
라는 인사를 받으며 유아사의 집에서 나왔다.

"스승과 도중에 만나실지도 모르겠습니다. 만일 그러면 그냥 모시고 돌아가시기 바랍니다. 감사 인사는 내일—."

진스케는 이렇게 말했다.

'자, 지금부터다!'

성 아래의 어두운 숲 아래까지 온 로쿠로다유는 멈춰 서서 팔짱을 끼었다.

'물론 숨어들 수밖에 없겠지.'

등롱의 불을 불어서 끄고 수풀 속으로 던진 뒤, 몸을 속 담장 쪽으로 붙였다.

'오랜 세월 잊고 있던 기술이지만, 그렇다고 못할 것도 없지.'

청년 시절에 상당히 열중해서 배운 닌자술로 혼마루에 숨어들기로 결심한 것이었다.

원래 닌자술이란 먼 옛날, 백제의 관륵[83]이라는 사람이 우리나라에 전한 것을 오토모 스구리 다카사토(大伴村主高聡)가 습득하여 이를 자손에게 남긴 것이다. 다카사토의 자손이 곧 고가모노[84]였다.

오우미의 고가에서 살게 된 오토모 씨 사람들이 선조인 다카사토의 기술을 전승하여 자신들의 특기로 삼은 것인데, 로쿠로다유는 이 닌자술을 알고 있었다.

사실은 결코 기괴한 환술(幻術)이 아니라 오로지 연습에 의해서

---

83) 觀勒(?~?). 백제의 승려. 무왕 3년(602)년에 일본으로 건너가 천문, 지리, 역서 등을 전하고 수많은 제자를 길렀다.
84) 甲賀者. 고가 지방의 닌자술을 생업으로 하는 사무라이들.

만 얻을 수 있는 실기(實技)인 것이다.

따라서 제아무리 닌자술의 명인이라 할지라도 가능한 기술에는 한계라는 것이 분명히 있어서, 그 이상의 일은 불가능하다.

그러나 이 기술을 습득한 자는 평범한 사람으로서는 도저히 따라 할 수 없을 정도의 모험이나 어려운 일이 가능하다.

—스르르 올라갔다.

로쿠로다유는 곧 높다란 담장 위에 올라 있었다.

3

인간과 영혼과의 교감이라는 것이 만약 있다면 구와노미데라 장로의 원령(怨靈)이 로쿠로다유에게 씌운 것이며, 만약 없다면 로쿠로다유의 정신 상태는 일종의 자기최면에 걸린 것이리라.

그는 혼마루의 건물 내부에서 몇 시간 동안이나 숨을 죽이고 있었다.

그곳은 사람의 출입이 거의 없는 창고의 한쪽 구석이었는데, 닌자술을 익힌 그에게 주방이 든 건물 쪽으로 해서 여기까지 숨어드는 것은 간단한 일이었다.

'허나, 지금부터가 문제로구나.'

밤이 깊기를— 사람들이 잠들기를 기다리던 그는,

'아무리 어려워도 반드시 해내겠다!'

이제 적당한 때가 되었다고 생각했기에 슬슬 잠행을 시작하기로 했다.

목적지는 천수각이었다.

'아, 안타깝게 되었구나!'

저녁에 유아사의 하인을 쓰러뜨리기 전에 노부나가 공의 침소는 천수각의 몇 층에 있는지, 어느 부근인지를 물어보았으면 좋았을 것이라고 후회한 것이었다.

그러나 실망하지는 않았다.

로쿠로다유는 잠신법(潛身法)으로 야경꾼들의 눈을 피해 교묘하게 그들 앞을 지나쳤다.

마침내 새벽 2시쯤 되었으리라, 불침번이 딱따기를 두드리며 기다란 복도를 지났다.

기어서 잠행을 하던 그의 머리에 문득 불안한 그림자가 드리웠다.

'자물쇠가 채워져 있으면 어떻게 하지?'

자신이 쓸 수 있는 기술의 범위는 뻔한 것이었다.

—저 커다란 천수각의 문을 어떻게 열 수 있겠는가?

—찌를 것처럼 우뚝 솟아 있는 누각으로, 바깥에서부터 돌담을 기어올라 들어갈 수 있을 리도 없다.

'만일 자물쇠가 걸려 있어서 들어갈 수 없다면, 안타깝지만 다음 기회를 엿볼 수밖에 없다.'

그러나 문은 마치 그의 편이라도 되는 양 커다란 입을 벌리고 있었으며, 고양이와도 같은 은밀함으로 숨어든 로쿠로다유의 손발로 기는 듯한 모습을 아무런 소리도 없이 빨아들였다.

계단을 얼마나 올랐는지, 기다란 복도를 몇 칸 정도나 지났는지를 가만히 생각하고 있을 때였다.

'오오, 좋은 냄새!'

이 얼마나 향그러운 냄새란 말인가— 훅 다가왔다.

말로 표현할 수 없는 냄새였다.

'세상에 이런 냄새도 있었단 말인가?'

자신도 모르게 가슴 깊이 그 냄새를 들이마셨다.

순간—

'흠, 이곳이다!'

라고 마음속으로 외쳤다.

이런 명향(名香)을 피우는 곳은, 노부나가의 침소밖에 없으리라.

'됐다!'

혼신의 힘을 다한 잠신법.

은밀한 기술.

장지문은 참으로 아무런 소리도 없이 열렸다. 새카맣게 어두운 방을, 널따란 방을 피어오르는 향기에 의지해서 몇 개고 지나친 로쿠로다유는,

'오오, 노부나가!'

품속의 단도를 슥 뽑아들었다.

아름다운 등불에 희미하게 비춰진 안쪽 방의, 아름다운 금수(錦繡)로 지은 이불 속에 누워 있는 것은—

'틀림없다!'

4

의심의 여지도 없이 노부나가!

기쁘게도 염원이 이루어진 것이었다— 9푼 9리까지는!

이제 남은 것은 단칼에,

'찌르는 것뿐이다!'

찔러라, 하고 장로의 목소리가 로쿠로다유의 머리 위 공간에서 외쳤다.

그렇게 느껴진 것도 당연한 일이었다. 다른 사람이 피울 수 있을

만한 향료의 냄새가 아니었다.

노부나가가 아니라면 누가 이 정도의 명향을 피워놓고 잘 수 있겠는가?

실제로 그 명향은 난토(南都) 도다이지(東大寺)의 깊숙한 창고에 은밀히 보관되어 있는 란자타이[85]—

7년 전인 1574년—

노부나가가 아직 참의(参議) 종3위였을 때, 황공하게도 그의 청을 받아주어,

칙사 히노 다이나곤 데루스케(日野大納言輝資), 아스카 이추나곤 마사노리(飛鳥井中納言雅教) 두 사람이 난토로 내려가 봉인을 뜯고 창고를 열었다. 그리고 1치 8푼만큼 잘라내어 그것을 노부나가에게 하사한 것이었다.

참으로 황공한 그 란자타이의 훈향이었다.

게다가 은은한 불빛 속에는 비단 이불이 있었다. 참으로 고운 이부자리였다.

이야말로 우담화의 꽃을 기다리다 얻은 듯한 기분이었다. 그러나,

'마음을 가라앉히고!'

살금살금.

칼날을 아래로 하여 쥔 단도.

번뜩이는 칼날.

고가 닌자술의 높은 경지까지 깨우친 자는 쥐처럼 벽을 기고, 거미처럼 천장을 타고 다니기까지 한다고 한다.

---

85) 蘭奢待. 나라 시대에 중국에서 건너온 것으로 전해지는 향나무.

실패로 돌아간 오다 노부나가 암살

로쿠로다유의 전문은 의술이고 닌자술은 여기(餘技)에 지나지 않았기에 그렇게 솜씨가 뛰어난 것은 아니었으나, 비단 요 위의 머리맡까지 다가가도 이불 안의 몸은 조금도 움직이지 않았으며 아주 평온한 숨소리만을 내고 있었다.

숨소리는 이불 안에서 흘러나오고 있었다.

이불을 머리까지 푹 뒤집어쓰고 있었다. 얼굴은 물론 머리카락까지도 베개와 함께 감춰져 있었다.

이불을 발로 차거나 옆으로 빠져나오는 것, 혹은 뒤집어쓰는 것, 잠버릇이 좋지 않은 데는 이렇게 2종류가 있었으나, 이건 뒤집어쓰는 쪽이었다.

'찔러라!'

하고 로쿠로다유의 마음이 장로의 영혼과 함께 외쳤다.

'일족의 원수!'

하타노 도노모의 원한에 가득 찬 목소리가 울렸다. 들려왔다.

'깊은 원한을 갚을 수 있는 것은 지금이다!'

잔뜩 겨누었다가,

'원수, 노부나가. 각오해라!'

휙 번뜩이는 시퍼런 칼날.

이불 위에서부터 푹 찔렀다.

바로 그 순간.

"앗!"

커다란 비명. 소리 지른 것은— 뜻밖에도 로쿠로다유였다.

옆구리를 누른 손을 피로 붉게 물들이며 다다미 위에 털썩 뒤로 쓰러지고 말았다. 순간적으로 이불 아래서, 요 속에서 벌떡 일어나며 품에 품고 있던 비수로 로쿠로다유에게 역습을 가한 민첩한 솜씨—

거의 인간의 솜씨라고는 여겨지지 않는 몸놀림.

그것은 란마루의 놀라운 솜씨였다.

머리까지 이불을 푹 뒤집어쓰고 자고 있던 것은 노부나가가 아니라 란마루였던 것이다.

"이 괘씸한 놈, 너는 누구냐?"

피가 떨어지는 비수를 쥐고 일어선 란마루의 아름다운 얼굴이 분노로 타오르며 한껏 노려보았다.

5

명향 란자타이를 피워놓고 금수로 지은 요, 능라로 지은 이불 속에 몸을 눕히고 있던 것은 란마루였다.

'안타깝구나, 잘못 짚었어. 찔리고 말았어!'

로쿠로다유는 혼란스러움을 느꼈다.

하지만 아픔을 참으며,

"네, 네놈이 오란이냐, 오란이냐?"

쓰러진 몸을 일으켜 덤벼들려던 순간, 란마루의 목소리.

"에잇, 같잖은 놈!"

외침과 동시에 퍽 걷어찼다.

발길질에 다시 털썩 쓰러져버린 로쿠로다유.

"부, 부, 분하구나!"

라며 몸부림칠 때,

"형님!"

"무슨 일이십니까?"

리키마루와 보마루였다.

옷이나 집기류를 놓아두는 방 쪽에서 달려온 것이었다. 요란한 소리에 놀라 눈을 떴고, 허둥지둥 새파랗게 질린 얼굴로 달려와 보니 그런 상태였다.

"오리키, 뭔가 묶을 것을 좀 가져오너라!"

라고 동생에게 명령한 란마루.

리키마루가 그것을 찾으러 달려가자,

"오보!"

"네!"

"그 녀석의 단도를 빼앗아라."

"네."

"다치지 않도록 조심해서."

란마루는 품에서 종이를 꺼내 피를 닦고 비수를 칼집에 넣었다.

그러는 동안 보마루는 과연 란마루의 동생답게, 필사적으로 몸부림치는 로쿠로다유의 손을 비틀어 칼을 빼앗았다.

란마루가,

“조심해라. 물려고 하는구나!”

라고 주의를 주었다.

이제 로쿠로다유는 물어뜯는 것 외에 달리 방법이 없었다. 그러나 그것조차 대단한 저항은 되지 못했다. 옆구리의 상처가 깊었던 것이다. 기력도 체력도 눈에 띄게 약해져가고 있었다.

‘쳇, 안타깝구나! 저런 계집 같은 애송이 놈에게…….’

그러나 몸이 말을 듣지 않았다.

리키마루가 가져온 가느다란 밧줄에 묶였을 때는 이미 몸을 움직일 수 없게 되어 있었다. 어떻게 해볼 수도 없을 만큼 힘이 빠져 있었다.

“이 괘씸한 놈!”

옆으로 쓰러져 축 늘어져 있는 자를 발끝으로 흔들며 란마루가,

“무엄하게도 주군을 노리고 온 자인 듯하다만, 짐작컨대 구와노미데라의 장로와 인연이 있거나, 아케치의 누군가에게 부탁을 받았거나, 둘 중 하나겠지— 자, 사내답게 자백해보아라!”

이렇게 물어보았으나 로쿠로다유의 입에서 대답은 나오지 않았으며, 튀어나온 것은 선혈—

리키마루가,

“아아, 혀를 깨물어 끊었습니다!”

라고 외쳤다.

그래도 란마루는 소란을 피우지 않고 미소 지었다.

“혀를 깨물지 않았어도 자백은 하지 않았을 거야.”

보마루가 손바닥을 숨이 끊어지려는 자의 코 앞으로 가져간 뒤,

"평범한 사무라이의 차림새가 아닙니다."

라고 말했다.

"변장이야 어떻게든 할 수 있지."

란마루가 중얼거렸다.

말을 타고 비와코를 건너는 아케치 사마노스케 미쓰하루

삭 풍

1

“굉장한 바람이로군.”

“북쪽의 바다에서 유라 강(由良川)을 건너, 가라스 산(烏山)을 넘어온 끈덕진 바람이잖아.”

“흠, 끈덕진 놈이라고 하니 생각났는데, 요즘 성 아래에 아즈치에서 염탐꾼이 숨어들어 눈을 번뜩이고 있다던데.”

“염탐하고 싶으면 마음껏 염탐하라고 해.”

“그래도 어쨌든 올해는 무사히 넘길 수 있을 듯해. 한때는 분위기가 아주 심상치 않았는데.”

이곳은 단바 후쿠치야마(福知山)의 성 안이었다.

성주는 아케치 사마노스케 미쓰하루[86].

사마노스케는 조칸사이 미쓰타다의 형인데 지용을 겸비한 명장으로, 태수 미쓰히데의 한쪽 팔로, 아케치의 이름과 실력을 천하에 널리 알린 인물이었다. 올해 45세로 한창 사리에 밝은 나이.

---

86) 明智左馬助光春(?~1582). 아케치 미쓰히데의 사촌동생이자 사위로 알려져 있다. 아케치 미쓰히데를 섬겼는데 미쓰히데가 가장 의지하던 측근이었다고 한다. 혼노지의 변 때 선두에 섰으며, 이어 아즈치 성을 지켰다. 야마자키 전투에서 미쓰히데가 패했다는 소식을 접하고 아즈치 성에서 나와 사카모토 성으로 들어갔는데 이때 말을 타고 비와코를 건넜다는 일화가 유명하다. 사카모토 성으로 들어가서는 수하의 장병들을 모두 달아나게 하고 성에 있던 명품들을 적장에게 넘겨준 뒤, 미쓰히데의 처자와 자신의 처자를 베고 성에 불을 질러 자신도 자결했다.

그러나 그런 사마노스케가 성주로 앉아 있는 후쿠치야마 성 안에서조차 지난 여름 무렵에는 농성이 끊임없이 주장됐었다.

조만간 아즈치에서 토벌군이 밀려들 것이다. 로쿠로다유 사건의 혐의에 대해, 한심하고 한심해서 변명할 필요조차 없다고 미쓰히데가 말한 것이 란마루의 참언에 기름을 부은 격이 되어 노부나가의 화를 더욱 불타오르게 만든 것이었다.

대군이 팔방에서 공격해 들어올 것이다.

농성을 할 수밖에 없다.

후쿠치야마의 사무라이들은 그렇게 각오했을 정도였으나, 머지않아 노부나가가 대로했다는 것은 와전이었다는 사실이 밝혀졌다.

그렇게 해서 별 탈 없이 여름이 지나고 가을도 지나, 삭풍이 거칠게 몰아치는 어제오늘—

오늘 밤은 특히 더 매섭게 몰아치는 북풍이었다.

지금 막 사무라이 중 한 사람이 염탐하고 싶으면 얼마든지 염탐하라고 말했다. 염탐꾼이 들어와 있는 모양이었다.

그렇다면 역시 혐의는 아직 풀리지 않은 것 아닐까?

과연! 아니, 아니. 정말 염탐꾼일까, 아니면?

정체를 알 수 없는 검은 그림자.

그는 어디에서 어떻게 잠입한 것인지, 새카만 어둠에 잠긴 복도의 벽에 소리도 없이 몸을 찰싹 붙이고 있었다.

물론 여기서 떠오르는 일은 아즈치의 천수각으로 숨어들었던 로쿠로다유였다.

—그와 마찬가지로 수상한 검은 그림자는 닌자술을 쓰는 자임에 틀림없었다.

장소도 똑같았다.

천수각이었다. 그리고 사마노스케의 거실과 침실 바깥을 둘러싸고 있는 복도였다.

누구일까?

아즈치에서 어떤 기밀을 파헤치기 위해 염탐을 하러 온 염탐꾼일까? 성주인 사마노스케의 목숨을 노리는 자객일까?

수상한 검은 그림자는 마치 로쿠로다유가 그랬던 것처럼 복도를 사지로 기어서 갔다.

세상에는 참으로 비슷한 일들이 많은 법이다.

그러나 아즈치에서의 그때— 노부나가는 천수각에 없었다. 안채로 들어가 부인이 거처하는 방에서 잠을 잤으나, 지금 이곳 후쿠치야마의 천수각에서는 사마노스케가 홀로 무엇인가 글을 읽고 있었다.

아직은 밤도 그리 깊지 않아 잠자리에 들기는 이른 시각이었다.

만약 자객이라면 잠든 이후를 노리는 것이 훨씬 더 유효할 텐데, 어째서 시간이 좀 더 지나기를 기다리지 않는 것인지?

'응?'

뒤쪽에서 사람의 기척을 느꼈기에,

"웬 놈이냐?"

사마노스케가 뒤를 돌아보며 외쳤다.

손이 곁에 있던 칼 쪽으로 향했다.

2

'괴한!'

거실의 이리가와에는 낯선 사내가 서 있었다.

사마노스케의 손이 허리에 차는 칼을 잡아당기자, 잠입자가 손짓

으로,

'조용히!'

라며 제지했다.

'결코 해할 뜻이 있어서 숨어든 자가 아니다!'라는 사실을 몸짓으로 내보이며 앉은 채로 천천히 다가왔다.

차림새는 평범한 무사처럼 보였으나 눈빛이 결코 범상치 않았기에 사마노스케는 조금도 경계심을 풀지 않고 빈틈없는 자세를 취한 채,

"어디에서 온 자냐?"

"아, 목소리가 너무 크십니다. 벽에도 귀가 있다는 말도 있기에 이렇게 은밀히 찾아뵌 것입니다."

"흠, 그렇다면 누군가의 밀사라도 된단 말이냐?"

만약 가까이 접근해서 벨 생각이라 할지라도 그것을 피하지 못할 자신이 아니라고 생각했기에 턱으로,

'거기에.'

라고 가리켰다.

"현명하신 판단!"

앉은 채로 다가와 두 손을 바닥에 대고,

"고후에서 온 아나야마 요시사토(穴山由郷)—."

라고 이름을 밝혔다.

"뭐라? 아나야마 요시사토? 그렇다면 바이세쓰사이[87]의 일족?"

"그렇습니다. 아나야마 바이세쓰의 일족입니다."

---

87) 梅雪斎(1541~1582). 아나야마 노부타다(穴山信君), 혹은 아나야마 바이세쓰. 다케다 24장수 가운데 한 명으로 꼽히는 인물이다. 다케다 신겐 말기부터 섬기기 시작해서 신겐의 아들인 가쓰요리 때에도 중신으로 있었으나 오다 노부나가의 고슈 정벌이 시작되자 다케다 씨를 배반했다.

이렇게 대답했기에,

'이거 보통 일이 아니로구나! 숨어든 것도 당연한 일이야.'

사마노스케는 가만히 응시했다.

아나야마 바이세쓰사이의 일족이라면 다케다의 중신 가운데 한 명이다. 그런 그가 단신으로 이렇게 잠입했으니 상당한 기밀을 요하는 일이리라. 바이세쓰 뉴도 노부키미[88]는 고 신겐의 동생인 아키노카미 노부토모(安芸守信友)의 장남[89]이다. 그러니까 다케다 가의 당주인 가쓰요리에게는 사촌동생이자, 또 처남이기도 했다.

"바이세쓰사이 나리의 사자인가?"

라고 사마노스케가 물었다.

"그보다는 다케다 가의 밀사라고 말씀드리는 편이–."

"오오, 그렇다면 한층 더."

"제가 온 이유는–."

"흠, 이유는?"

"모반을 권하러 온 것입니다."

라고 우선 아나야마가 대답했다.

"이 사마노스케에게?"

"아니, 아케치 집안에게입니다."

"다케다 나리와 내통해서 오다 우다이진 집안을 배신하라?"

사마노스케 미쓰하루의 눈동자가 촛불에 번뜩 빛났다.

---

88) 信君. 앞의 주에서는 이를 노부타다라고 읽었다(각주 88참조). '信君'를 종전에는 노부키미라고 읽었으나, 훗날 사료에 의해서 노부타다라고 읽는 것이 정확하다는 사실이 밝혀졌다. 저자는 그 사실이 밝혀지기 전의 이름을 사용했다.
89) 노부타다는 노부토라(다케다 신겐의 아버지)의 딸, 즉 신겐의 누나의 아들이라는 것이 정설이다.

"올봄—."
이라며 밀사 아나야마는 상대방의 눈동자 깊은 곳을 가만히 응시한 뒤,

"에린지의 가이센 화상을 통해서 화의의 뜻을 전했으나 그 결과는 아시는 바와 같습니다. 중간에서 말을 전한 구와노미데라의 장로를 베어버린, 끔찍한 참살— 부당하다고도, 무도하다고도— 뭐라 형용할 말을 찾을 길이 없는 처사. 이렇게 된 이상 오다와 다케다는 어차피 멸망하느냐 멸망시키느냐 결판이 날 때까지 목숨을 걸고 싸울 수밖에 없는 적이 되어버렸습니다. 뿐만 아니라 구와노미데라의 장로, 에린지의 화상과 속세의 연으로 이어져 있는 아케치 가 일족도 마침내는 어떤 어려움에 처하게 될지—."

여기서 말을 끊었다.

잠시 기다렸으나 사마노스케는 말이 없었다.

아나야마가 뒤를 이어,

"동쪽의 다케다, 서쪽의 모리— 동서에서 협공을 가할 때, 교토를 다스리고 계신 아케치 나리께서—."
라고 말한 순간 발소리—

3

발소리는 거실의 이리가와에서 멈췄다.

오키쓰(お喆)였다. 사마노스케의 아내였다.

젊고 아름다운 여인이었다. 사마노스케는 45세. 그의 부인이라고 하기에는 너무나도 어렸다. 마치 아버지와 딸처럼 보였는데 그렇게 보이는 것도 당연한 일이었다. 그녀는 올해 23세밖에 되지 않았다. 사마노스케에게는 전처가 죽은 뒤에 얻은 두 번째 아내였

다. 이 오키쓰는 미쓰히데의 장녀였다.

따라서 사마노스케는 미쓰히데의 사촌 형제이자 사위이기도 한 밀접한 관계에 있었다.

'어머?'

낯선 남자가 남편과 마주보고 앉아 있었기에 그녀는 서둘러 들어오던 발걸음을 멈추었다.

"무슨 일인가?"

사마노스케가 물었다.

"누구신지?"

오키쓰도 이렇게 물었다.

"나중에 알게 될게요. 남들의 귀를 꺼리는 이야기일세."
라고 대답한 남편의 표정도 그렇고 손님의 태도도 그렇고, 뭔가 심상치 않은 중대함이 느껴졌기에,

"그렇다면 이대로 물러나겠습니다."

"무슨 일로 오신 게요?"

"그게—, 동생이 갑자기 찾아왔습니다."

"동생? 호소카와의 다마 히메 말인가?"

호소카와 다다오키의 부인인 다마 히메는 오키쓰의 동생이었는데, 이곳 후쿠치야마에서 단고의 호소카와 성까지는 100리 길도 되지 않는 거리였다.

그러나 오키쓰는 고개를 저으며,

"아니요."
라고 대답했다.

"그렇다면 아즈치에서 도모 히메(朋姬)가 오셨는가?"

오키쓰에게는 여동생이 둘 밖에 없으니 호소카와의 다마 히메가

아니라면 물을 것도 없이 도모 히메를 말하는 것일 테지만, 이렇게 물은 것은 뜻밖이라는 느낌이 강했기 때문이었다.

"네, 그러면서 급히 상의 드리고 싶은 일이 있다고."

더욱 보통 일은 아니라는 느낌이 들었다.

도모 히메는 미쓰히데의 둘째 딸로 오다 노부즈미에게 시집을 갔다.

오다 노부즈미는 우다이진 노부나가의 조카였다.

노부나가의 동생인 간주로 노부유키가 남기고 간 아들로, 이 노부즈미(통칭 시치베에)는 아즈치 성곽 안에 집을 가지고 있었다.

우다이진이 큰아버지, 아케치가 장인이라면 꽤나 좋은 집안으로 사람들이 함부로 얕보지 못하고 기세도 대단할 터였다.

그러나 노부나가와 미쓰히데 사이에 좋지 않은 분위기가 짙어지면 누구보다 먼저 즉각적으로 피해를 입게 된다.

"물론 좋은 이야기는 아니겠지?"

라며 사마노스케의 표정이 뚜렷하게 어두워졌다.

"풀이 죽어서 근심에 잠긴 얼굴이었습니다."

오키쓰가 도모 히메의 표정에서 받은 인상을 들려주었다.

"잠시 후 안채로 들어갈 테니, 그때까지 당신이 이야기를 좀 들어 주게."

"네. 그럼 굳이 인사는 드리지 않고—."

"인사? 음, 비밀스러운 손님일세— 입 밖에 내지 않았으면 하네."

사마노스케가 밀사 아나야마를 향해 돌아앉았다.

부인의 발소리가 멀어지기를 기다렸다가,

"아케치 나리의 영서(令壻)이신 시치베에 노부즈미 나리의 신변에 뭔가 이변이 일어나려 하는 것 아닙니까?"

라고 아나야마가 침묵을 깨뜨렸다.

창밖으로 북풍이 휭 소리를 내며 세차게 스쳐 지나갔다.

4

도모 히메는 21세.

언니인 기쓰 히메와는 2살 터울.

동생인 다마 히메보다는 3살이 많았다.

세 자매 모두가 아직 시집을 가기 전, 아버지 미쓰히데의 슬하에 있었을 때 아케치의 세 딸은 하나같이 명모호치(明眸皓齒)— 그 아름다운 꽃이 누구의, 어떤 행복한 자의 손에 의해서 꺾일지 공연히 사람들의 마음을 졸이게 했으나, 큰딸이 사마노스케의 후처라는 지극히 평범한 결혼을 했기에 마음을 졸이던 사람들도 적잖이 김이 새버리고 말았다.

그런데 둘째인 도모 히메가 오다 노부즈미와 서로를 마음에 품는 사이가 되었기에 아즈치 산의 수다꾼들을 숙덕거리게 만들었을 뿐만 아니라, 막내인 다마 히메는 한술 더 떠서 참으로 커다란 파란을 불러일으켰다.

그것은 다름 아니라 란마루 · 다마 히메 · 다다오키의 삼각관계였다.

사랑의 경쟁에서 란마루는 지고 말았다. 그리고 다마 히메는 다다오키의 것이 되었다.

다마 히메가 호소카와 다다오키의 아내가 되었으니 일반적으로는 그것으로 삼각관계가 끝나버리고 말 테지만, 일반적인 잣대나 상식으로는 도저히 측량할 수 없는 란마루의 이상한 변태 성격은 자신의 실연에 대한 복수를 참으로 섬뜩한 집요함으로 마음속에도 맹세했을 뿐만 아니라 조금씩 실행에도 옮기고 있었다.

아케치 일문을 덮칠 재앙의 씨앗이 거기에 커다랗게 뿌리를 내렸다.

뿌리에서 다시 뿌리가 나와 그것이 무성하게 뻗었다.

지금, 도모 히메는 후쿠치야마의 언니 부부에게 어떤 일을 상의하기 위해서 온 것일까?

새로운 화근이 또 다른 방향으로 뿌리를 뻗은 것은 아닐까?

아니면 같은 장소에서 그 뿌리의 응어리가 갑자기 불거져 나왔단 말인가?

오키쓰는 자신도 모르게 얼굴이 창백해져서,

"응?"

하고 외쳤다. 마음이 다부진 그녀이기는 했으나,

"얘야! 자, 다시 한 번 분명하게, 알아듣기 쉽게 말해보아라!"

목소리가 부들부들 떨리며 갈라졌다.

'그, 그런 말도 안 되는 일이 있을 수 있는 걸까?'

너무나도 기가 막힌 처사!

도모 히메의 목소리는 언니보다 더 떨리고 있었다.

"저는 정말, 이러고 있는 동안에도 걱정이 되고 또 걱정이 돼서, 이 가슴이, 이 가슴이 찢어질 것만 같아요. 남편은 벌써 살해당했을지도 몰라요. 지금쯤 남편 노부즈미의 생명은 몸속에서 사라져 그저 피투성이 망령의 모습으로 삭풍이 부는 밤의 어둠 속을 여기저기 헤매고 다닐지도 몰라요."

"얘야, 너처럼 그렇게 두서없이 얘기해서는 앞뒤 사정을 이해할 수 없으니, 어떻게 생각해야 좋을지 알 수 없지 않겠니? 자, 좀 알아듣게 얘기를 해보아라!"

오키쓰가 언니답게 잘 달래보았으나 도모 히메의 말은 여전히 횡설수설이었다.

"하지만 가슴이 두근대서 무슨 말부터 해야 좋을지 저도 잘 모르겠어요. ……시아버지의 모반이, 예전의 허물이 지금까지도 화근이 되고 있는 거예요. 반역자의 아들이라는 생각이, 증오심이 노부나가 공의 마음속 깊이 남아 있는 거예요!"

도모 히메의 남편인 노부즈미는 반역자의 아들임에 틀림없었다. 노부즈미의 아버지인 간주로 노부유키에게는, 모반을 일으켜 형 노부나가를 살해하려다 주살당했다는 어두운 과거가 있었다.

5

장소는 아즈치의 널따란 서원.

다다미 숫자로 따지자면 200장쯤은 깔려 있으리라.

그 널따란 방조차 그다지 여유가 없어 보일 정도로 늘어앉은 여러 다이묘, 쇼묘[90], 휘하, 직속된 주요한 사무라이들.

성대한 주연이었다.

오랜만에 펼쳐진 커다란 향연.

술을 따르는 것은 전부 여자들. 따라서 화려했다. 정원에는 이미 소슬하고 쓸쓸한 겨울이 찾아와 떨어져야 할 나뭇잎들은 전부 떨어져버렸기에 알몸의 가지들만 찬바람에 떨었고 상록수의 잎들도 빛이 바랜 듯 보였으나, 문 밖의 황량한 풍경과는 달리 실내의 분위기는 참으로 화려했다.

---

90) 小名. 다이묘보다 영지가 작았던 무사.

젊은 시녀들이 아름다운 비단옷으로 차려입고 지분을 정성껏 발라 화려한 무늬의 소매에 향기를 더했으며 옷자락에 교태를 더해 곡선미를 다투었다.

한층 더 눈에 띄게 아름다운 각 다이묘들의 소실, 첩까지 전부 자리에 모습을 드러내 주흥을 돋우고 있었다.

'황송하게도!'

라고 생각하는 쇼묘도 있었고,

'좋은 눈요기!'

라며 기뻐하는 사무라이도 있었다.

그러나 미쓰히데의 마음은 마치 바깥의 겨울 풍경과 마찬가지로 더없이 황량하고 쓸쓸하게 가라앉아서,

'무의미한 잔치야. 아니, 성가시기 짝이 없는!'

이 대향연의 분위기에 대해서 강한 반감을 품고 있었다.

미쓰히데의 자리와 노부나가의 자리는 한참 멀리 떨어져 있었다.

이는 미쓰히데 자신이 일부러 고른 자리였다.

오쓰가 노부나가 곁에서,

"어머, 아케치 나리는 어떻게 되신 걸까요? 저런 말석에 앉으시다니."

라고 말했다. 그러자 옆에 있던 오후우도,

"정말 이상하네요!"

힐끗, 란마루의 얼굴을 곁눈질한 뒤 노부나가를 정면으로 바라보자,

"후후! 그렇게 이상하다면 왜 안 어울리게 말석에 앉았는지 물어보고 오너라."

노부나가가 이렇게 말했다.

비꼬는 듯한 미소가 입술 부근을 스치고 지나가더니 상당히 멀리 떨어져 있는 미쓰히데에게로 노부나가의 시선이 던져졌다.

그때 오후우가,

"어머나!"

하고 간드러지게,

"저는 싫어요."

"그렇게 싫어하지만 말고 물어보고 오너라."

"하지만 저렇게 까다로우신 분– 무서운 걸요!"

오후우가 몸을 비틀었다.

"뭐가 무섭다는 게냐, 저런 대머리! 마음에 들지 않는 녀석이다만, 무서울 건 조금도 없다."

라고 노부나가가 말했다.

"아니요. 저는 정말로 온몸의 털이 곤두설 만큼 무서운 걸요."

오후우가 과장스럽게 몸서리를 쳤다.

"앗하하하, 무섭기로 따지자면 저기에 있는 오란이 훨씬 더 무섭지!"

"어머머, 나리도 참!"

"농담이 아니다. 정말 무서운 건 오란 놈이다, 안 그러냐, 오쓰–."

라고 돌아보자 오쓰가 육감적으로 미소 지으며,

"어머, 오란 나리가 왜 무섭다는 건지, 저는 조금도 모르겠는 걸요!"

매끄러운 턱을 목깃에 묻듯이 하자,

"이 녀석! 질투를 하는 게냐?"

노부나가의 눈빛은 누가 봐도 흐려져 있었다.

6

"나리."

란마루가 오후우의 손에서 자루가 긴 술병을 받아들고,

"무섭다고 말씀하신 오란 놈에게 참으로 무서운 청이 있습니다만."

주군 옆으로 바싹 다가가며 화사한 몸짓으로 술을 따랐다.

"뭐냐? 무서운 청이라는 건—?"

노부나가가 잔을 입술 쪽으로 가져갔다.

"잠깐 귀를."

란마루의 희고 잘 생긴 얼굴이, 붉은 입술이, 노부나가의 귀 옆 가까이로 다가가 무엇인가를 속삭였다.

"음! 음!"

홀짝홀짝 마시며 고개를 끄덕이는 노부나가였으나 그 시선은 멀리 떨어져 있는 미쓰히데에게로 향해 있었다. 속삭임이 끝나자,

"알겠다! 하지만 그러겠다고는 대답하지 않을 테니, 너무 조급하게 생각해서는 안 된다, 오란."

"네! 그저 자리만 깔아주시면 됩니다."

"자리를 깔아주는 거라면 지금 여기서—."

노부나가는 이렇게 말하자마자,

"미쓰히데, 가까이로!"

라고 외쳤다. 매우 커다란 소리였기에 모든 사람들이 덜컥해서 눈을 커다랗게 떴다.

아케치가 자리에서 일어났다.

다가와 조용히 앉았다.

"무슨 일이신지?"

중후한 표정.

"다름이 아니다. 성을 바꿨으면 좋겠다."

청천벽력 같은 말이었다.

"저의?"

"물론 너의 성이다. 성을 바꿈과 동시에 영지도 바꾸는 게야."

"알아듣게 설명해주십시오."

이 대답이 심기를 확 상하게 한 듯,

"네가 머물고 있는 성인 사카모토 성과 니시오우미 18만 석을 돌려달라는 말이다."

"무슨 말씀이신지?"

"헛, 기가 막힌 귤대가리로구나! 아직도 내 말을 알아듣지 못했느냐?"

노부나가는 목소리가 거칠어졌으며, 미쓰히데는 참으로 불쾌하다는 표정을 가득 담고 있었다.

"나리!"

"누, 누가 준 성이냐? 누구에게서 받은 영지냐?"

"분별없는 질문입니다. 대답할 필요도 없을 테지요!"

말 한 마디 한 마디, 노부나가에게는 모든 것이 마음에 들지 않았다.

"오우미도 단바도 내가 준 것이다. 너의 영지인 54만 석도 전부 이 노부나가가 준 것이다. 단바까지 내놓으라고 하지는 않겠다. 니시오우미의 시가 · 다카시마(高島) 2개 군의 18만 석을 사카모토 성과 함께 내놓으란 말을 이해하지 못하겠단 말이냐, 돌대가리 놈!"

내지르는 목소리에, 그렇게도 넓은 방 전체를 압도하는 듯한 것이 있었다.

그러나 미쓰히데에게서는 굴하려는 듯한 모습을 볼 수 없었다.

"사카모토 성 18만 석을 몰수하시겠다는 말씀이십니까?"

"쳇, 언제 몰수한다고 했느냐? 성을 바꾸는 게다, 자리를 바꾸는 게야. ―대신 할 곳은, 어딘가를 주겠다!"

"그렇다면 그렇게 생각하신 이유―는?"

"사카모토는 란마루의 아버지인 모리 산자의 성이었다. 더구나 산자에몬이 적의 대군을 맞이하여 노부나가를 위해서 농성하다 고전 끝에 장렬하게도 목숨을 잃은 곳이다. 그 아버지가 전사한 기념의 성을 달라는 오란의 간절한 소망을 내가 지금 들어준 것이다. ―사카모토 성은 오란에게 주겠다!"

즉, 이것이 이유였다.

7

미쓰히데는,

'한심하구나!'

라고 생각했다. 불쾌한 감정이 한심하다는 생각 때문에 지워지는 듯했다.

'술기운에 쳐보는 짓궂은 장난이겠지.'

설마 진심은 아닐 것이다. 사카모토는 히에이 산의 배후와 호수를 끼고 있는 요충지다. 그곳을, 모리 산자에몬이 충성스러운 죽음을 맞이한 곳이라 할지라도 겨우 열예닐곱 살밖에 되지 않은 어린 아이가 어찌 지킬 수 있겠는가? 아무런 공로도, 공훈도 없는 색시동 사무라이에게 사카모토 성 18만 석을 주겠다니, 농담이 아니고서는 어찌 그런 말을 할 수 있겠는가?

이렇게 생각했기에,

"나리는 그 오란을 너무 감싸고도십니다."

라고 말해버렸다.

그것이 좋지 않았다.

"멍청한 소리. 이 아이는 희대의 천재다. 나의 보물이다. 아무리 감싸고돌아도 모자란다."

"안될 말입니다! 총애를 등에 업고 어처구니없는 생각에 들떠 있습니다. 제가 이렇게 말씀드리는 것은 나리의 생각이, 적어도 란마루 놈에 관한 한 잘못되었기 때문입니다, 잘못되었기 때문입니다."

"닥쳐라!"

"아니, 부정입니다! 불륜입니다!"

간언하지 않으면 안 된다는 양심이 미쓰히데를 재촉했다.

그것이 더욱 좋지 않았다.

"닥치라고 하지 않았느냐! 불륜이라니 그건 또 무슨 소리냐?"

라고 노부나가가 소리 질렀다.

아아, 어떻게 되려는지, 하며 사람들은 손에 땀을 쥐었다.

미쓰히데가 가만히 바라보며,

"불륜이란 윤리의 도에서 벗어나는 것을 말하는 것입니다. 제아무리 영명한 군주라 할지라도 인간의 윤상(倫常)을 잃으면 은나라의 주왕(紂王)과 같은 악-."

말이 채 끝나기도 전에,

"이놈!"

노부나가가 질타했다.

그러나 미쓰히데는 움츠러들지 않고,

"들리는 소문이 사실이라면 오후우와 오란 사이에 있을 수 없는 추한 관계가 있었다고 하던데— 그 말을 듣고도 언제까지고 입을 다문다는 건 신하의 도리가 아닙니다. —나리의 생각을 부정, 불륜이라고 말씀드린 것은 그러한 일, 그러한 점 때문입니다!"

분명하게 아픈 곳을 찔렀다.

그러나 윤상이나 일반적인 도덕관념을 훨씬 초월한 곳에 있는 노부나가는, 미쓰히데가 아플 것이라고 생각한 정도의 아픔은 느끼지 못했다.

미쓰히데가 촉구하는 반성은 조금도 하지 않고, 오히려 병적인 이상심리에서,

'쳇, 나만큼이나 되는 주인을— 이 노부나가를, 노부나가라고도 여기지 않는 겐가? 흠! 그렇게 여기지 않는다면 내게도 생각이 있다!'

영웅도 지금은 완전히 폭군으로 변해 있었다.

"가장 큰 술잔을 가져오너라!"

노부나가가 근시(近侍)에게 이렇게 명령했다.

일곱 되 들이 커다란 술잔.

그것을 가지고 왔다.

술이 가득 채워졌다.

그러는 사이에 미쓰히데는 자신의 자리로 돌아갔으나 노부나가는 술을 마시지 못하는 미쓰히데에게 그 커다란 술잔을 강요하기 위해 술을 가득 따르게 한 것이었다.

"오란, 그 커다란 술잔을 마시게 해라. 귤대가리의 간언에 대한 상이라고!"

"네!"

커다란 술잔을 미쓰히데 앞으로 가져갔다.

미쓰히데의 눈이 란마루를 매섭게 노려보았다.

8

섬섬옥수 같은 두 손으로 가볍게 받쳐든 일곱 되 들이 술잔.

란마루의 눈에서 요상한 하얀 빛이,

'마셔라!'

참으로 싸늘하게—

무릎을 꿇고,

"주군께서 상으로 내리신 술잔이옵니다!"

목소리는 언제나처럼 나긋나긋한 고음.

마치 여자 같았다. —미쓰히데가,

'이옵니다는 또 뭐냐. 이 간물!'

이라고 생각한 순간.

"자, 받으시옵소서."

란마루가 건네주려는 커다란 술잔에 손을 내밀려고도 하지 않고 두 무릎 위에서 주먹을 굳게 쥔 채,

'가소로운 놈!'

미쓰히데의 억누를 수 없는 분노가,

"받을 이유가 없다."

라고 거부하게 했다.

"돌아가라!"

"그렇다면 거절하시겠다는 말씀이십니까? 기껏 내리신 술잔을?"

생긋 괴상한 미소.

멀리 떨어진 상좌에서 노부나가의 커다란 목소리가,

"오란! 입을 찢어서라도 마시게 해."

라고 울렸다.

자리에 있던 사람들도, 술을 따르던 여자들도,

'이거 큰일이구나! 과연 어떻게 될지?'

숨을 죽이고 소리조차 내지 않았다.

"주군의 분부십니다!"

란마루가 앉은 채로 무릎을 세워 다시 재촉했다.

"분부라 해도 받아들일 수 없다."

단호한 거부였다.

"그래, 받지 않겠다는 게냐, 귤대가리 놈!"

하며 자리에서 일어난 노부나가.

이제 대치는 첨예화했다.

"마셔라!"

노부나가가 다시 외치자,

"주군의 뜻이오, 아케치 나리!"

라며 란마루가 커다란 잔을 미쓰히데의 얼굴 앞으로 내밀었다.

미쓰히데가 마침내 받아들었다.

그러나 간신히 한 모금, 마셨다기보다는 입술을 술에 적셨을 뿐 그 커다란 잔을 상 앞에 그대로 놓았다.

"마셨습니다."

그러나 그 정도로는 참을 수 없었던 노부나가는,

"창을 가져오너라!"

라고 호통을 쳤다.

놀란 근시가,

"창을 말씀이십니까?"

라고 자신의 귀를 의심하듯 되물었다.

"창이다. —오리키, 창을 가져와라."

노부나가가 리키마루에게 명령했다.

리키마루가 창을 가져오기까지는 말로 표현할 수 없이 불길한, 무겁게 짓누르는 듯한 순간이었다. 늘어앉은 제후들 가운데는 시바타 가쓰이에도 있었다. 하시바 히데요시도 있었다. 다키가와 가즈마사도 있었다. 쟁쟁한 다이묘들이 늘어앉아 있었으나 누구 하나 입을 열지 않았다.

무슨 말인가를 하는 것이 좋은 건지 나쁜 건지, 오리무중, 전혀 판단을 할 수가 없었던 것이다.

"이리 줘라."

노부나가가 창을 리키마루에게서 낚아채듯 쥐자마자 성큼성큼 아케치 앞으로 다가가서,

"이놈!"

하고 창끝을 내질렀다.

'앗!'

9

미쓰히데가 아슬아슬하게 피했다.

번뜩이는 창끝이 예복의 소매를 스쳐 뒤쪽으로 지나갔다.

"나리!"

라고 외친 미쓰히데의 낯빛이 명백하게 바뀌어 있었다. 주군이 창을 들고 다가오는 모습을 눈으로 보면서도 설마 이렇게 내지르리라

고는 생각지 못했었다. 피하지 않았다면 아마도 정통으로 찔렸으리라. 아까부터 창백해져 있던 얼굴이 더욱 격변했다 한들 무엇이 이상하겠는가?

"이놈, 미쓰히데! 마시라는데 어째서 마시지 않는 게냐?"

"그건 억지입니다, 저렇게 큰 잔! 어떻게 비울 수 있겠습니까? 제가 술을 싫어하는 건 예전부터 알고 계시지 않으셨습니까? 겨우 한두 홉조차도 마시지 못하는데."

"못 마신다고 해도 기껏해야 술이다. 마셔도 죽지는 않아. 뒈지지는 않는다고, 마셔라!"

"마실 수 없습니다. 관대하게 용서를—."

"이 고집불통! 끝내 안 마시겠다는 게냐?"

노부나가가 한껏 노려보았다.

고집을 꺾지 않는 미쓰히데가 미웠던 것이다.

일단 거두었던 창을 다시 꼬나쥐고,

"이놈, 술이 그렇게 싫다면 창끝을 맛보게 해주겠다!"

위협과 살기의 경계가 모호해졌기에 미쓰히데는 순간적으로 자리에서 펄쩍 뒤로 물러났다.

그러자 그 순간 번뜩인 창끝.

창의 날카로운 끝이 미쓰히데의 얼굴을 따라 밀고들었다.

"용서해주십시오!"

라고 미쓰히데가 외쳤다.

그곳은 툇마루의 끝이었다. 더는 뒤로 물러날 곳이 없었다.

물러나면 정원으로 떨어질 터였다.

창끝은 코 앞에서 딱 멈췄다.

'쳇, 사람 같지도 않은!'

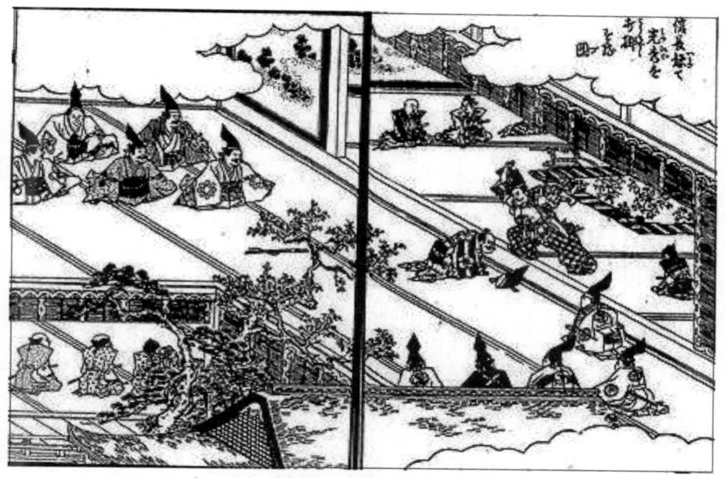

오다 노부나가에게 맞는 아케치 미쓰히데

미쓰히데는 기분 상으로는 지옥을 맛보았다.

바로 그때 시치베에 노부즈미가,

"나리!"

하고 외치며 노부나가의 창 자루와 물미를 쥐어 뒤쪽으로 힘껏 당겼다.

장인인 미쓰히데를 구하지 않으면 안 되겠다고 생각했기 때문이었다. 큰아버지의 포학함을 말리지 않으면 어떤 흉사가 일어날지 모르겠다고 느꼈기 때문이었다.

"에잇, 무슨 짓이냐?"

노부나가가 몸을 돌리며 창을 쨍그랑 던지고,

"흠, 시치베에냐. 혼쭐이 나야겠구나."

하며 허리의 칼을 뽑아들었다.

"앗, 큰아버지!"

시치베에는 달아났다.

"베겠다!"

칼은 번뜩이지 않았으나 노부나가의 날카로운 목소리가 달아나는 시치베에의 등에 쏟아졌다.

마치 칼에라도 맞은 것처럼 시치베에는 퍼뜩 놀랐다. 두 무릎이 부들부들 떨려오고 온몸에 한기가 들었다.

정신없이 옆방으로 거의 뛰어들려던 순간.

"겁쟁이 같은 놈. 와핫핫하!"

커다랗게 웃으며 노부나가는 상단의 자리로 돌아갔다.

시치베에는 뒤를 돌아보고 마음이 놓였다.

그것은 정말로 죽다 살아난 듯한 느낌이었다.

10

진눈깨비 섞인 바람인지, 눈보라 치는 소리인지.

내일 아침에는 가라스 산의 정상이 은백으로 보이리라. 단바 가운데서는 북쪽의 바다와 거리가 가장 가까운 이곳 후쿠치야마—

성도 들판도 곧 황량하게 눈에 뒤덮일 것이라고 바람소리가, 그렇게 생각나게 하는 밤이었다.

이야기를 마치고,

"그렇게 된 터라— 그래서 저는 무서워요. 슬퍼요."

언니 오키쓰의 얼굴을 바라보는 도모히메의 뺨으로 눈물이 줄줄 흘러내렸다.

"아아, 그도 그렇구나, 도모 히메!"

오키쓰의 눈에서도 눈물이 넘쳐 떨어졌다.

그러나 그녀— 사마노스케 부인의 눈물은 분함의 눈물이었다.

물론 두렵기도 하고 슬프기도 했다. 그러나 마음이 굳센 그녀에게는 공포보다도, 비탄보다도, 원통함에서 오는 눈물이 앞섰다.

'아버지 미쓰히데 정도의 인물을 그렇게까지 모욕하다니!'

거의 모든 점에서 인걸이라 할 수 있는 아케치 미쓰히데를 그저 개나 고양이에게 하듯 호통을 치는 정도라면 모르겠지만…….

이런 생각이 들자 그녀는 참을 수가 없었다. 할 수만 있다면 우다이진 노부나가의 목 줄기를 물어뜯고 두 눈알을 손톱으로 후벼 파고 싶다! 도려내고 싶다!

도모 히메가,

"그 자리에서만은, 간신히 되살아난 듯한 느낌이 들었다던 남편 노부즈미 나리도 나중에 절실하게 말했는데, 어차피 살아남지 못할 목숨이오, 언제가 됐든 나는 노부나가 공에게 살해당할 거요, 나리의 증오는 정말 마음속에서 우러나는 것이오, 돌아가신 아버지 노부유키가 오와리의 스에모리(末森) 성에서 모반하신 일을— 그 허물을 사실은 지금까지도 용서하지 않으신 게요, 큰아버지는 반드시 나를 베실 것이오, 라고 그렇게 말씀하셨어요!"

흑흑, 흐느껴 울었다.

"도모 히메야!"

사마노스케 부인이 머리를 흔들며,

"그건 아케치에 대한 미움 때문이다.

라고 말했다.

"그것도 있을 테지만."

"아니, 스에모리 성에서 있었던 일에 대한 허물보다 현재, 사카모토 성의 아버지— 미쓰히데를 미워하는 나리의 잔혹한 마음, 그것이 더 무서운 것이다."

언니는 이렇게 말하고 마치 환영이라도 보듯 등불에서 먼 방의

구석을 가만히 바라보다가,

"아아!"

몸서리를 치고,

"창, 창!"

하고 소리를 질렀기에,

"어머, 언니!"

깜짝 놀라는 도모 히메—

"왜, 왜 그러세요?"

다부진 언니의 성격을 알고 있었기에 더욱 놀랐다.

그러나 언니는 뜻밖에도 차분한 얼굴을 도모 히메 쪽으로 조용히 돌리고,

"얘, 도모 히메야. 54만 석을 받는 다이묘에게, 사람 가득한 방에서 창끝을 들이밀고 이걸 마시라는 둥, 먹으라는 둥, 그런 무도한 일이 예로부터 어디에 있었겠니?"

라고 말했다.

목소리에는 여전히 떨리는 기색이 있었으나 무엇인가를 마음에 굳게 정한 사람의 말투였다.

그때 장지문이 열렸다. 사마노스케 미쓰하루였다.

11

사마노스케가 자리에 앉자 도모 히메도, 오키쓰 부인도 번갈아가며 아즈치에서의 일을 이야기했고, 또 지금의 험악한 상황을 호소했다.

그 호소하는 모습의 절박함은, 여기까지 소식을 전하러 온 도모 히메보다도 오히려 오키쓰 쪽이 더 크게 보일 정도였다.

물론 도모 히메의 마음과 말도 절박한 것이기는 했으나 그것은 소극적인 긴장으로, 오로지 남편 시치베에 노부즈미의 안전을 걱정하는 것일 뿐이었다. 그에 비해서 오키쓰의 호소는 적극적인 것으로, 아케치 일족의 파멸을 예상하여 그 파멸에서 벗어나려면 어떻게 해야 좋을까 하는 점을 이야기하고 있었다.

그러나 호소해도, 호소해도 사마노스케는 일언반구도 없었다.

"저기요!"

"사마노스케 나리!"

대답을 재촉해도 말없이 팔짱만 끼고 있을 뿐이었다.

참지 못하고 오키쓰 부인이,

"당신은 무섭다고 생각지 않으시나요? 분하다고, 화가 난다고 생각지 않으시는 건가요?"

떨리는 목소리.

그래도 사마노스케는 여전히 침묵을 지켰다.

머릿속은 그야말로 회오리바람.

휭, 휭, 세차게 불어댔다.

마음속은 끓어오르는 물 같았다.

오장도, 육부도 문드러지는 것 같았다.

그럼에도 불구하고 말이 없는 것은— 말을 하지 않는 것은 말하는 것보다 더욱 커다란 고통이지만, 사마노스케는 아케치 가를 떠받치고 있는 커다란 기둥이자 반석이기도 했기 때문이었다.

일문 가운데서 미쓰히데에 버금가는 장자이니 가벼이 입을 열 수는 없었다.

게다가 그 자신, 생각의 방향조차 아직 조금도 정하지 못했기 때문이었다.

부인 눈 속의 이슬이 불빛에 반짝였다.

"나리! 아버지는 노부나가 공의 신하라고는 하지만 하시바 나리나 시바타 나리 · 다키가와 · 니와(丹羽) · 삿사(佐々) 등과는 대접이 다른 것이 사실입니다. 공의 안채에 계신 노 히메와 사촌지간이신 아버지— 사촌은 친척지간이 아닙니까? 아케치는 오다와 인척지간인데……. 그런데, 그런데, 어떻게……."

"아아, 이제 그만하시게!"

사마노스케가 말을 끊었다.

그것이 그 자리에서의 첫 번째이자, 마지막 말이었다.

꾸짖듯 부인의 말을 가로막고 동시에 도모 히메에게 말없이 인사를 한 뒤 방에서 나와버렸다.

복도에 웅크리고 있는 시동들에게는 눈길도 주지 않고 사마노스케는 그냥 지나쳐갔다.

'나리의 생각 하나에 달린 일이다만.'

고후 에린지, 가이센 화상의 얼굴이 마음의 눈에 선명하게 떠올랐다.

그의 어디에도 구애받지 않는 호방한 면모가 분명하게 입을 움직였다.

'뭐라? 단호하게?'

단호하게 감행하라는 목소리가 귀에 들려오는 듯한 느낌이었다.

'자기 방어다. 반역이 아니다!'

고후에서 온 밀사를 기다리게 해두었던 천수각의 방으로 되돌아온 사마노스케가,

"사오일 묵으시길—."

하고 말했다.

가부에 대한 대답은 사카모토로 가서 미쓰히데의 의향을 확인한 뒤— 라고 생각한 것이었다.

'눈보라로 변한 듯한 삭풍의 소리를 들으며 잠들지 못할 밤을 밝히자. 그리고 내일은 말의 발굽으로 눈을 차게 하여—.'

사마노스케는 잠자리에 들었다.

12

사마노스케를 태운 준마 '오카게(大鹿毛)'가 여명 속 하얀 눈을 차서 흩날리며 질풍처럼 달렸다.

말을 타고 따르는 사람 7명은 모두 날랜 자들로 가려 뽑았다.

후쿠치야마에서 사카모토까지는 100킬로미터.

아케치 영지의 서쪽 끝에서 동쪽 끝에 있는 사카모토까지, 하루 만에 갈 생각이었던 것이다. 100킬로미터라는 거리는, 그것이 평탄한 평야의 길뿐이라면, 그리고 봄이나 여름의 해가 긴 계절이라면 그렇게 어려울 것도 없을 테지만, 겨울의 짧은 해— 게다가 단바에는 고개가 많았으며 거기에 눈까지 내렸다.

그러나 하지가와(土師川)의 분수령을 넘어 스치(須知)에서 소노베(園部)로, 그리고 호쓰가와의 협곡으로 내려서자 눈은 없었다. 가메야마 성에는 사마노스케의 동생인 조칸사이가 있었으나,

'돌아오는 길에 들르기로 하고.'

하며 그냥 지나쳤다.

말은 쉬지 않고 달렸다.

그러나 사마노스케가 사카모토에 도착한 것은 해가 이미 저문 뒤였다.

"미쓰하루!"

이렇게 한마디 했을 뿐, 미쓰히데는 사촌동생의 얼굴을 가만히 바라보았다.

사마노스케도 역시 자리에 앉은 뒤 단지,

"그 후로 다른 일은 없으신지―."

라고만 말했을 뿐.

그도 말없이 사촌형의 눈동자를 응시했다. 묻지 않아도, 말하지 않아도 서로 통하는 것이 있었다.

"흠!"

"그럼 사람을 물려주시길―."

잠시 후, 시동과 근시 모두 멀리로 물러나 미쓰히데의 방에는 미쓰히데와 사마노스케 둘만이 마주 앉아 있었다.

"나리. 어떤 심정이실지!"

"누가 알리러 갔었는가?"

"도모 히메입니다."

"아아, 그런가. 도모가 갔었는가?"

촛불 속에서 미쓰히데의 근심에 잠긴 얼굴과 사마노스케의 답답하다는 듯한 표정이 잠시 소리 없는 말을 주고받았다.

"후쿠치야마 성에 다케다의 밀사, 아나야마 요시사토가 머물고 있습니다."

"뭐라? 아나야마 요시사토가?"

다시 침묵.

말이 없는 동안 미쓰히데의 눈동자가 분노의 빛을 띠기 시작하더니,

"어째서 바로 내쫓지 않은 게냐?"

"머물게 한 것이 마음에 들지 않으시는 모양입니다."

"말할 필요도 없다."

"결단코, 그렇게만 말씀하실 수 있으십니까?"

"있다."

"아니, 뉘우쳐도 소용없을 때가 되어-."

사마노스케가 짧은 말 속에 모든 정열을 담아,

"사무치게 후회하며 멸망해도 괜찮다는 말씀이십니까?"
라며 무릎을 미쓰히데 앞으로 힘껏 가져갔다.

그러나 미쓰히데는 단호하게 머리를 옆으로 흔들었다.

"다케다와 내통한다는 것은 생각할 수도 없는 일이다."

"나리!"

"당치도 않은 일이다!"

"오오, 그렇다면 나리는 정의가 포학함에 짓밟혀도?"

"나는 끝까지 참겠다."

"끝까지 참으시겠다? 아케치 일족을 멸망이라는 비운의 구렁텅이에 빠뜨려가면서까지?"

사마노스케는 이렇게까지 따지고 들었다.

그러나-

"주군이 주군답지 않아도 미쓰히데는 신하 아니냐!"

다케다 멸망

1

겨울이 지나고 봄이 찾아와 1582년.

줄줄이 늘어선 신슈(信州)의 높다란 봉우리들의 정상은 아직 희끗했으나 계곡의 얼음과 눈은 녹고 산 사이 고원에 매화꽃이 향그러우며, 꽃이 일찍 피는 품종의 벚나무가 여기저기서 꽃망울을 내밀고 있을 무렵, 오다의 대군은 이나구치(伊奈口), 기소구치(木曽口), 히다구치(飛騨口) 세 방면에서 침략의 보무(步武), 그야말로 용솟음치는 기세로 다케다의 영지로 공격해 들어갔다. 그리고 동맹을 맺은 도쿠가와의 병마도 엔슈에서 스루가로 침입해 들어갔다.

천하무적이라는 험한 땅을 끼고 있어서 난공불락의 요해임을 자랑하고 있던 다케다 씨의 영토도,

<이와 같은 강산, 앉은 채 사람에게 맡긴다.>

라는 중국 고문의 한 구절이 떠오르는 듯한 모습―.

실제로 이때의 형세와 유사한 고사를 중국 대륙에서 찾아보자면, 다케다의 고 · 신은 촉나라, 오다 군용의 장대함은 등애(鄧艾) · 종회(鍾會)의 그것이었으리라.

그러나 이나 군 다카토오(高遠) 성은,

“마지막 병사 하나가 다할 때까지!”

라며 강인하게 저항했다.

아케치 미쓰히데는 공격군의 부장이었는데,

"과연 기잔(機山) 뉴도 신겐의 다섯째 아들 니시나 고로 노부모리[91]가 지키는 성이로구나. 적이지만 훌륭한 방어전이다! 이를 보면 고 신겐 나리도 저승에서 조금이나마 미소 지으실 수 있으실 게야. —다케다의 무용, 궁시의 이름은 끝내 더렵혀지지 않고 후세에까지 오래도록 남을 게야—."

이렇게 말했을 때,

"나리!"

라고 사마노스케 미쓰하루가 말을 가로막았다.

그러자 조칸사이 미쓰타다가,

"형님!"

하고 사마노스케를 제지했다.

"조칸사이! 나는 나리의 이상주의에 화가 난다! 현실에서 너무나도 멀리 떨어져 계셔. 극단적인 현실 무시야."

"어찌 그런 말씀을 하시는 겝니까? 여기는 토론의 장이 아닙니다. 전장입니다!"

"나리, 흐린 물 속에서 혼자 깨끗할 수는 없는 법입니다!"

"보십시오, 형님의 병사들은 저기서 저렇게 싸우고 있지 않습니까!"

조칸사이가 형 사마노스케를 미쓰히데 곁에서 데리고 나와 언덕을 내려갔다.

언덕 아래에는 사마노스케와 조칸사이의 진영이 펼쳐져 있었다.

---

91) 仁科五郎信盛(1557?~1582). 다케다 신겐의 다섯째 아들. 1561년에 니시나가로 들어갔다. 신겐 사후 형 가쓰요리를 도와 시나노(현 나가노 현)의 다카토오 성을 지켰으나 오다 군의 공격을 받아 전사했다.

사마노스케는 좌익의 장수, 조칸사이는 우익의 장수였다.

좌익을 맡은 부대는 지금 한창 전투 중이었다.

성에서 출격한 결사대의 맹렬한 돌격에 맞서 전선의 병사들은 피보라 속에서 환성을 올리고 있었다.

그러나 우익은 아직 움직이지 않았다.

팔을 쓰다듬으며 명령을 기다리고 있었다.

아케치 군의 위치는 성의 정문을 정면에서부터 공격하는 곳이었다. 따라서 성 안에 있던 결사대는 정문을 나와 사마노스케의 부대를 향해 똑바로 돌진해 들었고, 사마노스케 부대의 정예가 삽시간에 그 결사의 적병을 포위하여 격렬하게 섬멸전을 진행하고 있었다.

"상대하기가 만만치 않구나, 저 여자 무사!"

"방심해서는 안 된다, 찔러라 찔러."

"말을 찔러라!"

라고 병사들이 외쳤다.

빙 둘러싼 창.

포위당한 여자 무사는 성 안의 사무라이인 스와 가쓰자에몬(諏訪勝左衛門)의 아내[92]였다.

머리카락 흩날리며 말 위에서 휘두르는 칼—

남자보다 더 커다란 용맹으로 휘둘러서는 쓰러뜨리고, 휘둘러서는 쓰러뜨리고, 적의 피를 뒤집어쓴 필사의 형상.

"에잇, 비겁한 놈들. 일대일로 맞설 자는 없단 말이냐? 아케치

---

92) ?~1582. 사적에 남편의 이름은 스와 가쓰우에몬 요리타쓰로 되어 있다. 그의 아내는 적의 기록에서까지 용맹을 칭찬했을 정도로 분전했으나 성이 떨어짐과 동시에 전사했다.

군에 무사다운 무사는 한 놈도 없단 말이냐?"
라고 외치는 여자의 목소리가 창연하게 울렸다.

2

야트막한 언덕 바로 아래가, 난투가 벌어지고 있는 전장이었다. 미쓰히데가 내려다보고 있었다.

사마노스케의 정병들이 적의 결사대를 완전히 포위한 채 여기저기 몇 덩어리가 되어 아수라장을 연출하며 섬멸적인 공격을 가하고 있었으나, 애초부터 살아 돌아가지 않겠다는 각오로 펼치는 필사의 저항이었기에 격렬했다.

지금 미쓰히데가 서 있는 진영에서 통로를 따라 내려가면 그 섬멸전이 펼쳐지고 있는 전장까지는 상당한 거리가 있었지만, 절벽 너머 직선거리는 얼마 되지 않았다.

'흠, 부녀의 몸으로 저런 분투를!'

그 모습을 봐서는, 성 안의 병사들 모두 전멸을 각오하고 있는 듯했다.

'훌륭한 최후다!'

스와 가쓰자에몬의 아내가 난도질을 당해 비장한 죽음을 맞이한 것이었다.

'아아, 일념 하나로 움직이는 자들이여!'

오른팔을 잘린 병사가 왼손으로 칼을 휘둘렀다. 두 다리를 잃은 병사가 엉덩이로 몸을 지탱한 채 칼을 내지르고 있었다. 쓰러져 숨을 헐떡이면서도 칼자루를 쥐고 있었다. 목숨이 끊어져서도 쥔 창의 손잡이를 놓지 않았다.

미쓰히데는 굳세게 저항하는 적병의 모습을 바라보며 화살에 묶여 날아온 답장의 내용을 떠올리고 있었다.

성 안의 장수 니시나 고로가 보내온 답장이었다.

〈귀하의 편지 펼쳐보고 그 뜻을 잘 알았소.

신겐 이후 노부나가에 대한 유한 겹겹이 쌓였기에, 가쓰요리 마침내 잔설 녹기를 기다렸다가 비노(尾濃)로 간과(干戈)를 움직여 울분을 씻어야겠다고 생각하고 있던 차, 당국에서 먼저 군을 움직였소. 농성 중인 우리의 뜻은 일단 목숨을 가쓰요리 쪽에 바쳐 무은(武恩)에 보답할 생각이오. 부당하고 불의한 무리가 될 수는 없소. 얼른 말을 몰아오시오. 신겐 이후 단련해온 용맹한 무예 솜씨를 보여드리겠소. 삼가 말씀드리오.〉

그것은 참으로 가쓰요리의 동생, 니시나 고로다운 글이었다.

이 편지는 공격군의 총대장인 노부타다에게 답한 것이었다. 노부타다가 화살에 편지를 묶어 성을 열라고 회유한 것에 대해서 역시 화살에 편지를 묶어 보내온 답장이었다.

편지를 쏘아 보낸 것은 미쓰히데였다.

또한 성에서의 답장을 받은 것도 미쓰히데였다.

그렇다면 지금 미쓰히데가 그 내용을 떠올린 것은 눈앞의 적, 성에서 나온 병사들의 분투와 장렬하게 전사해가는 모습을 바라본 것에 자극을 받아서였을까?

물론 그런 이유도 있었다.

'허나—?'

그들이 전장에서 목숨을 잃어가는 모습은 틀림없이 편지 속 글처럼, 가쓰요리로부터 받은 무은에 보답하기에 충분한 것이었다.

그러나 미쓰히데가 머릿속에서 집착하고 있던 것은,

〈부당하고 불의한 무리가 될 수는 없소.〉

그것이었다!

왠지 자신을 빗대어 이야기한 것 같다는 생각이 들었던 것이다.

'나는 겁쟁이인 것일까?'

미쓰히데는 자신에게 물어보았다.

'아니! 결코!'

충심의 목소리가 그렇게 대답했다.

의심의 여지도 없이 마음 깊은 곳에서 우러난, 거짓 없는 양심의 목소리였다.

그럼에도 불구하고,

'나의 굴종하는 태도는 부당한 것 아닐까?'

라는 반문이 솟아올랐다.

모락모락, 검은 구름처럼,

'부당하고 불의한 겁쟁이 미쓰히데는 아닐까?'

의문이 마음속의 푸른 하늘을 뒤덮으며— 번져갔다.

3

—이제는 총공격.

원래 이 다카토오(高遠) 성은 3면이 높고 험한 땅으로 둘러싸여 있으며 성의 기슭으로는 급류가 소용돌이를 일으키며 여울목을 지나기에 말 하나가 간신히 지날 만한 절벽길이 거의 유일한 통로였는데 뒷문 쪽의 산등성이로 본진을 밀고 올라간 노부타다가,

"총력을 다해 성으로 밀고 들어가라."

라고 명령했다.

시동 사무라이의 우두머리인 야마구치 고벤93)이 달려와서,

"앞문에 계신 아케치 나리는 아직 힘으로 밀고 들라는 명령을

내리실 뜻이 없으신 듯합니다만."

이렇게 말했으나,

"앞문은 앞문이다!"

노부타다는 성 앞쪽의 공격을 맡은 대장 아케치가 성으로 밀고 드는 것을 어떤 이유에서인지 망설이는 듯 보이는 것이 가소롭게 여겨졌다.

"그런 짐짓 진중한 척 꾸물거리는 자를 신경 쓸 틈 없다."

곁에 있던 모리 나가요시[94]가,

"그러나 아케치 나리는 주군께서 붙여주신 부대장(副大將)이신데—."

"에잇, 상관없다. 밀고 들어라, 당장 밀고 들어랏— 나가요시, 서둘러라!"

모리 나가요시는 란마루의 형이다. 공격군의 부대장(部隊長) 가운데 한 명이었는데 지금 총사인 노부타다로부터 밀고 들라는 명령을 받았기에 타고 있던 말에 바로 채찍을 가해 자신의 진으로 달려가자마자,

"있는 힘껏 밀고 들어라."

라고 부하에게 호령했다.

나가요시의 신하인 가가미 효고[95]가 진격의 선봉에 서서 성 외곽의 담벼락까지 바싹 다가갔다. 그리고 탄환을 무릅쓰고 목책을

---

93) 山口小辨(?~1582). 노부타다의 시동. 다카토오 성 공략에서 공을 세웠다. 혼노지의 변 때 니조 성에서 전사했다.

94) 森長可(1558~1584). 아버지는 모리 요시나리로 모리 란마루의 형이다. 무사시노카미(武蔵守)를 칭했다. 혼노지의 변 이후 히데요시를 섬겼으나 1584년에 고마키 · 나가쿠테 전투에서 전사했다.

95) 各務兵庫(1542~1600). 이름은 가카미 모토마사(各務元正).

돌파, 담 위로 뛰어 올라가,

"모리 나가요시의 가신 가가미 효고, 다카토오 성에 가장 먼저 올랐다!"

가장 먼저 성에 올라 자신의 이름을 높다랗게 외쳤다.

뒤를 따르던 날랜 병사들이 와아 함성을 지르며 성 안으로 난입했다.

가와지리(河尻)의 부대, 마쓰오(松尾)의 부대 등이 연달아 성으로 들어갔다. 노부타다 자신도 말을 타고 성곽 안으로 들어갔다. 대장의 말이 성 안으로 들어갔으니 측근들도 무훈을 다투지 않을 수 없었다. 시동인 야마구치 고벤, 삿사 세이조(佐々清蔵)와 말 주위를 경호하는 기마무사인 가지와라 지에몬(梶原次右衛門), 구와하라 기치조(桑原吉蔵) 등이 필사의 방어에 나선 적과 창을 마주했다.

그렇다면 정문 쪽은?

—사마노스케가 말에서 훌쩍 뛰어내려,

"나리, 성의 후방을 맡은 부대는 외곽을 돌파했습니다!"
라고 외쳤다.

그러나 미쓰히데는 동요하는 기색도, 다급해하는 모습도 보이지 않고,

"힘으로 공략해서 무익한 피를 흘리지 않아도 취할 수 있는 성이다."
라고 대답했다.

"쳇, 그게 좋지 않다는 겁니다! 좋지 않습니다. 바로 그렇기에 오해를 사는 겁니다. 여기저기 들쑤셔서 당치도 않은 의심을 하게 만드는 겁니다. 병폐입니다!"

사마노스케가 날카로운 말을, 미쓰히데의 급소에 쑤셔 넣듯 찔러 넣었다.

"그렇다면 너는 정의를 사악함이라 말하는 게냐?"

미쓰히데가 깊은 눈으로 사마노스케를 가만히 바라보았다.

"허나! 나리의 경우는 올바름이 오히려 악이라고 할 수 있습니다. 깨끗하기에 오히려 탁함이 빚어지고 있습니다. 나리의 총명함으로 그것을 이해하지 못하신단 말씀이십니까? 단, 맑은 거울도 때로는 흐려집니다. 이제는 그 흐려진 것을 닦아내시기 바랍니다!"

"사마노스케!"

"닦으실 수 없다는 말씀이십니까? 오늘은 저도 끝까지 말씀드리겠습니다. 나리는 비겁합니다. 비겁하십니다!"

"흠, 비겁-."

미쓰히데가 짜내듯 중얼거렸다.

4

'부당, 불의?'

미쓰히데는 여기서 다시 화살에 묶여온 편지 속의 글을 떠올렸다.

'나는 정말 비겁한 걸까?'

적나라한 자신의 속마음에 물어보았으나,

"나리! 토사구팽(兎死狗烹)이라는 옛말을 어찌 머릿속에 두시지 않으시는 겁니까?"

라고 사마노스케가 말했다.

총성이 성의 뒤쪽에서 자꾸만 들려왔다.

"그래도 어쨌든-."

"무엇을?"

"명령을!"

"공격하라는?"

"성의 후방을 맡은 부대보다 너무 늦어서는 나중이 귀찮아집니다."

사마노스케가 미쓰히데를 다그쳐서 공격 명령을 받아들고 병사들을 정문으로 진격시켰을 때, 노부타다의 군세와 성병들은 물과 불처럼 성의 울타리 안에서 일진일퇴, 격렬한 혈전을 치르는 중—

성 안의 부장인 오바타 스오우(小幡周防), 가스가 가와치(春日河内), 하타노 겐자에몬(畑野源左衛門), 이마후쿠 마타우에몬(今福又右衛門) 등의 병사가 쓰러뜨린 노부타다의 병사는 700 이상.

그러나 아케치의 군세도 이미 정문을 깨고 혼마루 안으로 난입했다.

이를 막던 오야마다 빗추(小山田備中), 하기리 구로(羽桐九郎)는 전사했으며, 성병의 절반 이상이 목숨을 잃었다.

'성의 운명도 여기까지구나!'

이렇게 생각한 고스게 고로베에(小菅五郎兵衛)가 천수각으로 뛰어 올라가,

"주군! 분하게 되었습니다!"

라고 외쳤다.

"아니, 마음껏 싸웠다."

니시나 고로도 몇 군데나 상처를 입었다.

다카토오의 성주로서 참으로 유감없이 싸웠던 것이다.

"저승으로 가서 아버지 신겐을 뵐 낯이 서는구나! 그만 할복하기로 하자."

"아아, 자결! 제가 곁에서 돕겠습니다."

비통한 목소리로 고스게가 이렇게 말하자 니시나 고로는 고개를 끄덕이고 망루의 총안 앞에 섰다.

망루 아래로는 벌써 적병들이 구름떼처럼 몰려들었다.

총안의 덮개를 열고,

"이놈, 적장 오다 노부타다, 내 말을 잘 들어라! 이번에 내게 마음을 바꾸어 네 군문에 항복하면 목숨을 살려주고 영지도 보장하겠다는 글― 웃음을 금치 못하겠다! 이래봬도 나는 세이와겐지[96]의 적류(嫡流)인 호쇼인(法性院) 신겐의 다섯째 아들이다. 어찌 불의하게도 목숨을 연명하기 위해 필부에게 아첨하여 오다의 말 앞에 항복하겠느냐. 얼른 가쓰요리 부자 및 나의 목을 취해서 노부나가에게 보여주어라. 너의 아비인 노부나가는 약관의 나이부터 불의와 포악을 일삼아 친족을 주살하고, 혹은 엔랴쿠지에 불을 질러 수만의 중생을 살해하고, 쇼군 집안을 멸시하는 등 방자하게 역의(逆意)를 드러냈다. 당장은 뜻대로 무위를 떨칠 테지만 결국에는 그간 쌓은 악이 몸에 미쳐 곧 멸망의 길로 반드시 발걸음을 돌리게 할 것이다. 다케다 고로 34세의 나이로 지금 자결하겠다!"

라는 외침이 채 끝나기도 전에 오동나무 잎이 그려진 갑옷의 끈을 끊고 안의 옷도 벗어 칼끝으로― 옆구리를 쿡 찌른 뒤,

"곧 너희들의 무운이 다해 할복할 때의 본보기로 삼아라!"

쏙 오른쪽으로 허리까지 단숨에 벤 뒤, 열십자로 돌려 빼낸 칼로 가슴을 찔러 털썩 쓰러지려던 순간,

"에잇!"

---

96) 淸和源氏. 세이와 천황의 황자, 각 왕을 조상으로 하는 겐지 씨족.

하고 옆에서 보필하던 고스게의 칼이 번뜩였다. 고로의 목이 떨어졌다.

5

기후추조(岐阜中将) 노부타다는 스와의 가미하라(上原)로 병마를 전진시켰다.

다카토오 성이 함락된 이튿날— 3월 3일이었다.

"아아, 노부타다도 잔인한 짓을 하는구나."

"정말 잔인해. 스와 다이묘진(大明神) 신사를 불태우다니. 천벌을 받을 거야."

"죄스러운 일이라는 걸 모르는 걸까? 아아, 저 불 좀 봐, 저 불."

"불길이 저렇게 타오르기 시작했어."

"저래서는 곧 제단까지 불에 타겠는데."

"두고보라고, 당장 천벌이 내릴 테니."

"아아, 끔찍해라, 몸이 다 떨려오네."

"이렇게 바라보고 있으면 눈이 멀 것 같은 느낌이야."

"쳇, 노부타다 놈, 대체 신사를 어떻게 생각하고 있는 거야? 영험하기로 따지자면 일본 제일이라고. 이익을 주는 7대 불가사의도 모른다는 거야?"

"우리가 아무리 떠들어봐야 녀석은 다리에서 주워온 자식이 아니니, 쓸데없는 짓이지."

"응? 무슨 소리야? 다리에서 주워온 자식이 아니라니?"

"히에이 산의 엔랴쿠지까지 불태워버린 노부나가를 부모로 둔 노부타다잖아. 그런 자가 신슈로 와서 스와 다이묘진을 불태웠으니 그 아비에 그 아들이지. 다리에서 주워온 자식이 아니야."

신겐 이후 다케다 집안이 높이 받들어 숭배하던 스와 신사의 일곱 가지 신비한 영험, 신비로운 신사도 마침내 병화에 불타버리고 말았던 것이다.

지금 노부타다는 옥석을 가리지 않고 전부 불태워버릴 것 같은 기세로 군을 움직이고 있었다.

가쓰요리가 의지하고 있던 다카토오가 함락되고 동생 다케다 고로가 성의 망루에서 자결했다는 소식을 들은 것은 3일 아침이었는데,

"아아, 고로가 성에 묻히다니!"

암담함에 하늘의 한쪽을 응시했으며,

"아아! 집안의 운도!"

라며 고슈 신푸(新府) 성의 상하, 남녀 모두 새파랗게 질린 얼굴로,

"어떻게 하지?"

"어쩌면 좋아?"

당황해서 허둥지둥 소동이 벌어졌다.

그런데 거기에 한술 더 떠서,

"아나야마 바이세쓰사이, 변심."

"역심을 품은 아나야마가 도쿠가와 군을 안내해 스루가에서부터 문수당의 기슭인 가와구치(河口)로 난입."

흉보가 연달아 날아들었다.

아나야마 바이세쓰사이는 앞서 이야기한 것처럼 고 신겐의 동생의 아들이자 가쓰요리의 매제, 스루가의 지방관으로 에지리(江尻) 성에 머물며 오로지 도쿠가와에 대비하고 있었다.

그런데 변절해서 적에게 내응했을 뿐만 아니라 도쿠가와의 길잡이를 자처해 고슈로 침입해 들어왔다니, 참으로 커다란 타격이었

다.

"아나야마에게 배신을 당해서는!"

하고 가쓰요리는 한숨을 내쉬었다.

'아케치를 설득하는 데 그렇게도 공을 들였던 아나야마가.'

변절을 할 줄이야!

설령 아케치가 설득에 넘어오지 않았다 할지라도, 일족간의 깊은 관계를 잊고 적에 내응하여 도쿠가와의 길잡이가 될 줄이야!

가쓰요리는 사람의 마음이 얼마나 덧없는 것인지 뼈저리게 깨닫지 않을 수 없었다.

장남인 다로 노부카쓰[97]가,

"아버지! 무운이 다하여 군장(軍將)이 전장에서 목숨을 잃는 것은 무가에 늘 있던 일입니다!"

라고 외쳤다.

다로는 오다의 손자였다. ―앞서 세상을 떠난 어머니가 오다 가에서 다케다 가로 시집을 온 유키(雪) 히메였던 것이다.

"다로!"

가쓰요리가 날카롭게 아들을 바라보았다.

6

가쓰요리는 다로의 얼굴을 가만히 바라보며 자신의 아들이지만 ―

'아아, 아름답다!'

라고 생각하지 않을 수 없었다.

---

97) 太郎信勝(1567~1582). 다케다 가쓰요리의 장남. 오다 노부나가의 외손자였으나, 오다 군의 공격을 받아 아버지와 함께 자결했다.

그런 생각이 들자 비애가 한층 더 깊어졌다.

'신라 사부로 요시미쓰[98] 이후 27대를 이어온 명문가 다케다의 장자로, 게다가 이토록 미남으로 태어나서…….'

이는 참으로 당연한 부모의 마음이었다.

다로 노부카쓰는 당년 16세— <용모 미려, 백설 같이 아름다운 피부 남보다 희어 보는 사람을 놀라게 했으며 마음을 빼앗기지 않은 자 없었다.>고 일컬어졌을 정도로 아름다운 청년이었다.

'생모의 집안인 오다 때문에 결국은 목숨을 잃게 되는구나!'

다로의 어머니는 사별한 가쓰요리의 전처인 오다 유키 히메였다. 다로는 노부나가의 외손자였다.

"아버지!"

외모는 아름다웠지만 마음은 씩씩하게,

"전장에서 벗어나 산림에 숨는다면 다케다의 이름이 후대에까지 부끄러움을 살 것입니다. 지금은 오로지 깨끗하게 이곳을 사수하다 조상 대대로 내려온 가보를 불태우고 부자가 함께 할복하는 것이 —."

라고 말한 순간 그 말을 가로막은 것은 중신인 사나다 아와노카미 마사유키[99]였다.

"안 됩니다, 도련님! 죽음은 어려운 듯 보이나 사실은 쉬우며, 살아남아 원수를 멸망시키는 것은 쉬운 듯 보이나 사실은 어려운

---

98) 新羅三郎義光(1045~1127). 헤이안 시대 말기의 무장. 가와치겐지(河内源氏)의 제2대 통솔자였던 미나모토 요리요시(源頼義)의 셋째 아들.

99) 真田安房守昌幸(1547~1611). 다케다 신겐, 도요토미 히데요시, 도쿠가와 이에야스를 섬겼다. 세키가하라 전투 때 히데요시 진영을 도와 차남 유키무라(幸村)와 함께 도쿠가와 군을 저지했다. 전투는 결국 도쿠가와의 승리로 끝났으나 그는 도쿠가와 군에 속해 있던 아들의 도움으로 목숨을 건져 이후부터는 칩거에 들어갔다.

일입니다."

사나다는 신슈 우에다(上田)의 성주이자, 조슈(上州)의 아가쓰마(吾妻) 성도 가지고 있었다.

"조슈는 나리의 영지이고, 또한 아가쓰마는 제가 가지고 있는 성으로 지세가 험해 지키기에 유리한 요충지입니다. 그러니 나리 부자께서 아가쓰마로 들어가신다면 제가 주군을 위해 패잔병들을 끌어 모은 뒤 일전을 벌여 반드시 회계(會稽)의 치욕을 씻어드리겠습니다!"

이렇게 헌책했다.

가쓰요리는,

"오오, 잘 말해주었다. 사나다, 부탁하겠네!"

그 헌책을 받아들였는데 사나다가 우에다로 먼저 출발한 뒤, 오야마다 사효에노스케 노부시게[100])가 다시 간언하기를,

"저의 영지인 쓰루(都留)의 군나이(郡内)야말로 아가쓰마보다 더 험한 요충지이니 주군께서는 모쪼록 군나이로 가시기 바랍니다!"

라고 말했다.

가쓰요리는 망설였다.

'아가쓰마냐, 군나이냐?'

결정을 내리지 못해 총신인 나가사카 조칸[101])에게 의견을 묻자,

---

100) 小山田左兵衛佐信茂(1539~1582). 1552년에 다니무라(谷村) 성의 성주가 되었다. 다케다 가쓰요리 멸망 때 다케다 가를 배신하였으나 1582년에 노부나가에 의해서 살해되었다.

101) 長坂釣閑(?~1582). 나가사카의 영주. 다케다 신겐, 가쓰요리 2대를 섬겼으며 특히 가쓰요리를 보좌하는 자리에 중용되었다. 1582년 덴모쿠 산 전투에서 가쓰요리를 위해 싸우다 전사했다.

"사나다가 저희 집안의 중신이라고는 하나 그의 아버지인 잇토쿠사이(一徳斎), 그의 형인 겐타자에몬(源太左衛門), 겨우 3대의 신하에 불과합니다. 이에 비해서 오야마다는 대대로 저희 집안을 섬겨온 신하입니다. 더구나 군나이는 이곳 고슈의 땅이나— 아가쓰마는 다른 지방입니다."
라고 조칸은 대답했다.

"그렇다면 군나이로 가라는 말인가?"

"그렇습니다."

이에 가쓰요리는 사나다와의 약속을 어기고 군나이로 들어갈 결심을 했는데, 그것이 불운의 시작이었다는 사실을 곧 알게 된다.

어쨌든 가쓰요리는 오야마다를 의심하지 않았다.

곧 신푸의 성에 불을 질렀다.

앞서 배신한 기소 요시마사(木曽義政), 뒤이어 역심을 품은 아나야마 바이세쓰사이와 그 외의 불충한 자들의 인질 300여 명을 함께 가둔 채 불태워, 슬픔에 우는 소리, 초열지옥의 아우성이 연기와 함께 사라진 순간.

"잘 있어라, 신푸!"

가쓰요리는 군나이를 향해 달아났다.

7

가쓰요리의 아내는 방년 19세로 아직 어린 나이였다.

꽃처럼 아름다운 후처로 오다와라의 태수인 호조 우지마사(北条氏政)의 동생이었다.

"정말 사람의 앞날과 세상의 앞일만큼 덧없고 믿지 못할 것이 없구나!"

부인의 아름다운 눈이 울음으로 부어 있었다.

"울어도 소용없는 일일세—."

쓸데없는 말이라고 생각하면서도 가쓰요리는 이렇게 꾸짖었는데, 자신도 모르게 그만 '소용없다'는 금구를 내뱉고 만 것이었다.

퍼뜩 깨달은 순간,

"아아, 소용없다고 하셨습니까!"

더욱 슬픔에 잠긴 듯한 목소리였다.

'가이나시(소용없다)'는 '가이가 망한다.'는 말과 통했기에102) 다케다 가에서는 예로부터 사용을 엄격하게 금하던 말이었는데 지금 가쓰요리가 자신도 모르게 그것을 범한 것이었다.

'아아, 흉흉하구나!'

달아나는 자들의 마음이 한껏 흐려졌다.

부인이 가라앉는 마음을 스스로 격려하듯,

"하지만 영고(榮枯), 성쇠는 손바닥 뒤집듯 변덕스럽다 하니 다시 운이 열릴 때가 곧 찾아오겠지요!"

라고 말했다.

타박을 주었던 가쓰요리가 오히려 부인으로부터 위로의 말을 듣는 형국이 되어버리고 말았다.

'허나, 이토록 기운 운세가 과연 언제 다시 회복될지.'

앞길은 더욱 어두워져갈 뿐이었다.

다케다 집안이 대대로 살아오던 쓰쓰지가사키(躑躅ヶ崎)의 저택에서 신푸의 이마지로(今城) 저택으로 옮긴 것이 작년 말인 12월

---

102) 가이나시(甲斐なし)의 '가이'는 지금의 야마나시(山梨) 현 전역을 일컫던 옛 지방의 이름이기도 하다. 가이 지방은 다케다 집안의 영지였다. '나시'는 없다는 뜻.

24일이었는데, 오늘— 3월 3일에 그 신푸를 불태우고 달아나는 길이었다.

새로운 저택에서 산 기간은 겨우 2개월하고 며칠밖에 되지 않았다.

옛 땅인 쓰쓰지가사키에서 신푸로 이주할 때는 금은으로 꾸민 수레와 화려한 장식의 말이 줄을 이었으며, 고슈 · 신슈 · 슨슈(駿州) · 조슈 4개 지방의 각 사무라이가 말을 타고 나와 맞았고, 구경나온 민중의 커다란 숭경을 받으며 아름다운 행렬을 이루었건만!

그런데 지금은 어떻단 말인가!

이 무슨 꼴이란 말인가!

부인을 비롯하여 곁에서 시중들던 여자들, 측실인 다카바타케 오아이(高畠お愛)와 그 외의 귀부인들— 평소에는 집안 깊숙한 곳에서 늘 시중을 받아 아랫사람들에게 얼굴을 보이는 적조차 매우 드물었던 여인들과 그 주변의 여자들이 익숙지 않은 산길을 도보, 맨발로 하얀 발톱에 빨간 피를 흘리며 힘겹게 더듬어가고 있었다.

버리고 가기 어려운 하녀들의 숫자, 200명 정도였다.

따르는 사졸은 400명쯤 되는 듯했으나 그 가운데 기마 무사는 채 20기도 되지 않았다.

이렇게 가쓰요리가 달아난 뒤에 노부타다가 그곳으로 들어왔다.

가미노스와(上ノ諏訪)를 통해서 고슈로 들어왔고, 옛 도읍에 있는 이치조 구란도(一条蔵人)의 저택에 본진을 설치했다.

그리고 다케다 씨의 일문, 그를 섬기던 자들을 하나도 남김없이 끌어다 묶어놓고 거침없이 도륙했다.

고 신겐의 아들이자 가쓰요리의 막내 동생으로 눈이 보이지 않는 류호(龍宝) 법사의 목이 떨어졌다.

다케다 쇼요켄(武田逍遥軒)을 베었다.

이치조 우에몬노타이후(一条右衛門大輔)가 참수당했다.

야마가타 사부로베에(山懸三郎兵衛)의 아들이 참수당했다.

다케다 고즈케노스케(武田上総介)도, 스와 엣추노카미(諏訪越中守)도, 아사히나 셋쓰노카미(朝比奈摂津守)도, 세이노 미마사카노카미(清野美作守)도, ─이름이 알려진 자는 전부 목숨을 잃고 말았다.

'아아, 무참하구나!'

멸망이야말로 참혹한 것이다.

가쓰요리의 죽음

1

병마의 강호, 예전에는 천하무적이라 불렸던 기잔 뉴도 신겐의 옛 터— 고읍인 쓰쓰지가사키.

그 저택의 폐허에 지금 서 있는 것은 아케치 미쓰히데였다.

곁에서는 사마노스케 미쓰하루가, 그 역시 감개무량한 표정으로 하릴없이 생각에 잠겨 서성이고 있었다.

꽃은 이미 드문드문 피어 있었다. 아무런 미련도 없이 화창하게 맑은 봄날 하늘의 새파란 빛이 애수를 한층 더 짙게 돋우는 듯했다.

해마다 찾아오는 봄은 언제나 한가롭지만, 사람 사는 세상의 유위전변은 얼마나 격렬한지.

미쓰히데가,

'윤회의 무상!'

이라고 생각했을 때,

"늘어놓아 보겠습니다. —들어보십시오!"

라고 말하고 사마노스케가 서성이던 발걸음을 멈추었다.

"늘어놓겠다? 노부나가 공의 과오를 말이냐?"

미쓰히데는 무익한 일— 이라고 말하고 싶은 얼굴이었으나 입을 다물었다.

"첫째, 쇼군 요시테루103)를 속여 추방하셨다. 둘째, 아사이의 장남인 만푸쿠마루(万福丸)— 노부나가 공 당신에게는 조카이기도 한 나이 어린 만푸쿠마루를 찔러 죽이셨다. 셋째, 사카이(堺) 묘코쿠지(妙国寺)의 소철과 우쓰세미(空蟬)의 찻숟가락을 강탈하려 하셨다. 넷째, 이시야마(石山) 혼간지를 허무셨다. 다섯째, 나가시마의 문도(門徒)를 가두고 불태워 죽이셨다. 여섯째로는 히에이산에 불을 질러 전부 불태워―."

"순서가 엉망이로구나."

"순서 같은 건 따지지 않고 말씀드리겠습니다. 일곱째, 히라구모(平蜘) 단지에 대한 트집. 여덟째, 아라키 무라시게(荒木村重)의 처자권속 120명을 아마가사키(尼ヶ崎)의 소나무 일곱 그루에 묶어 책형에 처하셨다. 아홉째, 사쿠마 노부모리(佐久間信盛) 부자의 지난 공을 생각지 않으시고 고야산(高野山)에 유폐시키셨으며, 열째, 20년 전의 오래 된 허물을 꺼내 하야시 사도(林佐渡)를 문책하셨고, 열한 번째로는 토지 측량에 관한 건으로 마키노오데라(槇尾寺)와 다카노(高野)의 성인 320명을 살육하셨다. 열둘째로는, 하타노 형제를―."

"사마노스케, 쓸데없는 짓 그만두지 못하겠느냐!"

이렇게 제지했으나,

"저는 노부나가 공의 스물다섯 가지 악을 들 수 있습니다."

"들어서, 그게 무슨 소용이란 말이냐?"

라고 미쓰히데가 날카롭게 말했다.

---

103) 足利義昭(아시카가 요시테루. 1537~1597). 무로마치 막부 15대 쇼군. 처음에는 승려가 되었으나 13대 쇼군이 살해당하자 환속하여 오다 노부나가와 결탁, 막부를 재흥했다. 그러나 이후 오다 노부나가와 반목하여 다케다 신겐, 아사이 나가마사, 아사쿠라 요시카게 등과 군대를 일으켰으나 패하여 무로마치 막부는 붕괴되었다. 이후 막부의 재흥을 꾀했지만 실패하고 다시 승려가 되었으며 도요토미 히데요시로부터 1만 석을 받았다.

가쓰요리가 신푸에서 달아난 날로부터 6일째 되는 3월 9일의 일이었는데, 이날은 노부나가가 마침내 본영을 로쿠가와(呂久川)에서 신슈 쪽으로 옮기기 시작한 날이었다.

한편 이곳은 고마가이(駒飼)라는 산골마을.

가시와오(柏尾)에서 계곡으로 조금 들어간 곳이었는데 오야마다의 어머니가 어젯밤까지는 가쓰요리의 부인 곁에 찰싹 달라붙어 있었으나 오늘 아침에는 행방을 알 수 없게 되었기에,

"변심한 것 아닐까?"

"그러지 마, 오야마다마저 배신을 해서는!"

수행하던 사람들이 창백해진 얼굴로 몸을 부들부들 떨었다.

"군나이로 사자를 보내봐야겠구나."

라고 가쓰요리가 말했다.

린가쿠(麟岳) 장로가 사자로 정해졌기에 오야마다의 진심을 확인하기 위해서 군나이로 서둘러 출발했다.

그러나 사사코(篠子) 고개까지 갔을 때,

"앗, 속았다!"

라고 외치지 않을 수 없었다.

오야마다의 병사들이 사사코 봉우리에 진을 치고 가쓰요리가 패잔병들과 함께 오는 길을 가로막고 있었던 것이다.

'아아, 참으로 불충하기 짝이 없는 자로구나!'

린가쿠 장로는 애간장이 녹아내리는 듯한 느낌이었다.

2

에린지는 고슈 히가시야마나시(東山梨) 군 마쓰자토무라(松里村)에 있는 절로, 무소(夢想) 국사가 창립했다.

경내의 넓이는 36,400평이었으며, 거기에 10리 사방의 산림이 부속되어 있었다.

다케다 집안의 묘지를 두기 시작한 것은 신겐 때에 들어서인데, 1564년에 신겐은 사찰에 땅 300관을 기증했다. 그와 동시에 가이센 화상을 스후쿠지(崇福寺)에서 초빙하여 주지로 삼고 2백여 명의 행각승을 불러 모아 임제선(臨濟禪)의 종풍(宗風)을 크게 일으켰다.

그 가이센 화상은 아케치 일족 출신으로 교토의 묘신지(妙新寺)에서 수업을 쌓았으며, 그곳에서 나와 미노의 스후쿠지에 있던 것을 신겐이 그의 탁월한 오도(悟道)와 훌륭한 재능을 흠모하여 에린지로 맞아들인 것이었다.

따라서 고 신겐과 가이센 화상 사이에는 매우 깊은 마음의 교류가 있었다.

신겐 뉴도가 입적한 뒤, 그 7번째 기일의 염향문(拈香文)에서는,

<인중용상(人中龍象), 천상기린(天上麒麟)>

이라는 게(偈)를 신겐에게 바쳤다.

그 무렵, 종교계에서 가이센 화상이 얼마나 걸출했는가 하는 것은,

조정으로부터 '대통지승국사(大通智勝國師)'라는 칭호를 특별히 하사받았다는 사실 하나로도 알 수 있다.

가이센 화상이 아케치 집안과 속세의 연이 있는 관계로 다케다와 오다 사이에 평화의 다리 역할을 하려 했었다는 사실은 앞서도 이야기했으나, ―지금 눈앞에 펼쳐진 다케다 집안의 비참한 몰락은 어떻게 보았을까?

밀정이,

"에린지에서 예사롭지 않은 사람들을 숨겨주었다고 합니다."
라고 밀고했다.

오다의 주장인 노부타다가,

"예사롭지 않은 자라니, 누구를 말하는가?"
라고 물었다.

"지금은 사사키(佐々木) 옹을 자처하는, 전 롯카쿠 쇼테이(六角承禎) 뉴도 및 전 아시카가 쇼군의 사자였던 조후쿠인(上福院)과 야마토 아와지노카미(大和淡路守)— 이 세 사람으로—."

밀정이 이렇게 대답했기에,

"놈들을 잡아오너라."
라고 노부타다가 명령했다.

세 사람을 묶어 내놓으라는 교섭에 대한 에린지의 대답은,

"저희 절은 다케다 집안의 귀의가 있어서 비할 데 없는 은록을 받았습니다. 허나, 그와 같은 분들은 한 사람도 안 계십니다."
라는 것이었다.

만약 오다가 호조 야스토키(北条泰時)와 같은 인물이고, 또 다른 한편인 가이센 화상이 야스토키 때의 상대편인 도가노오(栂尾)의 묘에(明慧) 대사 같은 성격이었다면, 궁지에 몰려 품으로 날아든 새는 사냥꾼도 죽이지 않는다고 하니 그럴 만도 하지— 하고 일이 마무리 지어졌을지도 몰랐다.

그러나 한쪽은 준열한 무장이고, 다른 한쪽은 도도한 선승이었기에 거기에는 일촉즉발의 분위기가 가득할 수밖에 없었다.

그러나 노부타다에게는 아무래도 아케치를 생각하는 마음이 있었기에,

'아버지가 오시기를 기다렸다가—.'

라고 생각했다.

그렇다면 이때 가쓰요리의 운명은 어떻게 되었을까?

오야마다에게 보기 좋게 배신을 당해 군나이로 들어가는 길이 사사코 고개에서 막혀버렸기에 이제는 덴모쿠 산으로 몸을 숨길 수밖에 없었다.

그러나 적의 눈이 번뜩이고 있었다. 숨으려 해도 숨을 장소가 없었다.

다키가와 기다유[104]가 이끄는 수천의 대병이 덴모쿠 산을 열 겹, 스무 겹으로 감싸고, 내가 가쓰요리의 목을 얻겠다며 앞 다투어 밀려들었다.

3

덴모쿠 산을 헤매고 다니는 동안 따르던 가신도 나가사카 조칸을 비롯하여 30명, 50명씩 흩어져 달아나 이제 남은 것이라고는 겨우 41명뿐.

목책을 둘러 겉모습뿐인 진영을 꾸린 쓰루가사키(鶴ヶ崎)— 그곳조차 버리고 산 속으로 더욱 깊이 들어가 다노(田野)라는 곳까지 갔으나 추격군은 이미 물밀듯이 닥쳐오고 있었다.

'이제 운명이 다했구나! 그렇다면 최후의 봉공이다. 활시위가 끊어지고 화살이 다할 때까지— 칼자루가 버틸 때까지!'

이렇게 생각한 것은 가쓰요리 비장의 젊은 사무라이인 쓰치야 소조[105]였다.

---

104) 瀧川儀太夫(?~?). 다키가와 가즈마스의 조카.

105) 土屋惣蔵(1556?~1582). 본명은 쓰치야 마사쓰네(昌恒). 덴모쿠 산에서 가쓰요리가 자결할 때 오다 군의 병사와 맞서 싸우다 전사했다.

쓰치야는 굉장한 미남이었으나 그 모습에 걸맞지 않게 강궁(强弓)을 잘 다루었다.

쏘고 또 쏘고, 닥치는 대로 화살을 걸어 쏘아 밀려드는 적을 쓰러뜨리고 움츠러들게 하고, 비할 데 없는 용맹을 떨쳐 잠시 방어전에 힘썼으나 몰려드는 적은 헤아릴 수도 없는 숫자였다.

소조는 마침내 칼을 뽑아들고 적 속으로 뛰어들었다.

"모두 쓰치야의 뒤를 따르라!"

라고 린가쿠 장로가 외쳤다.

아키야마 기이(秋山紀伊), 오하라 단고(小原丹後), 아토베 오와리(跡部尾張) 그 외의 사람들이,

'고슈 무사의 마지막 전투다!'

라며 칼을 들고 뛰어들었다.

린가쿠 장로도 스스로 언월도를 움켜쥐고 급히 달려들었다. 이 장로는 가쓰요리와는 사촌지간이었다.

제자인 엔슈자(円首座)가,

"스승님! 제가 따르겠습니다."

라고 그도 언월도를 휘두르며 앞으로 나아갔다.

엔슈자는 아키야마 기이의 아들이었다.

가쓰요리의 장남인 다로도 십자 모양의 창을 손에 들고 적의 대장을 향해 돌진해 들어갔다.

부인이 남편 가쓰요리에게,

"이와 같은 쓰라림을 맛볼 줄 알았다면 어떻게 되든 신푸의 집에 머물렀으면 좋았을 것을-."

그 다음부터는 눈물에 말이 사라지고 말았다.

가쓰요리도 어두운 눈물을 흘리며,

덴모쿠 산 전투

“나도 신푸를 마지막 장소로 생각지 않은 것은 아니었으나, 오야마다의 군나이는 그대의 고향인 사가미(相模)와도 가까우니 거기까지 가기만 한다면 그대를 오다와라로 보내기도 좋으리라 생각한 것이었는데, 그것이 오야마다에게 속는 원인이 되었소.”

이렇게 말하자,

“어머, 무슨 말씀을 하시는 거예요? 오다와라로 돌아가겠다니, 그런 생각은 꿈에서조차 하지 않았어요. 이제는 한몸이 된 사이라고 생각하고 있는 걸요— 나리! 검은 머리가 파뿌리가 될 때까지, 라고 맹세한 목숨이 남아 있는 한은 말할 것도 없고, 이 목숨이 다한 뒤에도 반드시 곁을 떠나지 않을 겁니다!”

라고 부인이 대답했다.

“아아, 사랑스러운, 고마운 말씀이오!”

가쓰요리는, 이 부인과 부인이 낳은 올해 다섯 살 된 어린 생명만은 어떻게 해서든 살려야겠다고 생각하고 있었으나 그조차도 포기해야 할 때가 찾아오고 말았다.

중상을 입고 난투에서 간신히 되돌아온 다로 노부카쓰가,

"아버지! 마지막입니다!"

라고 헐떡이며 외쳤다.

"그래, 다로야, 함께 저승으로 가자!"

가쓰요리가 손짓해서 불렀다.

부인이 오다와라의 어머니에게 마지막 말을 남겼다.

〈남김없이 떨어져야 할 봄의

저물녘이니

가지 끝의 꽃

먼저 가는 괴로움〉

4

쓰치야는 자신의 나이 어린 외동아들— 주군의 어린 아들과 같은 나이로 다섯 살이 된 사내아이에게,

"너는 나이가 어려 어른과는 함께 걸을 수 없을 게다. 그러니 먼저 가서 육도(六道)의 갈림길에서 주군을 기다리고 있어라. 이 아비도 곧 주군을 모시고 뒤따라가도록 할 테니—."

이렇게 말하고 기특하게도 단풍잎 같은 손을 모은 아이를 끌어안아 조그만 칼을 가슴에 대고 힘껏 찌른 뒤, 눈을 감고 뒤쪽으로 던져버렸다!

'아아, 불쌍하구나!'

'가여워!'

사람들은 쏟아지는 눈물을 도저히 막을 수가 없었다.

부인이 법화경 5권을 암송했다.

암송이 끝나자 가쓰요리가,

"쓰치야, 부인을 도와주게!"

라고 명령했다.

부인은 은장도를 꺼내 벌써 자결하려 하고 있었다.

"나리, 한발 먼저 가겠습니다!"

이 말이 채 끝나기도 전에 칼끝을 입에 물고 푹 앞으로 엎어졌다.

"이보게!"

하고 가쓰요리가 외쳤다.

쓰치야가 칼로 내리치려 했으나 마음이 흐트러져— 조금 전까지만 해도 어지러운 전장에서 수십 명의 적을 쓰러뜨려 피칠갑이 된 그였으나 부인의 몸 어디를 칼로 베어야 좋을지 결단이 서지 않았다.

"소조!"

"네!"

"무엇을 저어하는 겐가?"

가쓰요리가 괴로워하는 부인의 모습을 보다 못해,

"에잇!"

하고 외침과 동시에 자신이 칼을 휘둘렀다.

부인의 목을 베어 떨어뜨린 것이었다.

"다로!"

라며 가쓰요리가 돌아보자,

"아버지, 그럼 자결을!"

다로 노부카쓰가 가죽 깔개를 가리켰다.

그 가죽 깔개에 단정히 앉은 가쓰요리가 생을 마감하기에 앞서 시 한 수를 읊었다.

<어슴푸레한 달도 희미하게

구름이 끼었으나

맑아져 가는 서쪽 산의 끝〉

"소조! 이번에도 망설여서는 안 된다!"

이렇게 말하자 쓰치야가,

〈그리운 모습 떠날 수 없는

달이라면

들고 남도 같은 산의 끝〉

이라고 읊었다.

그때 다로 노부카쓰도,

〈덧없구나 누구나 폭풍 속의

벚꽃

피고 지는 것은 봄밤의 꿈〉

이라고 역시 훌륭한 시를 마지막으로 남겼다.

가쓰요리가 단도를 칼집에서 뽑아,

〈매자작시념(每自作是念)

이하령중생(以何令衆生)

득입무상도(得入無上道)

즉성취불신(卽成就佛身)[106]〉

경문을 중얼거리던 목소리가 사라진 순간, 칼이 배에 꽂혔다.

"황공하옵니다!"

라며 쓰치야가 칼을 내리쳤다.

가쓰요리의 목이 파란 풀을 빨갛게 물들이며 떨어진 순간, 다로도 칼로 옆구리를 찌르고 슥슥 오른쪽으로 베어 나갔다.

곁에 있던 소조의 동생이 그의 죽음을 도왔다.

---

106) 법화경의 한 구절. '스스로 매번 이렇게 생각한다. 중생이 무엇으로 무량혜에 들어 속히 불신을 이루게 할까.'라는 뜻.

가쓰요리 행년 37세, 다로 16세.

마침내 다케다는 전멸하고 말았다.

불타는 에린지

1

"이러이러하게 되었으니 에린지의 건, 어떻게 처리하면 좋겠습니까?"

노부타다의 사자가 이나 군 이이다(飯田)까지 나와 본진을 설치한 노부나가의 지시를 청한 것이었다.

"숨겨주었던 자들을 달아나게 한 것이냐?"
라고 노부나가가 물었다.

"그렇습니다."

"흠, 괘씸한! 다케다 집안에서 뒤를 봐주었다고 함께 망하고 싶은 게로구나. 그렇게 망하고 싶다면 당장 망하게 해주지."

이렇게 말한 뒤 노부나가는,

"그 절에 가이센 말고 유명한 중이 또 있느냐?"

"계십니다. 우선 셋초(雪岑) 장로. 그리고 란덴(蘭田) 장로, 조엔(長円) 장로 등이 계십니다."

"행각승들이 바글바글 모여 있다고 하던데?"

"행각승들만 2백여 명 있다고 합니다. 그 외에 동자승, 젊은 시종, 젖먹이, 하인과 하녀까지 헤아리면 상당한 숫자가 됩니다."

"그 녀석들은 한 놈도 남김없이 가이센을 존경하고 있느냐?"
라고 노부나가가 물었다.

"말씀드릴 필요도 없이 아주 커다란 존경심을 품고 있습니다.

누가 뭐래도 국사 칭호를 하사받았을 정도의 명승, 선지식(善知識)이기에—."

"명승이든 선지식이든 용서할 순 없다! 절 안의 사람, 하나도 남기지 말고 불태워서 다케다 멸망의 길동무가 되게 해주라고 노부타다에게— 가서 전해라."

그 목소리가 엄격하게 울려 퍼졌으며, 그 미간에는 히에이 산을 불태우고 나가시마 혼간지를 지키던 무리를 몰살해버렸을 때의 표정이 신랄하게 되살아나 있었다.

그것은 불교 · 승려에 대한 극단적이고 편집증적인 몇 번째인가의 발작이었다.

이러한 노부나가의 분부를 사자가 그대로 전했다.

이에 노부타다는 가와지리 히고노카미107)에게,

"본영으로부터의 명령이다. 가람과 승려 모두 불태워라!"
라고 명령했다.

명령을 받은 가와지리 히고가 5천여의 병사로 에린지를 포위했다. 그리고 사방팔방에 마른 풀을 쌓아놓고 일시에 불을 질렀다.

때마침 산바람이 거세게 불어 연기가 하늘을 그을리고 불길이 당탑을 덮쳤다.

가이센 화상을 비롯하여 장로 11명은 누각의 문을 통해서 산문 위로 오를 것을 강요받았다.

명승, 선지식이 오른 산문은 그대로 한 줄기 검은 연기에 휩싸였다.

---

107) 河尻肥後守(1527~1582). 본명은 가와지리 히데타카(河尻秀隆). 노부타다의 보좌를 담당했으며 이와무라 성의 성주, 가이 지방의 국주(國主)에까지 올랐다.

한동안은 맹렬하게 솟아오르는 진한 연기의 소용돌이 때문에 아무것도 보이지 않았다. 그러다 마침내 그 연기가 옅어지기 시작하자 연기 사이로 시뻘건 불길이 날름날름 혓바닥을 내밀며 새빨갛게 승려들의 모습을 비추었다.

가이센 화상이 불에 타고 있는 산문 위에 여러 승려들을 앉혀놓고 위엄을 갖춘 뒤 스스로 의자 곁으로 다가가,

"지금은 화염 속에 앉아 있습니다. 어떻게 하여 법륜을 돌리겠습니까? 각자 한마디씩 하여 마지막 말로 삼읍시다."

라고 말했다.

뭇 승들이 각각 마지막 말을 하자 가이센이,

"편안하고 시원해야 참선일까? 마음속 번뇌 없어지면 불 속도 서늘한 것을[108]."

이렇게 갈파했다.

맹렬한 불길은 이미 옷깃으로 옮겨 붙었다.

2

시뻘건 불길이 살갗과 살을 그을리고 태우고 짓무르게 했다.

뜨거운 불기운이 모든 말초신경을 통해 골수까지 전해지고 스며들었다.

스님들은 견딜 수 있을 때까지는 견뎠다.

좌선한 무릎을 쥐어뜯고 괴로움의 입술을 씹으면서까지 화정(火定)과도 같은 최후를 단정하게 앉아— 은사 가이센 화상이 읊은 〈불 속도 서늘한 것을〉이라는 말에 따라 왕생하려 온 마음을 다해

---

108) 安禪不必須山水 / 滅得心中火自凉. 당나라의 두순학이 지은 시에서 나온 말이다.

서 모든 영적 노력을 기울였으나, 뜻대로 되지는 않았다.

털썩 쓰러져서 뒹굴뒹굴 구르는 자도 있었으며, 벌렁 나자빠져 아우성치며 괴로워하는 자도 있었고, 펄쩍 뛰어오르며 미친 듯 비명을 지르는 자도 있었다.

그러나 그것도 한순간이었다.

부르짖는 소리는 연기 속으로 사라졌으며 전전반측하던 몸은 불길을 올리며 쓰러진 채 미동조차 하지 않게 되었다.

그러나 오직 한 사람, 가이센 화상만은 참으로 초인적인 강인함으로 의자에 앉은 채 온몸이 맹렬한 불길에 휩싸였음에도 그 움직이지 않는 자세를 조금도 흐트러뜨리지 않았다.

자신이 읊은 말처럼 마음의 번뇌를 없애 불 속도 오히려 서늘한 듯, 실로 경탄을 금치 못할 대왕생을 이룬 것이었다.

가이센이 왕생한 것과 같은 모습은 역사상, 동서고금을 막론하고 거의 찾아볼 수 없을 것이다. 이탈리아의 유명한 성직자였던 사보나롤라의 죽음도 이 정도는 아니었다.

화염 속에 편안히 앉아 태연하게 움직이지 않고, 육체에서 강렬한 불꽃을 내뿜으며 입적한다는 것은, 혹은 부자연스럽다고 말할 사람이 있을지도 모르겠다. 또 절대로 불가능한 일이라고 생각할지도 모르겠다.

그러나 부자연스럽다거나, 불가능하다고 생각하는 것은, 어디까지나 범인들이다.

가이센 화상은 걸승 중의 걸승이었다. 선승 중의 선승이었기에 바로 그런 모습으로 대왕생을 이룰 수 있었던 것이다.

이제 에린지의 모든 건물에 불이 옮겨 붙었다.

"살려줘!"

라고 울부짖는 그 소리야말로, 이 세상의 초열지옥(焦熱地獄).

그러나 그들을 꾸짖는 옥졸에게는 용서라는 것이 없었다.

이리저리 부르짖으며 피하려는 행각승, 동자승, 시동, 젓먹이, 하인 등까지 누구 하나 가리지 않고 닥치는 대로 활활 타오르는 불길 속으로 내몰고, 집어던지고, 밀어 넣었다.

이미 커다란 종루도 큰북이 달린 건물도 오층탑도 중문도 좌우 72칸짜리 회랑도 삼문도, 칠당가람이 하나도 남김없이 불기둥이 되어 타올랐으며, 불에 타 기울었고, 마침내 무너져 내리고 말았다.

에린지가 불에 타고 가이센이 불길 속에서 입적했다는 보고가 도착했을 때, 노부나가는 본진을 이이다에서 스와의 호요지(法養寺)로 옮긴 뒤였다.

"뭐라? 꼼짝도 하지 않고 의자에 앉은 채?"

라고 노부나가가 되물었다.

"네. 손가락 하나 꿈쩍도 하지 않고 태연하게 대왕생을 이루셨습니다."

급보를 전하러 온 사자가 이렇게 답하자,

"흠, 대왕생임에는 틀림없으나, 뻔뻔스러운 죽음이로구나!"

노부나가는 내뱉듯이 이렇게 말하고,

"그 중놈이 죽을 때까지 이 노부나가에게 대들었구나, 왓핫핫!"

하고 커다란 웃음을 덧붙였으나, 노부나가의 마음속에는 뭔가 석연치 않은 응어리가 뿌리를 내리고 있었다.

3

노부나가는 잠시 스와의 호요지에 머물렀다. 고슈에 진을 치고 있던 각 장수들이 갈마들며 이 본영으로 안부를 묻기 위해 찾아왔다.

가장 먼저 찾아온 것은 다키가와 가즈마스와 다키가와 기다유. 다음은 모리 가쓰조 나가요시.

뒤이어 가와지리 히고 이하 줄줄이.

도쿠가와 이에야스까지 항장(降將)인 아나야마 바이세쓰를 데리고 축하의 말을 전하기 위해 찾아왔으나 아케치 미쓰히데만은 여전히 모습을 드러내지 않았다.

물론 노부나가는 화를 냈다.

'귤대가리 놈이 또 내 부아를 뒤집어놓고 말았어!'

자신이 에린지에 불을 질렀다는 사실은 잊은 채 미쓰히데만 탓하는 것은 너무나도 자의적인 생각이었다. 그러나 바로 그것이 말하자면 노부나가의 노부나가다운 면이었는데, 그 유아독존적인 절대적이고 강한 자신감이 있었기에 이룰 수 있었던 그의 대업이었다.

다시 말해서 극단적인 독재자였던 것이다.

노부나가 정도의 독재자가 없었다면 지리멸렬하게 붕괴 직전에까지 이르렀던 일본 사회는 살아나지 못했을 것이며, 또 노부나가가 준 것과 같은 정도의 압박과 타격을 가하지 않았다면 일본의 중세적 대사원의 세력이 어디까지 강해졌을지 알 수 없는 일이었으리라. 혼간지의 문적이나 히에이 산의 큰스님 가운데 누군가가, 유럽의 로마교황처럼 되었을지도 모른다.

그야 어찌 됐든 미쓰히데는 우울해서 견딜 수가 없었다.

'본진으로 가지 않으면 탈이 생길 것은 불을 보듯 뻔한 일이다만.'

문득 불이라는 관념이 스치고 지나가자 불에 탄 에린지, 불 속의 가이센 화상에 대한 생각이 머릿속 가득 펼쳐졌다.

그래도 미쓰히데는 결국 스와로 갔다.

그러나 거기서 아무 일도 일어나지 않았다면 그것이 더 이상한 일이었으리라.

노부나가가 찾아온 미쓰히데의 얼굴을 보자마자,

"이놈, 너도 에린지의 고집스러운 중놈의 흉내를 내고 싶은 것이냐?"

라고 호통을 쳤다. 그러자,

"미쓰히데는 마음에도 없는 아부는 말씀드릴 수 없습니다!"

역시 그렇게 말할 수밖에 없는 아케치였다.

"흠! 그렇다면 오늘도 나를 폭군이라고 말할 생각이냐?"

"네, 그러한 분부를 내리시는 주군에게는 그렇게 말씀드릴 수밖에 없을 것입니다!"

"오호, 그렇단 말이냐!"

노부나가가 자리에서 벌떡 일어나,

"물러나라!"

라고 외쳤다.

"나리!"

미쓰히데가 간언을 하려 했으나,

"눈에 거슬린다. 물러나라, 물러나!"

성큼성큼 다가와서는,

"물러나지 않으면 발로 차서 내몰겠다!"

노부나가가 발을 들었다. 미쓰히데는 복도까지 물러났다. 그러자 노부나가도 따라나왔다. 그리고 이번에는,

"앉아라!"

라고 명령했다.

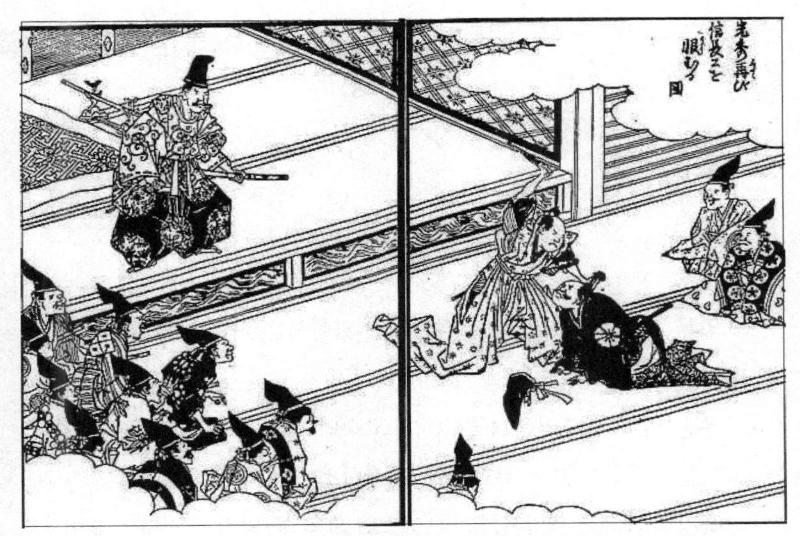

란마루에게 맞는 아케치 미쓰히데

앉은 것을 느닷없이 붙들어 난간에 밀어붙이고,

"오란, 이 귤대가리를 두어 대 쳐라!"

라고 외쳤다. 란마루가 다가와 부채를 들어올렸다.

"눈이 번쩍 뜨이도록 내리쳐라!"

"네!"

부채가 미쓰히데의 머리를 때렸다.

소리! 배어나는 피!

향 응

1

일본 최고의 후지산, 노부나가에게 있어서는 처음으로 바라보는 명산이었다.

푸른 잎이 싱그러운 4월 10일. 고슈의 고후(古府)를 출발하여 후지산 유람. 더없이 유쾌하게 개선하겠다는 생각이었다.

숙적 다케다를 멸망시키고 은상으로 그의 옛 영지를 전부 수훈이 있는 장수들에게 나누어주어 중부 일본을 완전히 평정한 기쁨의 눈으로 바라본 수려한 봉우리, 후지산의 웅장한 모습은 말로 표현할 수 없는 것이었으리라.

노부나가의 후지산 유람은 참으로 대대적인 것이었다. 이에야스는 이번의 공로로 스루가 1국을 받은 것에 대한 감사의 마음에서 접대에 크게 힘썼다.

후지는 자신의 새로운 영토인 스루가의 명산이었는데, 그런 만큼 더욱 신경이 쓰였다.

'이건 전쟁보다 훨씬 더 걱정이로군.'

이라고 이에야스는 생각했다.

'소홀함이 있어서는 안 돼.'

하나에서부터 열까지 전부 신경을 써야했기에 몸이 야위는 느낌이었다.

오다의 여러 장사들은, 서쪽으로는 가본 적이 있어서 긴키(近畿)

지방의 명소라면 대부분 알고 있었지만, 미카와 너머의 동쪽은 아직 보지 못한 땅이었다. 따라서 후지산 유람은 고마운 것이었다.

그러나 고맙지 않은 것은 미쓰히데였다.

하루라도 빨리 돌아가고 싶었던 것이었다. 높다란 봉우리를 가진 후지의 위용은 젊은 시절, 무사 수행을 위해 전국을 돌아다닐 때 이미 보았으며, 그야 어찌 됐든 지금은 산수의 아름다움에 마음을 빼앗길 만큼의 여유가 조금도 없었다.

미쓰히데는 괴로웠다.

'아아, 가이센 화상의 커다란 깨달음, 조금이라도 닮고 싶구나!'

4월 12일, 노부나가는 이른 새벽에 모토스(本巣)를 출발하여 기슭에 위치한 가미노가하라(上野ヶ原)와 이데노(井出野)에서 시동들에게 명령하여 말을 종횡으로 질주하게 했다.

초여름이라고는 하지만 높다란 봉우리에는 하얗게 쌓인 눈이 아직 녹으려 하지도 않았으며, 산기슭으로는 겨울처럼 매섭게 몰아치는 차가운 바람.

그 바람을 상쾌하게 가르며 노부나가는 애마를 달리게 했다.

히토아나(人穴)에는 다실이 준비되어 있었다. 노부나가는 이 다실에서 가볍게 한 잔 마신 뒤, 신사에서 온 사람들의 안내로 미나모토 요리토모(源頼朝)의 사냥터에 있던 건물의 터, 서쪽의 산에 있는 폭포인 시라이토노타키(白糸之滝) 등을 보고 우키시마가하라(浮島ヶ原)를 가로질러 신궁(神宮)으로. 거기서 1박.

이튿날도 역시 동이 트기 전에 출발. 아시타카 산(愛鷹山)을 왼쪽으로 바라보며 후지 강(富士川)을 건너, 간바라(蒲原)에서는 미리 설치해둔 다실— 여기서도 가볍게 한 잔, 한동안 말을 쉬게 한 뒤,

<간바라의 해변을 지나 이소베(磯辺)의 파도에 소매를 적시고, 기요미가세키(清見ヶ関), 그리고 오키쓰(興津)의 하얀 파도와 다고(田子)의 해변, 미호가사키(三保ヶ崎), 거기에 미호의 솔숲과 하고로모(羽衣)의 마쓰히사카타(松久堅), 사해 잠잠해지고 화창해 명소마다에 마음을 빼앗기며 에지리(江尻)의 남쪽 산에 있는 우치코시(打越), 구노(久能) 성을 방문하시고 그 날은 에지리 성에서 묵으셨다.>

노부나가는 에지리를 한밤중에 출발했다. 에지리 내의 다실에서 한 잔. 거기서 이마가와(今川)의 옛 터와 벚나무가 늘어선 제방 등을 둘러보고 아베 강(安倍川)을 건너, 우지 산(宇治山) 근처의 사카구치(坂口)로, 준비해놓은 다실이 있었기에 거기서 다시 한 잔. 이날은 다나카(田中)에서 숙박.

이튿날인 15일에는 오이 강(大井川)을 건넜다. 그야말로 야단법석이었다. 배다리를 만들고 굵은 밧줄을 몇 백 개나 가져다 묶어놓았기에 노부나가는 말은 탄 채로 강을 건넜다.

길 곳곳에 다실과 마구간이 있었기에 노부나가는 언제 어디에서 쉬어도 불편함이 없었다.

어느 다실에나 교토와 사카이에서 실어온 진귀한 안주, 진귀한 음식이 갖춰져 있었다.

실제로 이에야스가 기울인 정성은, 상당한 수고를 필요로 하는 것이었다.

2

이튿날은 덴류 강(天龍川)을 건너 하마마쓰에 도착.

이곳은 도쿠가와의 본성이기에 특별한 정중함과 극진함을 다했다. 그야말로 무엇 하나 부족할 것 없이 지극함을 다한 대접이었다.

여기에는 오다 노부나가도 기쁨을 한껏 맛보았다.

"보답으로 드릴 이렇다 할 것을 가지고 있지 못하니. —남은 군량미가 8천 가마쯤 있소. 그것을 드리겠소. 집안사람들에게 나눠주시기 바라오."

이에야스에게 쌀 8천 가마를 선물했다.

남에게 무엇인가를 주는 경우가 거의 없는 노부나가였으나, 한번 주면 그 양이 많았다.

8천 가마의 쌀은 고마운 선물이었기에 도쿠가와 집안의 사람들도 감사했다.

이렇게 되니 감사함과 감사함이 맞부딪치게 되었는데, 그런 맞부딪침은 나쁜 것이 아니다.

화기애애한 분위기가 하마마쓰 성 안팎에서 일었다.

"도쿠가와 나리. 덕분에 동쪽의 일은 이번에 일단락 지어졌소. 오다와라의 호조에게는 배짱이 없고, 에치고의 우에스기는 시바타와 삿사가 충분히 막을 수 있을 테니, 오랜 세월 수고로움을 끼친 나리가 당분간은 편히 쉬실 수 있게 되었소. 나도 이렇게 극진한 대접을 받았으니 그냥 넘어갈 수도 없는 법이고, 어떻소? 다음 달에라도 아즈치로 오시는 것이? 함께 도읍으로 올라가지 않으시겠소? 나리께는 10년 만의 상경이잖소?"

노부나가가 이에야스에게 아즈치로 한번 오라고 권한 것이었다.

"황공하옵니다. 그럼, 말씀을 받들어—."

이에야스는 다음 달에 아즈치로 가겠다고 약속했다.

노부나가와 이에야스에게는 각각 깃포시(吉法師)와 다케치요(竹千代)라 불리던 어린 시절부터 이어온 친분이 있었다. 15세였던 깃포시 노부나가가 7세였던 다케치요를 안고 말에 올라 달리기도 하고, 또 자신의 등에 업고 강물로 뛰어들어 수영을 가르쳐주기도 한 사이였다[109]. 다케치요 이에야스가 19세였을 때, 즉 오케하자마 전투[110] 이후 맺은 노부나가와의 공수동맹이 그로부터 22년 동안 변함없이 계속되어 이제 노부나가가 49세, 이에야스가 40세의 초로가 되었으나, 이처럼 둘의 관계는 여전히 이와 입술과도 같은 우호관계를 유지하고 있었다.

"도쿠가와 나리! 나는 올해 안에 주고쿠의 모리와 시코쿠의 미요시(三好) · 조소카베(長宗我部)를 퇴치하고 내년에는 규슈(九州)를 정리할 것이오. 동쪽은 나리에게 모든 것을 맡겨두고 나는 오사카에 성을 쌓아 해군을 강성하게 키울 것이오. 배가 완성되는 대로 류큐(琉球)에서 대만— 그리고 필리핀, 남만 각국을 차례대로 정벌해나갈 생각이오."

노부나가는 자신이 이상으로 품고 있는 커다란 포부를 이야기했다.

그날 밤은 흥겨움을 마음껏 즐겼으며, 이튿날은 요시다(吉田)에서 묵었다. 그 다음날은 지류우(池鯉鮒)에서 묵었다.

지류우까지는 도쿠가와의 영지였으나 나루미(鳴海)부터는 오다의 영토였다.

자신의 영토로 들어섰을 때 노부나가가 아케치를 불러,

---

109) 이 책의 저자인 와시오 우코는 당시 두 사람의 관계를 그린 작품도 남겼다. 우리나라에도 소개되었는데 역서의 제목은 『젊은 날의 도쿠가와 이에야스』(현인, 2010)다.

110) 1560년에 교토로 들어가기 위해 오케하자마에 진을 친 이마가와 요시모토(今川義元)를 오다 노부나가가 기습하여 승리한 전쟁. 이 승리로 오다 노부나가는 세력을 급속하게 키웠다.

"어떤가, 미쓰히데! 도쿠가와 나리의 애쓰는 모습, 접대하는 모습을 잘 보았는가?"
라고 말했다.

미쓰히데는 머리를 숙인 채 말이 없었다.

"어째서 대답이 없는 겐가?"

"네!"

"다음 달, 아즈치로 도쿠가와 나리가 오실 게야. 그때의 접대—향응을 아케치, 그대에게 명하겠네. 내 분명히 말했네!"

이렇게 명령했을 때 미쓰히데는 망설였다.

'? ? ?'

3

노부나가가 아즈치로 돌아온 것은 21일이었다. 고후를 떠난 지 11일째 되는 날이었다. 개선을 맞이한 오다의 본성은 그야말로 환희의 도가니였다. 그리고 여기도 저기도 병사, 병사, 병사— 병사들로 넘쳐나는 군도(軍都)였다.

그러나 아케치의 저택이 있는 곳만은 마치 불이 꺼져버린 듯한 적막감이 감돌고 있었으며, 그저 몇 남지 않은 병사들이 풀밭의 공터에 모여서 다음 운명을 말없이 기다리고 있을 뿐.

오후의 해가 무지근하게 흐려서 장마가 다가오고 있음을 알려주는 듯했다. 공기가 조금도 움직이지 않아 후텁지근함이 비지땀을 흘리게 했다.

저택 안쪽의 한 방에서는 조칸사이 미쓰타다가 땀과 함께 닦아도 닦아도 배어 나오는 눈물을, 이제는 참으려 하지도 않고 줄줄 흘리고 있었다.

"보기 흉하구나, 조칸!"
하며 미쓰히데가 팔짱을 풀었다.

빈집과 다를 바 없이 한동안 닫아두었던 건물이었기에 모든 문을 활짝 열었으나 이직도 곰팡내가 코를 찔렀다.

"나리! 어찌 그 자리에서 거절하지 않으셨습니까?"

조칸사이가 쥐어짜내는 듯한 목소리로,

"형님 사마노스케가 들으면 뭐라 하시겠습니까!"
라고 말했다.

미쓰히데가 자신의 감정을 애써 억누르려는 듯한 태도로,

"사마노스케의 귀에 들어가면 귀찮아지겠기에 바로 돌려보낸 것이다."

이렇게 대답하자,

"쳇, 나리도 나리십니다! 이번 출정에 대한 보답으로 무엇을 받았는지 잊으셨단 말씀이십니까? 밟히고 차인 끝에 도쿠가와 나리의 향응을 맡으라는 명령을 받다니 그, 그, 그건 또 무슨 처사란 말입니까? 웃는 얼굴도 세 번이라고, 독사 같은 오란 놈에게 이마가 깨져……, 게다가 그 상처조차 그처럼 낫지도 않고 아직 남아 있지 않습니까. ……."

목소리가 떨리더니 조칸사이의 숨이 차올랐다.

충분히 단련된 그의 인품이었으나 격렬하게 끓어오르는 비분을 억누를 수 없었던 것이다.

그러나 미쓰히데가 일단 풀었던 팔을 다시 낀 채 아무런 말도 없었기에,

"다케다 정벌의 논공행상에서 나리는 무엇을 얻으셨습니까?"
라고 조칸사이는 외친 뒤,

"도쿠가와에게는 스루가 1국― 다키가와 가즈마스에게는 조슈 1국 및 신슈 가운데 사쿠(佐久)와 지이사가타(小県) 2개 군― 가와지리 히고에게는 고슈의 절반― 오란 놈의 형인 가쓰조에게는 신슈 가와나카지마의 4개 군― 이처럼 각각 은상을 받았으며, 더구나 그 오란 같은 놈에게조차 녹봉을 더하셨으면서, 우리 나리에게는 미, 미, 미간의 상처……."

목구멍에서도 눈에서도 거의 피가 쏟아질 것 같은 심정으로,

"가, 가, 가장 커다란 모욕이 유일한 보상이라니……, 나리! 나리를 위해서 목숨을 바쳐 고신의 산야에 뼈를 묻은 자들의 영혼이 어찌 성불할 수 있겠습니까!"

날카롭게 바라보고,

"일의 성패는 천운에 달린 것― 맞부딪쳐서 옥처럼 깨지는 것도 또한 사내의 소망―."

조칸사이가 결단을 촉구했으나 미쓰히데는 조용히 머리를 흔들었다.

'아니!'

4

도쿠가와 이에야스가 오다 노부나가를 보러 온 것은 1570년 이후 이번이 13년 만이었으니, 물론 아즈치 성을 보는 것도 이번이 처음이었다.

병마가 사납고 날래기로 유명한 강적 다케다에 대항해서 10여 년 동안 공성에, 야전에 편안할 날 없이 힘써왔던 이에야스였다.

그 노력이 지금 빛나는 성과를 거두어 노부나가로부터 초대를 받은 것이었다.

이에야스로서는 슨슈 1국을 나눠준 것에 대한 감사 인사였으며, 노부나가의 입장에서 보자면 신하가 아닌 유일한 동맹국으로 슨슈 · 엔슈 · 산슈(参州) 3개국의 태수인 이에야스를 빈객으로 접대하는 일이었다.

따라서 고마움 대 만족스러운 기쁨이었다.

그런 이유로 이에야스가 지나는 길이 수리되었다. 숙박을 하는 곳마다에는 크고 작은 다이묘들이 나와서 극진하게 접대했으며, 이에야스가 마침내 고슈로 들어오자 반바(番場)에서 니와 고로자[111)]가 기다리고 있었다. 산미추조 노부타다가 기후에서 나와 이 반바의 숙소에서 빈객과 합류한 것이었다.

음식을 장만하는 노부나가의 정성은 이만저만한 것이 아니었다. 오다 집안의 모든 가신들이 환영에 전력을 기울였다.

<5월 15일, 이에야스 공 반바를 떠나 아즈치에 도착. 숙소로 다이호보(大宝坊)가 쓰였으며, 주군의 뜻을 고레토 휴가노카미[112)]에게 명하여 교토와 사카이에서 산해진미를 가져다 훌륭한 음식으로 15일에서부터 17일까지, 3일 동안 대접했다.>

그런데 갑자기—

"일이 터졌다!"

"큰일이다!"

"마침내 일이 벌어졌어! 아케치 나리가 향응 역할에서 파면당하셨대."

"뭐, 뭐라고?"

---

111) 丹羽五郎左(1535~1585). 본명은 니와 나가히데(丹羽長秀)로 오다 노부나가를 섬긴 노신. 사와야마(佐和山)의 성주였으며, 혼노지의 변 뒤 도요토미 히데요시를 도와 공을 세워 기타노쇼(北ノ庄)의 성주가 되었다.

112) 惟任日向守. 아케치 미쓰히데.

"이번에도 또 실수를 하셨어."

"가엾게도, 어떤 실수를 하셨는지는 모르겠지만 향응을 위한 준비로 이만저만 야단법석을 떨었던 것이 아니었는데!"

"이봐, 대체 어디가? 뭐가 잘못된 거야?"

"낸들 알게 뭔가. 그저 역할이 호리 규타로 나리로 바뀌었다고 해."

"그렇다면 아케치 나리는 파면 당한 뒤, 어떻게 되시는 걸까?"

"그걸 우리가 어찌 알겠는가!"

"모르긴 왜 몰라. 내 지금 막 듣고 오는 길일세."

라고 귀가 아주 밝은 자가 외치며 달려왔다.

"이봐, 오란 나리에게라도 또 맞은 건가?"

"이번에는 아니야. 선봉에 서게 됐어."

"응? 어디의?"

"주고쿠, 모리 공략군의."

"모리 정벌의 총대장은 하시바 나리잖아? 이제 머지않아 다카마쓰(高松) 성도 떨어질 때가 됐는데—."

"그게 떨어질 기미를 보이지 않는단 말이지. 게다가 후방에서 고바야카와[113]와 깃카와[114]의 3만 몇 천이나 되는 대군이 오히려 밀려들고 있어."

"아하, 그래서인가?"

---

113) 小早川隆景(1533~1597). 모리 모토나리(毛利元就)의 셋째 아들. 오다 노부나가의 주고쿠 공략 때 하시바 히데요시에 맞서 싸웠으나 화해, 히데요시의 신용을 얻어 혼노지의 변 이후 고타이로(五大老)가 되었다.

114) 吉川元春(1530~1586). 모리 모토나리의 둘째 아들로 고바야카와의 형. 고바야카와와 함께 주고쿠 평정에 힘썼으나 히데요시와의 강화 이후 규슈 공략에 참가했다가 진중에서 사망했다.

"맞아, 그래서 아케치 나리가 원군의 선봉을 명령받으신 거야."

"오호! 그렇다면 커다란 임무 아닌가? 아케치 나리 말고 누가 맡을 수 있겠는가?"

"하지만 그 뒤가 너무 좋지 않아."

"뭐? 좋지 않다고? 그 뒤라는 건 또 뭐야?"

"정말 말도 안 되는 처사라니까!"

"응? 뭐가?"

"운슈(雲州) · 세키슈(石州) 2개 국을 내리시고, 오우미 · 단바는 곧 거두실 거래."

"마, 마, 말도 안 돼! 이즈모(出雲)와 이와미(石見)는 적인 모리의 땅이잖아!"

5

개 한 마리가 헛되이 짖으면 백 마리 개가 소리 높여 짖고, 한 사람이 거짓을 전하면 만인이 진실인 듯 전한다는 말이 있다.

소문이 소문을 낳아 성 아래의 거리거리에는 와전된 말이 난무하고, 과장스러운 뜬소문이 끝도 없이 퍼져갔다.

"도쿠가와 나리의 숙소인 다이호보의 부엌에서 요리용으로 쓸 생선이 전부 썩어버린 게 원인이라던데."

"이 사람도 참, 당연히 요리용이겠지, 그럼 연못 속의 물고기가 썩겠는가?"

"말꼬리 잡고 늘어지지 마. 이렇게 더워서는 연못의 물고기도 수조 속의 잉어도 썩으려면 썩지!"

"어쨌든 지독한 냄새가 재수 없게도 주군의 코를 찌른 게 안 좋았던 거겠지, 한심하기는!"

"앗, 목소리가 너무 커. 사람 놀라게 하지 말라고!"

"아케치 나리도 깜짝 놀랐지만, 이미 늦은 거겠지."

"그래도 니시오우미와 단바를 거두시겠다는 건 너무 잔혹하군! 아무리 아케치 나리라지만 이번에는 호랑이가 되어버리는 것 아닐까?"

"미움이 클수록 커다란 고양이가 되지."

"되지도 않는 말장난은 그만두게."

"이봐, 자네들도 들었는가?"

"뭘? 까무러칠 만한 소식이라도 있는 겐가?"

"아케치 나리가 감금됐대!"

"뭐라고! 가택 감금인가?"

"자세한 사정은 모르겠지만 뒤이어 할복을 명하실지도 몰라."

"그렇다면 성의 병사들이 아케치 나리의 저택으로 가는 거 아니야?"

"이거 때 아닌 피바람이 불겠군!"

"도쿠가와 나리가 중간에서 어색해지겠군!"

"불길한 예감이 드는데. 모리 정벌은커녕 당장 사카모토와 가메야마 공격이 시작되겠어."

"사마노스케 나리는 용장이야."

"한번 마음을 먹으면 무서운 적이 될 거야."

"아무리 주군의 위광이 무섭다지만 이를 잡듯 간단히 처리하지는 못할 거야."

"이 사람이! 여기서 이가 왜 나오나?"

"누가 아니래? 아케치 사마노스케 미쓰하루 나리야말로 산범이지."

"산범은 또 뭔가?"

"자네, 산범을 모른단 말인가?"

"몰라."

"기가 막히는군. 이래서 무식한 사람하고 사귀면 생고생을 한다니까."

"쳇, 잘난 척하지 말고 산범이 뭔지 털어놔봐."

"산에 숨어서 으르렁, 눈을 번뜩이는 호랑이가 산범이야."

"이 사람이, 핫핫하, 그렇지 않은 범도 있단 말인가?"

"이봐들, 아케치 나리의 가신들이 총출동했어!"

"뭐라고? 이거 난리 났군!"

"드디어 칼을 뽑은 건가?"

"죽기 살기로 나섰단 말인가?"

"한심하기는, 그렇게 서두르지 말라고! 총출동해서 요리를 성의 해자에, 물속에 던져 넣은 거야, 버린 거야!"

"쳇, 별일도 아니잖아!"

여러 가지 유언비어 속에서도 이것만은 사실이었다. 틀림없이 수많은 요리가 바깥 해자의 물속으로 던져졌다.

향응 담당에서 파면되었기에 미쓰히데가 가신들에게 명령해서 불필요해진 요리를 해자의 물속에 버려 물고기 밥으로 삼은 것이었다.

그리고 이튿날.

쓰라린 마음을 안은 채 미쓰히데는 아즈치에서 사카모토로 떠났다.

아타고 산 참배

1

5월 밤의 무더위도 한밤중을 지나자 언제부턴가 누그러져서 시원한 바람이 사원의 방으로 불어들기 시작했다.

등잔의 불이 흔들렸다. 흐릿한 빛이었다.

미쓰히데는 신전의 마룻바닥에 단정히 앉아 있었다. 빛은 앉아 있는 모습의 그림자를 간신히 만들고 있을 뿐, 구석까지는 이르지 못했다.

그러나 미쓰히데의 마음은 훨씬 더 어두웠다. 혼미하고 혼미해서 한 점 작은 불빛조차 찾아볼 수 없었다.

'아아, 빛이여, 나타나주어라!'

구했다. 광명을 일심불란하게 구했다.

한동안은 시간도, 공간도 잊은 듯 그저 전심으로 모색했다. 모든 것을 잊고 오로지 그것만을 찾았다. 그랬기에 그것을 모색하는 동안 시간이 얼마나 지났는지 미쓰히데는 의식하지 못했다.

짧은 밤이 벌써부터 새벽을 맞이했다는 사실을 깨달은 것은 자신을 부르는 미조오 쇼베에115)의,

"나리!"

---

115) 溝尾庄兵衛(1538~1582). 미조오 시게토모(茂朝). 오래 전부터 아케치 집안을 섬겼던 듯하나 자세한 기록은 없다. 혼노지의 변 이후 야마자키 전투에서 패해 달아나던 아케치 미쓰히데가 농민들의 손에 의해 부상을 입었을 때, 미쓰히데의 죽음을 도운 것으로 알려져 있다.

라는 목소리— 그것을 들었을 때였다.

"쇼베에냐?"

"네!"

"방해가 되는구나. 물러나라!"

미쓰히데가 입구 쪽은 쳐다보지도 않고 말했다.

쇼베에는 밤새도록 아타고 산(愛宕山) 다로보116) 신사의 제단 앞에서 저렇게 참배하고 있는 주군의 마음을 생각하면 견딜 수 없이 괴로웠기에 야단맞을 것을 각오하고 그 모습을 살펴보러 온 것이었다.

그러나 방해가 된다니 계단을 내려가 니시노보(西ノ坊)로 돌아갈 수밖에 없었다.

쇼베에의 발소리가 잦아들자 다시 미명의 적막함과 미쓰히데의 전념이 원래대로 되돌아왔다.

'세 번 모두 흉(凶)이었다만—.'

다시 한 번.

세 번 점괘를 뽑았으나 흉! 흉! 흉! 그럼에도 불구하고 네 번째 점괘를 뽑아보기로 마음을 정하고 미쓰히데는 단정한 자세로 앉아 있던 자리에서 일어나 신전으로 다가갔다.

그리고 점괘를 통에서 뽑아들더니,

'오오!'

이번에는 길(吉)이었다.

신전에 공손히 절을 하고 다시 단정한 자세로 앉아서,

---

116) 아타고 산, 구라마(鞍馬) 산, 후지 산 등에 살았다는 커다란 덴구(天狗)의 이름. 덴구는 깊은 산에서 산다는 요괴 가운데 하나. 얼굴이 붉고 코가 높고 하늘을 자유로이 나는 신통력을 가지고 있다고 한다.

'그렇다면?'

그러나 마음속 어둠에서는 아직도 여전히 빛이 보이지 않았다.

'빛이여! 미광이어도 상관없다!'

미쓰히데는 혼미해진 머릿속을 정리하기에 노력했다.

'날이 밝으면 5월 28일이다. 출진 시일이 그야말로 코앞에 닥쳤다. 아즈치에서 사카모토로 돌아온 것이 16일이었다. 그리고 열흘만에 출정 준비는 전부 끝났다. 이제는 당장이라도 주고쿠로 가는 후원군의 선봉에 설 수 있다. 휘하 1만 5천의 병사는 가메야마 성에 집결해 있다. 군수품을 실은 치중대는 언제든 앞서 출발할 수 있다. 날이 밝으면 주군은 아즈치를 출발— 오늘밤부터는 교토 체재. 숙소는 언제나처럼 혼노지다. 도쿠가와 나리와 함께 주고쿠 증원군의 발진을 열병하신다고 한다.'

정리된 머리로 미쓰히데는 골똘히 계속 생각했다.

'여기다! 나타나라, 빛이여!'

마지막 점괘는 길이었다.

'암흑일 리가 없다!'

미쓰히데는 마음속에서 이렇게 외쳤다.

영혼은 고민에 잠겼다.

새벽 산이 희붐하게 밝아오기 시작했다.

2

참배를 하던 날이 밝았다.

그날 미쓰히데가 아타고 산 이토쿠인(威德院)의 니시노보에서 연가백운[117]의 모임을 연 것은 가슴속에 어떤 결단이 섰다는 증거이리라.

다로보 덴구의 신사에 참배한 하룻밤은, 마음을 혼미케 했던 어려운 문제를 어떻게 풀어야 할지에 대한 해답의 막다른 곳, 벼랑 끝이었으리라.

물론 사카모토 성을 출발할 때부터 미리 결단의 장소로 이 아타고 산을 골라두었던 것이다.

원래 아타고는 표고 3천 5십 자. 히에이 산과 동서로 마주보고 서서 교토 분지를 감싸고 있는 산의 자태가 빼어났다. 일명 아사히가미네(朝日ヶ峯)라고도 불렸다. 이는 교토 부근의 여러 산들 가운데 어느 봉우리보다 먼저 아침 해를 받기에 그런 이름이 붙은 것이라고 한다. 아타고 곤겐[118]은 고대 불교와 결합하여 지장보살의 본지(本地) 부처가 되었다. 그리고 그것을 숭배하면 전쟁에서 반드시 승리한다고 알려져 조정을 비롯하여 무가의 신앙이 점점 두터워졌으며, 마침내 중국의 오대산을 본떠서 아타고 다섯 봉우리를 정하고, 슈겐도[119]에서도 이 산을 일곱 고산(七高山) 가운데 하나로 꼽아 수행의 장소로 삼았기에 승군지장(勝軍地藏)과 다로보 덴구의 이름이 온 세상에 널리 알려지기에 이르러 아타고 신사는 1만 석을 넘을 정도의 융성함.

누가 뭐라고 해도 참으로 신령한 땅 가운데 하나였다.

그러니 그것을 존숭하면 승리를 얻을 수 있다는 승군지장에 절하고, 그 지장보살의 친족인 다로보 덴구 신사에 미쓰히데가 참배하

---

117) 連歌百韻. 일본어로는 '렌가햐쿠인'이라고 읽는다. 연가는 복수의 사람이 장구(5·7·5)와 단구(7·7)를 번갈아가며 읊는 것을 말하며, 일반적으로 100구에서 완결되기에 이렇게 부른다.

118) 権現. 일본의 신 가운데 하나. 부처나 보살이 중생을 구하기 위해 지상에 내려온다는 힌두교의 신앙과 일본의 신앙이 결합하여 탄생했다.

119) 修験道. 나라 시대에 발생한 밀교의 한 파.

고 점괘를 뽑은 일에 어떤 의미가 있는지는 말할 필요도 없으리라.

이날 열린 연가회에는 당대의 명인인 조하120)와 각 분야의 명인들이 모였는데 마침내 마지막 세 구(句)가 남았을 때,

<때는 지금 비(天)가 내리는 오월이로구나>

라고 미쓰히데가 구를 던졌다.

세 구 가운데 나머지 2구는 니시노보(西坊)와 조하였다.

이에 니시노보가,

<물 차오르는 정원의 여름 산>

이라고 한 구를 더했다.

그러나 조하는 미쓰히데가 읊은 발구(發句)를 본 순간, 얼굴빛이 슥 변했다.

'아아, 이건, 이건!'

역의(逆意)를 품고 있는 것이 분명하다고 느껴졌기 때문이었다.

왜냐하면 '때는 지금'의 때(時, 도키)는 곧 '도키(土岐)'에 빗댄 것이다. 아케치는 도키 씨의 분가가 아닌가!

따라서 이 발구의 뜻은, 시절이 마침 5월이기에 그 5월에 빗대어, 나 천하를 알고 있다는 뜻을 함축하고 있는 것이었다.

'아아, 허나!'

라고 조하는 격렬한 공황 상태에 빠졌다.

그와 동시에 커다란 불길함을 느꼈다.

그러나 그, 조하는 순수한 문인이었다. 당대의 스승이었다. 섣불리 놀란 표정을 드러내지는 않았다.

---

120) 紹巴(1525?~1602). 전국시대의 가인. 오다 노부나가 · 도요토미 히데요시 · 아케치 미쓰히데 등과 같은 장수, 그리고 조정의 신하들과 교류가 있었다. 훗날 도요토미 히데요시의 조카인 도요토미 히데쓰구(豊臣秀次) 사건에 연좌되었다.

연가회의 모습

한때 바뀌었던 낯빛을 태연하게 되돌린 뒤, 세 번째 구를,

<꽃 떨어지는 물가의 끝을 막아>

라고 덧붙였다.

물가의 끝– 역의를 막겠다는 의미를 담아, 미쓰히데의 구에 응한 세 번째 구였다.

'이놈, 조하!'

미쓰히데가 불쾌한 표정으로 조하를 바라보았다.

그러자 조하가 시선을 떨구었다.

'참배를 마친 이튿날에 이러한 노래! 이제 와서 간언을 한들 결심이 바뀌지는 않으리라.'

아무런 말도 해서는 안 된다고 생각했다.

그런 마음을 미쓰히데도 분명히 알 수 있었다.

불쾌함은 곧 사라졌으나 그 대신 일종의 묘한 공허함이 가슴속 어딘가에서 느껴지기 시작했다.

3

“물어볼 것이 있소. 가까이.”

미쓰히데가 조하에게 말했다.

시선이 부딪쳤다.

“귀를.”

조하가 무릎걸음으로 다가가자,

“깊이는 몇 자?”

“네?”

미쓰히데가 목소리를 한층 더 낮추어,

“혼노지의 해자는 깊겠소? 얕겠소?”

라고 말했다. 조하가,

“그런 죄스러운!”

답한 목소리가 미쓰히데 이외의 사람들에게 들리지는 않았으나 조하의 얼굴이 창백하게 변했기에 곁에 있던 자들은,

‘응? 무슨 일이지?’

의아한 눈길을 보냈다.

미쓰히데는 더 이상 묻지 않고 그저,

“단(斷)!”

이라는 한마디만 덧붙였다.

“단.”

조하도 역시 한마디만을 던졌다. 그러나 이미 총구를 떠난 총알이라고 생각했다. 그는 미쓰히데의 마음의 벗이었다. 무릇 제아무

리 사소한 일이라 할지라도 소홀히 하지 않는 미쓰히데의 성격을 누구보다 잘 알고 있었기에, '도키는 지금'이라고 도키겐지[121]인 아케치가 천하를 빼앗겠다고 읊은 것에 대해서 '막아'라는 구로 간언했음에도 불구하고 혼노지 해자의 깊이를 묻고 이어 단이라는 한마디를 내뱉었으니,

'아아, 막을 수가 없구나!'

이렇게 생각할 수밖에 없었던 것이다.

이 모임의 중간쯤에 간식으로, 대나무 잎에 싸서 찐 떡이 나왔었다.

제철 음식이 간식으로 나온 것이었는데 미쓰히데는 그 떡을 손에 쥐더니 대나무 잎도 벗기지 않고 그대로 입에 넣어 아삭아삭 씹어 먹었다.

'응?'

자리에 있던 사람들 모두가 기이하게 여겼다.

'무슨 일에나 주도면밀한 나리께서? 대나무 잎에 싸인 떡을 그대로 드시다니.'

연가 모임이 끝나고 그날 밤은 니시노보에서 묵었다.

산 위에서 이틀을 묵게 될 줄은 중신들도 생각지 못한 일이었다. 그들은 명령에 따라서 산을 내려갔다. 미쓰히데는 극히 일부의 사람들만 남기고 나머지는 모두 가메야마 성으로 보내서 언제라도 주고쿠로 출발할 수 있도록 준비를 하게 했다.

조하는 미쓰히데 곁에 남았다.

"참배하시느라 피곤하실 텐데, 그만 주무십시오."

---

121) 土岐源氏. 미노 지방을 중심으로 세력을 떨쳤던 군사 귀족 계통.

이렇게 권해도 미쓰히데는 쉽게 잠자리에 들 것 같은 모습을 보이지 않았다. 그리고 문학을 이야기하고 시를 읊었다.

그러나 가슴속에 품고 있는 일에 대해서는 일언반구도 하지 않았으며, 조하도 그에 대해서 말하는 것을 일부러 피했다.

마침내 잠자리에 들어서도 미쓰히데는 잠들지 못했다.

이부자리를 나란히 한 조하도 잠이 오지 않았으나,

"죄송하지만 저는 먼저 - 자겠습니다."

라고 말했다.

이렇게 말하기는 했으나 역시 잠이 오지 않았다. 그러나 눈은 꾹 감고 있었다.

한밤중은 벌써 지났으리라.

"으, 음!"

탄식하는 소리가 미쓰히데의 목에서 흘러나왔다.

몇 번이고 흘러나왔다.

괴로워하는 것처럼 들렸다.

조하가,

"어디 불편하십니까?"

라고 물었다.

"아닐세."

라고 미쓰히데는 부정한 뒤,

"그대는 그만 자게."

천하제일의 인물

1

오쓰는 행복에 한껏 취해 있었다.

'나는 얼마나 행복한 사람이란 말인가!'

상경을 하루 미룬 것은 다른 이유 때문이 아니라, 오로지 "오쓰, 너와 함께 하룻밤을 보내고 싶어서였다."라고 말씀하시지 않으셨는가.

'그 수많은 측실 가운데서—.'

규중에는 란자의 향이 맴돌고 있었다.

여름밤이었으나 높다란 망루 위의 방 안으로는 호수에서부터 불어오는 시원한 바람이 들어오고 있었다. —풀어진 머리가 뺨 위에서 흔들릴 정도로.

"저기, 내일 아침에는 일찍 출발하시나요?"

"아니다, 늦게 출발할 게다. 푹 자도 상관없다."

"어머, 그러세요? 어디를 가시든 늘 일찍 출발하시던 나리께서……."

이렇게 말하던 중, 정말 아무런 이유도 없이 문득 이상한 두근거림이 느껴졌다.

"오쓰!"

누긋한 마음으로 노부나가는 미소 지었으나 오쓰의 아름다운 얼굴은 한껏 흐려져,

"내일만은……."

묘하게 불안한 마음이 커져갔다.

"훗후, 나도 신기하게 여겨지는구나."

"네? 무슨 말씀이신지?"

아름다움과 같은 정도로 총명함이 느껴지는 눈으로 가만히 올려다보았다.

이 애첩 오노 오쓰(小野お通)는 뛰어난 문학적 재능을 가지고 있었다. 그녀가 지은 조루리 소시 12단[122]은 문장의 아름다움도 그렇고, 줄거리의 구성과 이야기를 끌어가는 힘도 그렇고, 지금까지 거의 찾아볼 수 없었던 새로운 경지를 개척한 작품이었는데, 가만히 음미하며 읽어도 좋았고 또 유창하게 낭송하기에도 좋은 것이었다.

노부나가의 안채, 아즈치의 규중에 향그럽게 핀 명화(名花) 오쓰는 아직 스무 살도 되지 않은 10대의 젊음으로, 후세인 겐로쿠 시대[123]에 찬란하게 꽃피운 조루리 문학의 선구가 된 걸작을 쓴 재원이었다.

"오쓰!"

"네!"

"내 너를 이토록 아끼게 될 줄은— 스스로도 알지 못했구나."

"어머, 나리도 참……."

"아니, 거짓이 아니다. 신기하게 여겨진다고 한 것은 그 점이다."

"아이, 참!"

---

122) 浄瑠璃 草紙 十二段. 조루리는 악기의 반주에 맞춰 하는 이야기의 총칭. 소시는 책을 가리키는 말. 12단은 남녀의 사랑 이야기를 다룬 조루리의 제목. 오노 오쓰의 작이라고 전해지나 이는 속설이다.

123) 元禄時代. 1688~1704.

손을 잡은 채 은밀하게 미소 지었을 때, 불안의 그림자는 이미 흔적도 없이 엷어져 사라져버리고 말았다.

28일, 한밤중을 지났을 때의 일이었다.

그 시각은 마침, 호수 너머 야마시로(山城) 지방 하나를 사이에 둔 곳, 아타고 산 니시노보의 객전에 이불을 깔고 누웠으나 잠들지 못하는 미쓰히데가 탄식의 신음소리를 흘리던 바로 그때였다.

천재적인 미녀의 육감에는 뭔가 울리는 것이 있었던 것일지도 모르겠다.

포옹을 푼 뒤의 꿈꾸듯 황홀한 기분 속으로 다시 슥 드리운 불안의 어두운 그림자.

'아아!'

오쓰는 감고 있던 눈을 뜨고,

"나리!"

"응?"

"나리는 걱정되지 않으십니까?"

"무엇이?"

"아케치 나리의 원한이-."

"핫핫하, 잠시 졸다 꿈에라도 시달린 것이냐?"

후후후, 노부나가의 웃음소리가 울렸다.

2

"총명한 오쓰에게는 어울리지 않는 말이로구나."

노부나가가 애첩의 명치를 부드럽게 쓰다듬어주었다.

"하지만 나리."

"네가 쓴 글에라도 나올 법한 말이다만, 환락이 극에 달하면 슬픔이 인다고들 하지 않느냐. 안 그러냐?"

"아니요, 저는—."

"너는 근심스럽다지만 나는 걱정하지 않는다. 걱정할 게 뭐가 있겠느냐? 세상에 나만 한 주인이 또 있단 말이냐?"

"하지만 아케치 나리에게만은 그처럼 모질고 엄격하게 대하시니!"

"녀석에게는 엄격하고 모질게 대하는 게 약이다. 약을 주는 것이니 자비 아니냐."

"어머, 자비로 이마를 깨기도 하고, 사카모토 성과 영지를 거두기도 하시는 거란 말씀이세요?"

"바로 그거다. 귤대가리 놈의 앞길을 걱정하기에 때리기도 하고 쥐어짜기도 하는 것이다. 불로 지지기도 하고 물을 끼얹기도 하고, 처음부터 다시 단련시키지 않으면 안 돼, 아케치 놈은. 너무 물러터졌으니까."

"어머! 너무 매정해요."

"매정한 게 아니다. 그 원숭이 하시바를 보아라. 정말 장족의 발전이다. 발이 긴 원숭이, 손이 긴 원숭이 히데요시. 지난 이삼 년 동안 훌쩍 성장했으니 말이다. 군공만이 아니다. 인간이 크게 성장하기 시작했어. 아케치도 한때는 하시바와 우열을 가리기 어려울 정도의 위치에 서 있었다만, 그 후에 어찌 되었느냐? 뒷걸음질만 쳐서 조금의 진보도 발전도 없지 않느냐."

"그야 그럴지 모르겠지만— 사람의 원한이란 무서운 거예요."

"하지만 아케치의 원한은 무섭지 않다. 조금은 무섭다 싶을 정도로 원망한다면 다시 지지고 다시 단련하는 보람도 꽤 있으련만—."

"나리! 자꾸 참견을 하는 듯하지만, 그래도……."

"그래도가 아니다. 오쓰―."

노부나가가 누웠던 몸을 벌떡 일으켜 요 위에 책상다리를 하고 앉아,

"나는 올해 안으로 주고쿠, 시코쿠를 평정하고 규슈로 손을 뻗을 생각이다. 내년에는 천하를 완전히 진정시킬 생각이야. 내후년부터는 포르투갈 사람을 길잡이로 삼고, 커다란 군선을 잔뜩 사들여서 바다를 건널 게야."

라고 말했다.

"어머, 바다를! 외국으로 건너가실 건가요?"

오쓰도 탄력 있는 몸을 일으켜 앉아 있었다.

"내 자신이 바다를 건너는 것은 내후년이 아닐 테지만, 오사카에 성을 쌓고 우선은 그곳으로 옮길 게다. 성에서 바다로 나가는 배에 바로 오를 수 있는 구조로 축성할 생각이야."

노부나가의 눈동자가 반짝였다.

"그렇게 되면 아즈치 성은?"

오쓰가 묻자,

"이 성은 이에야스에게 줄 생각이다."

"어머 하마마쓰 나리에게?"

"아즈치 나리로 만들어주겠어. 그게 도쿠가와를 대우하는 길이야."

라고 대답한 뒤,

"나의 목표는 대륙이다. 중국 대륙에 있다. 포르투갈과 네덜란드의 유럽 각국에서 최신식 무기를 대량으로 수입해다 중국 대륙을 정벌하여 동양의 패권을 외치려는 나다. 아케치 놈의 소극적인 사고와 걸핏하면 간언하려드는 낯짝을, 지당하다고 할 수 있겠느냐?"

커다란 포부!

눈동자의 빛이 형형하게 반짝임을 더해갔다.

3

노부나가를 중심으로 역사를 생각한다면 1582년 5월은 매우 중요한 달이었다.

즉, 한편에서는 이에야스의 아즈치 방문이 있었고, 한편에서는 히데요시의 빗추(備中) 다카마쓰 성 포위 공격이 있었으며, 또 다른 한편에서는 노부나가의 셋째 아들인 산시치 노부타카를 주장으로 하고 니와 나가히데를 부장으로 하는 시코쿠 토벌군의 출정 준비가 행해지고 있었고, 그와는 또 다른 방면에서는 미쓰히데의 가슴속에서 암묵적으로 음침하고 중대한 음모가 마침내 빚어지고 있었던 것이다.

그런 아케치의 가슴속 비밀을, 아케치 이외에 아는 사람이 없었다는 사실은 이미 이야기한 바 있다. 이때 히데요시는 어떤 식으로 싸움을 펼치고 있었을까? 모리 쪽의 효웅인 시미즈 조자에몬124)이 5천의 병력으로 지키는 다카마쓰 성에 대해서 수공을 가했다. 하시바 군의 병력은 2만이었으나 성이 매우 견고한 요해지에 있어서 힘으로는 떨어뜨리기 어려웠기에, 히데요시는 성의 남쪽을 흐르는 아시모리 강(足守川)을 몬젠무라(門前村)에서 막고 길이 26정의 둑을 가에루가하나(蛙ヶ鼻)까지 쌓아 강물이 성 쪽으로 넘쳐나게 했다. 둑의 높이는 24자, 폭은 아랫부분이 72자, 윗부분이 36자나

---

124) 清水長左衛門(1537~1582). 시미즈 무네하루(清水宗治). 처음에는 시미즈의 성주였으나 후에 다카마쓰의 성주가 되었다. 히데요시로부터 항복을 권유받았으나 응하지 않고, 끝까지 다카마쓰 성을 지키다 형과 함께 자결했다.

되었다고 하니 어마어마한 토목공사였다.

따라서 성 주위 188정보[125]의 땅 전체가 호수로 변해 성벽을 물에 잠기게 했으며 쏟아지는 장맛비 때문에 수량이 점점 불어나 성은 거의 수몰될 위기에 처해 있었다.

다카마쓰 성이 위험하다는 경보를 받고 모리의 두 장수인 고바야카와 다카카게와 깃카와 모토하루— 두 사람 모두 태수인 데루모토[126]의 동생이니 모리 군의 주력이었는데, 3만의 대병이 도착하여 5월 21일 이후부터 하시바 군과 물을 사이에 두고 대치를 계속하고 있었다.

게다가 모리 데루모토 자신도 본성인 요시다를 출발하여 다카마쓰 성에서 600리쯤 떨어진 사루카게야마(猿掛山)까지 진출해 있었다.

이에 히데요시는 아즈치에 원군을 청했다.

이 증원군의 선봉을 노부나가가 미쓰히데에게 명했다. 그리고 각 장수들을 속속 파병할 것이라는 사실을 히데요시에게 알리기 위해 호리 규타로를 급파했다.

노부나가는 각 장수들의 출진을 지켜볼 목적으로 교토에 가기로 했으며 아즈치에는 쓰다 겐주로[127], 가토 효고노카미(加藤兵庫頭) 등 뛰어난 사무라이 수십 명에 수천의 병사를 남겨 성을 지키게 했고, 자신은 오란, 오리키, 오보 삼형제와 그 외의 시동 사무라이만

---

125) 땅 넓이의 단위. 1정보는 3,000평.

126) 毛利輝元(모리 데루모토, 1553~1626). 아버지의 갑작스러운 죽으로 가장이 되었다. 오다 노부나가에게 반항하여 도요토미 히데요시의 공격을 받았으나 혼노지의 변 직후 화목. 이후 히데요시를 섬겨 고타이로 가운데 하나가 되었으나 세키가하라 전투에서 도쿠가와 이에야스에 맞섰기에 봉지가 삭감되었다.

127) 津田源十郎(?~1633). 쓰다 노부마스(信益). 오다 노부나가의 사촌형제.

30명, 젊은 축에 드는 자들만 겨우 30여 명이라는 매우 소규모의 인원을 데리고 장마가 끝나 푸른 잎이 반짝이는 호반의 길을 아무런 거리낌도 없이, 나들이 나가는 기분으로 참으로 명랑하게 말을 달렸다.

노부타다도 역시 같은 날 조금 늦게 상경했다.

아버지와 마찬가지로 그 또한 소규모의 인원만 데리고 있었다.

노부나가의 숙소는 언제나처럼 혼노지.

노부타다의 숙소는 니조의 묘카쿠지였다.

만약 노부나가에게 조금이라도 자기 신변에 대한 경계심이 있었다면 어찌 이처럼 경솔한 행동을 했겠는가?

'나 정도의 주인이 어디 있느냐!'

이렇게만 믿고 있었다.

무슨 일이 있어도 나의 부하나 가신들은 모반이나 배은망덕한 짓을 할 리 절대로 없다, 고만 생각하고 있었다.

그는 오사카의 이시야마 혼간지가 있던 자리에 아즈치보다 훨씬 더 커다란 성곽을 구축하기 위해 언제 공사를 시작하면 좋을지를 생각하고 있었다.

'어쨌든 선교사 프로이스에게 편지를 쓰게 해서 포르투갈에 군선을 주문해야 한다.'

대규모 군선을 이끌고 바다를 건너 중국대륙으로 공격해 들어갈 날을 머릿속에 그려보기도 했다.

오이노사카의 갈림길

1

주인이 집을 비운 아즈치의 저택에서 급히 달려나가는 파발마.

그것이 가메야마 성에 도착한 것은 미쓰히데가 아타고 산 위의 니시노보에서 잠들지 못하는 하룻밤을 보내고 가메야마로 돌아온 날의 오후였다.

"사자를 이쪽으로."

정보를 직접 들으려는 것이었다.

"우다이진 및 산미추조 노부타다 나리의 상경, 하루 늦어져 오늘 29일에 도읍을 향해 함께 출발. 이미 아즈치를 출발하시어 예정대로 숙소는 주군 혼노지, 노부타다 나리는 니조 묘카쿠지—."

"흠!"

머리를 크게 끄덕이는 미쓰히데.

마침내 명령이 떨어졌다.

"내일 마침내 주고쿠로 출진."

그리고 다음 날을 기다릴 것도 없이,

"총포의 탄약과 그 외의 짐들은 지금 바로 출발시켜라."

우선 치중대를 먼저 보내기로 했다.

물자가 담긴 커다란 궤가 대략 100개쯤 먼저 출발했다. 이튿날은 이른 아침부터 군량미를 실은 수레도 약간 출발시켰다.

그런데 미쓰히데는,

"하루 연기하겠다."
라고 말했다.

이렇게 말한 뒤로는 방에 들어앉아 하루 종일 아무도 만나지 않았다. 밤이 깊을 때까지 식사도 하지 않았다.

의심의 여지도 없이 마음은 이미 정해져 있었으리라. 그런데 무엇 때문에 망설이는 걸까? 가슴속 깊고 깊은 곳에 숨겨놓은 비밀을 털어놓은 유일한 사람인 조하가 '물가의 끝을 막아' 라고 말하고 '죄스러운' 이라고 간한 말이 아직도 마음에 걸렸던 것일까?

아니, 그렇지는 않았다.

그렇다면 결심은 흔들림 없이 굳은 것이었으나 주군에 대해 모반을 일으킨다는 사실에서 오는 윤리적 고민 때문이었을까? 양심의 가책 때문이었을까?

아니, 그것도 아니었다.

고민도 가책도 물론 없는 것은 아니었으나 그것은 한숨도 자지 못하고 괴로움에 몸부림치던 니시노보에서의 밤이 새벽을 맞이한 순간 깨끗하게 털어버리고,

'천지를 둘러보아도 신명에게 부끄러울 것이 없다!'
고 느낄 수 있게 되었다.

그렇다면 무엇 때문일까?

미쓰히데는 결행 후에 올 패권 다툼에 대해서 생각하고 있었던 것이다.

간신히 눈을 잠깐 붙이고 난 뒤에 맞이한 6월 1일.

패권 다툼의 상대는 말할 것도 없이 주고쿠에 진을 치고 있는 하시바 히데요시였다.

'히데요시와 결전을 펼쳐 이길 수 있을까?'

이길 수 있다! 그렇게 믿게 된 것은 6월 1일 정오 무렵이었다.

"출진은 오늘 신시(申時)."

오후 4시— 미쓰히데는 성의 동쪽 잔디밭으로 말을 타고 나갔다.

"아아, 드디어 주고쿠를 향해 출진이다!"

사졸 1만 3천은 모두 이렇게 생각했다.

중신들조차 미쓰히데의 마음은 알지 못했다. 그랬기에 역시 주고쿠로 가는 것이라고 생각할 수밖에 없었다.

벌써 유시(酉時), 오후 6시.

군대가 보무도 당당하게 행진을 시작했다.

긴 여름 해도 곧 기울어 오이노사카에 다가갔을 무렵에는 이미 어두운 밤이었다.

언덕을 오르면 그곳은 갈림길이었다.

오른쪽으로 가는 길은 야마자키, 덴진바바(天神馬場)— 즉, 세쓰로(摂津路), 주고쿠 가도로 나가는 길이었다.

그러나 왼쪽으로 내려가면 교토로 나가는 길.

과연 오이노사카—

2

군의 선두— 첨병이 오이노사카의 갈림길에 이르렀을 때 뒤편에서 외치는 소리가 들려왔다.

"멈춰라! 멈춰라!"

기마 전령이었다.

전령이 전군의 행진을 멈추게 한 것이었다.

'어째서 멈추는 걸까?'

'무슨 일이지?'

장수도 병사도 모두 의아해하면서 다음 명령을 기다렸다. 그러나 본진이 있는 곳으로 돌아가는 전령의 말발굽 소리가 멀어지더니 마침내 사라졌고, 짙은 어둠에 적막만이 감돌았다.

대열 속에서 사담을 속삭이는 소리만이 조그맣게 들려올 뿐.

병사 1만 3천의 행군이었기에 뱀처럼 길게 뻗은 행렬이었다. 그 기다란 줄이 일종의 이상한 불안을 느끼며 어두운 밤길에 한동안 멈춰 서 있었다.

점점이 타오르고 있는 횃불이 흐릿하게 지면과 사람을, 상당한 간격을 두고 드문드문 비추고 있었으나 횃불과 횃불 사이는 대부분 거의 암흑천지나 다를 바 없었다.

미쓰히데는 이때, 길에서 상당히 떨어진 곳에 위치한 숲 속으로 군의 최고 간부인 다섯 장수들만을 불러들였다.

그 다섯 사람은 아케치 사마노스케, 아케치 조간사이, 사이토 구라노스케[128], 후지타 덴고[129], 미조오 쇼베에였다.

다섯 장수는 모두 미쓰히데처럼 말을 길가에 남겨두고 왔다. 미쓰히데는 이때 비로소 결심을 털어놓았다.

"날이 밝을 무렵 혼노지, 묘카쿠지로 밀고 들어가 우다이진 부자의 목을 취하려 하오."

라고 말한 목소리는 침통함 그 자체였다.

---

128) 斎藤内蔵介(1534~1582). 사이토 도시미쓰(利三). 도쿠가와 이에야스의 어머니인 가스가노쓰보네의 아버지. 처음에는 오다 노부나가를 섬겼으나 후에 아케치 미쓰히데를 섬기면서 이름을 떨쳤다. 혼노지의 변 때도 미쓰히데를 따랐고, 히데요시에 의해 처형당했다.

129) 藤田伝五(?~1582). 후지타 유키마사(行政). 아버지 대부터 아케치 집안을 섬긴 것으로 알려져 있으나 자세한 기록은 없다. 혼노지의 변 이후 쓰쓰이 준케이를 아군으로 끌어들이기 위해 고오리야마(郡山) 성으로 갔으나 쓰쓰이 준케이를 설득하는 데 실패했다. 야마자키 전투에서 패하여 자결했다.

그것은 참으로 비장한 박력으로 다섯 장수의 귓가를 때리고 뇌리의 중추에 울려 퍼졌다.

"아아!"

신음하듯 말한 것은 사마노스케 미쓰하루였다.

동시에 다른 네 장수도,

"오오오!"

하고 입 안에서 말했다.

낮은 탄성 외에는 아무런 목소리도 나오지 않았던 것이다. 사마노스케가 간신히,

"훌륭하신 결단!"

떨리는 목소리로 짜내듯 말했다.

"적절한 때에!"

라고 다음으로 외친 것은 조칸사이였다.

잠시 사이를 두었다가 미조오 쇼베에가,

"감격스럽습니다!"

기쁨에 훌쩍거리며 말하자,

"흑, 흑!"

피가 배어나듯 뜨거운 눈물을 흘린 것은 사이토 구라노스케였다.

그리고 꿀 먹은 벙어리처럼 숨을 죽인 채 밤하늘을 올려다보고 있는 것은 후지타 덴고였다.

다섯 장수의 감정이 절정으로까지 치달은 것은 당연한 일이었다. 이 결심을, 이 결단을 얼마나 기다리고 또 기다렸던가? 그러나 아무리 기다리고 기다려도 소용없는 일이라고 체념하고 있던 그들이었다.

그런데, 아아 그런데!

미쓰히데가 조용히,

"하고 싶은 말은 없는가?"

불빛이 닿지 않는 숲 속은 어둠으로 가득했으나 미쓰히데의 마음 속 눈에는 다섯 장수의 얼굴이 각각 선명하게 보였다.

"사마노스케, 어떤가?"

"네!"

"말해라."

"도라지 깃발을 치켜든 일— 참으로 기쁩니다!"

"흠. 그렇다면 조칸, 구라, 덴고, 부탁하겠네. 쇼베에— 힘을 써주게!"

3

<혼노지의 해자 몇 자인가

나 거사를 치르는 것은 오늘 밤이다

잎에 싼 떡 손에 들고 잎과 함께 먹네

사방의 뿌연 비 하늘은 검은 먹 같구나

오이사카 서쪽으로 가면 빗추로 통하는 길

채찍을 들어 동쪽을 가리키니 하늘 아직 이르네

나의 적은 바로 혼노지에 있다

적은 빗추에 있으니 그대는 잘 대비하라>

—이것은 라이산요[130]가 부친 시다.

오이사카를 서쪽으로 내려가면 빗추로 가는 길이나 잎에 싼 떡을 벗기지 않은 채 먹을 정도로 골똘히 생각한 끝에 결국은 채찍을

---

130) 賴山陽(1781~832). 에도 시대 후기의 역사가, 사상가, 문인. 『일본외사』가 막부 말기의 존왕양이운동의 영향을 받아 커다란 인기를 얻었다.

들어 동쪽을 가리키게 된 것이었다.

목표로 삼은 적은 바로 혼노지에 있다.

그러나 목적을 달성한 한 뒤의, 뜻한 바를 이룬 뒤의 강적은 빗추에 있다. 과연 누구일까? 그것은 하시바 히데요시였다.

하늘이 아직 이른 신새벽에 혼노지를 감싼다면 백에 하나라도 실패할 일은 없을 테지만—

'하시바와의 결전!'

마음에 걸리는 것은 그것이었다. 도쿠가와는 새삼스럽게 두려워할 필요도 없었다. 지금 가벼운 차림으로 교토를 구경 중이었으며 또 그의 영지는 도카이도(東海道)에 있기에 중원까지는 거리가 멀었다. 또한 시바타 가쓰이에는 엣추에서 우에스기와 싸우고 있고, 다키가와 가즈마스는 조슈에서 호조와 대항 중이었다. 설령 변을 듣고 돌아오고 싶어 한다 한들 말에 채찍을 가하지는 못하리라.

물론 히데요시도 모리라는 커다란 적과 맞서고 있기는 했다. 그리고 실제로 후원군을 요청했을 정도였다. 그러나 모리와는 화목이라는 수도 있었다.

하시바와 모리는 결코 숙적이 아니었다. 그렇게 커다란 원한을 품은 적이 아니니 강화도 의외로 간단히 맺을 수 있을지 몰랐다. 그렇다면,

'그, 원숭이 낯짝과의 쟁패다!'

미쓰히데가 사마노스케에게,

"두려워해야 할 강적임에는 틀림없으나."

라고 말했다.

"이길 수 있습니다!"

사마노스케가 흥분해서 대답했다.

"음, 나도 이길 수 있으리라 생각하네."

미쓰히데가 고개를 끄덕이자,

"요컨대 승패는 병력에 달려 있습니다."

동생 조칸사이가 헤아려보고,

"하시바가 동쪽으로 보낼 수 있는 병력은 2만을 넘지 못할 것입니다!"

라고 말한 사마노스케에게,

"그렇습니다. 그러나 저희는 우익으로 호소카와 나리, 좌익으로 쓰쓰이 나리를 불러 가담시킬 수 있으니 2만 5천은 족히 넘는 병력으로 하시바 군을 맞아 무찌를 수 있습니다."

조칸사이의 말은 미쓰히데의 의중과 완벽하게 일치했다.

호소카와 다다오키는 셋째 딸인 다마 히메의 남편이었으며, 쓰쓰이 준케이는 차남인 주지로의 양아버지였다. 따라서 이 두 집안의 세력을 아군으로 계산하는 것은 너무나도 당연한 일이었다.

쓰쓰이에게는 6천의 병력, 호소카와에게는 4천의 병력이 있었다.

"됐다!"

미쓰히데가 자리에서 일어나,

"아마노(天野)를 불러라."

라고 미조오 쇼베에에게 명령했다.

최고 간부인 다섯 장수 외에 처음으로 기치를 올렸다는 사실을 안 것은 이 아마노 겐우에몬131)이었다.

131) 天野源右衛門(1556~1597). 야스다 구니쓰구. 혼노지의 변 때 선봉에 서서 활약했다. 아케치 가가 멸망한 이후에 다치바나 무네시게, 테라자와 히로타카 등을 섬겼다. (주135 참조)

"네가 서둘러 먼저 가주었으면 한다."

"네!"

"수많은 병력 가운데는 몰래 빠져나가서 혼노지에 이번 일을 밀고하려는 비겁한 놈이 있을지도 모른다. 만약 그러한 놈이 있다면 베어버려라."

"네!"

도라지 깃발

1

혼노지는 롯카쿠(六角)의 남쪽, 니시키코지(錦小路)의 북쪽에 위치해 있다.

동쪽은 니시노토인(西洞院)— 서쪽은 아부라코지(油小路).

그 넓이는 남북이 약 140간, 동서가 약 67간.

면적은 약 1만 평으로 정원에는 커다란 연못이 있다. 천연 연못이 아니라 깊은 땅 속에서 끌어올린 지하수를 담은 인공적인 것이었으나 물을 좋아하는 노부나가는 이 연못이 마음에 들었다.

어젯밤에는 더위가 꽤 심했기에 노부나가는 이 연못 위의 쓰리도노[132]에서 장남인 노부타다와 술통을 열어 밤이 깊도록 술을 마셨다.

—그러나 어찌 알았겠는가, 그것이 부자의 마지막 술자리가 될 줄.

산미추조 노부타다는 낮에도 찾아왔었다.

그것은 초하루였기에 문안을 위해서 찾아온 것이었는데 밤에 다시 묘카쿠지에서 나와 이번에는 편안한 기분으로 아버지의 숙소인 혼노지를 찾은 것이었다. 하루에 2번이나 방문했고 또 2번 모두 술잔을 기울였을 뿐만 아니라, 두 번째 술자리는 해시(亥時)가 지

---

132) 釣殿. 복도 남쪽 끝의 연못가에 세운 건물.

날 때까지 계속되어 커다란 술통이 가벼워졌을 정도였다.

해시가 넘었으니 오후 11시를 지난 시각이었다.

"너무 오래 있었습니다."

돌아가려 하는 노부타다를,

"아직 괜찮지 않느냐."

노부나가가 만류하고,

"오늘밤에는 술도 한층 맛있고, 이야기도 재미있구나. 얘, 조노스케[133]야. 너와 이렇게 차분하게 이야기를 나눈 적이 한 번도 없었구나."

참으로 드물게도 감상적인 말투였으며 평소의 노부나가답지 않은 화제까지 꺼냈다.

'영 이상한데.'

라는 생각이 들지 않은 것은 아니었으나 노부타다는 한동안 더 술잔을 기울였다.

"조노스케."

노부나가는 자신의 후계자를 노부타다라고 부르는 것보다, 주조라고 부르는 것보다, 조노스케라고 부르는 것이 가장 친밀한 정이 담겨 있는 것처럼 느껴졌다.

"나는 예전에 은 3천 관을 이세의 다이진구(大神宮)에 바쳐 300년이나 방치되어 있던 신사를 수리하게 했다만, 다음 수리는 네 손으로 해주어야겠구나."

"제 손으로? 어째서입니까?"

상당히 취해 있던 노부타다가 순간 정신이 번쩍 든 듯 눈을 둥그

---

133) 城之介. 노부타다의 이전 관위.

렇게 뜨자,

"이유를 묻는 게냐?"

평소의 노부나가라면 왓핫하 웃었을 테지만 진지한 얼굴로,

"나는 중국대륙 통치에 평안할 날이 없을지도 모르겠구나. 그러니 우리 국내의 일은 조노스케, 네게 맡겨야겠다."

라고 말했다.

부자의 작별— 즉, 노부타다가 묘카쿠지로 돌아간 것은 오전 1시 무렵이었으리라.

노부나가는 절의 침전으로 돌아와서 이불 속으로 들어가자마자 높다랗게 코를 골며 잠에 떨어져버렸고— 다른 수행원들도 자리에 눕자마자 깊은 잠에 빠졌으나 오직 란마루만은,

'어째서 이렇게 말똥말똥하단 말이냐?'

잠이 오지 않았다.

그곳은 주군의 침소 바로 옆방이었다. 거기서 다시 옆에 있는 방에서는 동생인 리키마루와 보마루가 잠든 채 숨소리를 내고 있었다.

'기묘한데!'

이유도 없이 이상한 기분이 들었다.

마침내 뭔가 불길한 예감으로 가슴이 두근거리기 시작했다.

참을 수가 없어서 란마루는 이부자리 위에 일어나 앉았다.

에치고에서 나는 고급 삼베를 붉은빛이 도는 진한 밤색으로 염색한 천에 가문(家紋)인 원 속의 학을 크게, 혹은 작게 곳곳에 새긴 세련된 잠옷이었다.

2

사방의 뿌연 비 하늘은 검은 먹 같구나, 라고 라이산요가 노래한 것처럼 밤은 칠흑 같은 어둠에 잠겨 있었다.

혹서기는 벌써 찾아와 있었으나 올해는 장마가 길어져 별빛은 전부 몇 겹이나 되는 두꺼운 구름에 가려져 있었다.

사이토 구라노스케 도시미쓰가 전군에게 명령을 내렸다.

"교토 혼노지의 모리 오란으로부터 지난 밤 아타고 산으로 전령이 와서 주군의 뜻을 전했다. 주고쿠로 갈 진용을 갖추었다면 인원 배치, 진퇴의 모습, 여러 가지 군장, 명마의 유무 등을 보고 싶으니 그리 알고 출진하라는 말씀이셨다. 그렇기에 오늘 밤 야간행군을 한 것이다. 이곳 오이노사카에서 교토까지는 50리 길, 요즘은 특히 밤이 짧은 시기이니 혼노지에 도착할 때쯤이면 희미하게 날이 밝아올 것이다. 아침에 일어나시는 것이 이른 주군이시니 기분 좋게 우리의 군용을 친히 보실 수 있으리라 생각한다."

참으로 그럴 듯한 말이었기에 1만 3천의 대군 가운데 누구 하나 의심을 품지 않았다.

가쓰라 강(桂川)에 이르기까지는 전군의 장병이 혼노지로 공격해 들어갈 것이라고는 꿈에도 생각지 못했다.

그럼에도 불구하고 아마노 겐우에몬은 미리 가서 십 수 명의 병사들과 함께 만일의 사태에 대비했다. 몰래 빠져나간 자가 혼노지에 변고를 알린다면 그것으로 일은 깨지고 계획은 어긋나고 지금까지 해온 모든 고심도 물거품이 되고 말 터였다. 그것을 고려한 미쓰히데의 조치는 참으로 용의주도하고 한 점의 흐트러짐도 없는 것이었다.

가쓰라 강을 건너면 벌써 교토의 외곽이었다.

"말의 짚신을 벗겨라."

"보병들은 새 짚신으로 갈아 신어라."

"아시나카(足半)는 모두 새것으로 갈아라."

아시나카란 짚신의 일종인데 모양은 마치 말의 짚신처럼 생겼으며, 뒤꿈치에서부터 발바닥 반 정도까지만 오는 것이다. 하급 병사들은 대부분 이것을 신었다.

"조총부대원들은 화승을 1자 5치로 잘라라."

"그 자른 끝에 불을 붙여라."

"다섯 명씩 짝을 짓고 불을 아래로 해서 들어라."

병사들은 이 명령을 듣고 비로소,

'왜 그러지?'

라고 생각했다.

"아무래도 이상한데!"

"기이하잖아?"

"흠, 꽤나 묘한 말이군."

"응, 정말 묘한 말이야! 화승의 끝에 불을 붙인다는 건 실전이라는 말이잖아."

"맞아, 당장에라도 발포할 수 있으니."

"하지만 실전 사격을 보여드리려는 걸 수도 있잖아."

"타앙, 탕하고 새벽하늘에 울리는 모습을 보시고 싶으신 거겠지."

"옛날부터 엉뚱한 일을 좋아하시는 양반이었잖아."

"그래서 그럴지도 모르겠다고 한 거잖아."

"하지만 도읍의 거리 한복판에서 정말로 실탄을 쏘면 위험하지 않을까?"

"알게 뭔가. 신나게 쏴보자고."

"이 난폭한 놈!"

"난 더는 참을 수가 없어."

"뭘 참을 수 없다는 거야?"

"천하의 못된 놈! 더는 참을 수 없어, 빌어먹을 놈!"

"이봐, 뭐, 뭐라 지껄이는 거야?"

"쳇, 빌어먹을 놈이지! 나는 혼노지의 건물 안으로 탕탕 쏘아댈 거야! 더는 참을 수도 견딜 수도 없어!"

대열 속의 사담이 불쑥 커지는 경우도 있었다.

3

동트는 것이 빠른 여름의 밤이었다.

희붐하게 밝아오는 동쪽 구름에 오층탑이 수묵화처럼 보이기 시작했다.

말 위의 아마노 겐우에몬은,

'과연 미쓰히데 나리는 무사의 행동요령을 잘 알고 계셔. 밀고를 위해 빠져나오는 자는 아무도 없을 거야. 경계를 위해 이렇게 먼저 올 필요도 없었어. 그런데 이래서는 너무 심심하잖아.'

이렇게 생각하며 고삐를 휙 당겼다. 달리던 말이 우뚝 멈춰 섰다. 말 뒤에서 땀범벅이 되어 달려오던 보병들이 마침내 그곳까지 와서 헐떡일 때,

"와앗!"

하고 갑자기— 생각지도 못했던 외침이 들려왔다.

"앗!"

아마노와 병사들도 깜짝 놀라 아직 어두운 길 위에서 눈을 둥그

렇게 떴다.

길가의 밭 속에서 검은 사람의 그림자가 하나둘, 20여 명 정도나 길 위로 달려나오는가 싶더니 뭐라 알아들을 수 없는 사투리로 고함을 지르며 교토의 번화가 쪽으로 달려 도망갔다.

사실은 교외의 농민이었다. 근방의 농부들이 수박밭에서 새벽일을 하고 있었던 것이었다. 아침에 눈을 뜨자마자 너무 일찍 일을 나온 것이 그들에게는 불행의 시작이었다.

인간의 화복(禍福)만큼 헤아리기 어려운 것도 없다. 어떤 일이 불행의 씨앗이 될지 한 치 앞도 내다볼 수 없는 법이다.

농부들은 물론 놀라서 달아난 것이었으나 그게 좋지 않았다. 놀랐다 할지라도 달아나지 말고 그대로 밭일을 했다면 무사했을 텐데 불행하게도 번화가 쪽으로 달려갔기에 아마노 겐우에몬은,

"저 놈들을 베어라!"

라고 외쳤다.

가엾다, 무익한 살생일지도 모른다는 생각이 들지 않은 것은 아니었으나, 혹시 교토의 거리에서 떠들고 다녀 그것이 혼노지에 전해지고, 누군가 굉장히 민감한 사람이 아케치의 병사라고 눈치를 챈다면 그야말로 돌이킬 수 없는 일이 되어버리고 말 터였다.

'마술에 있어서는 그야말로 맞설 자가 없을 만큼 뛰어난 노부나가 공이, 아즈치까지 단숨에 달려간다면 어찌하겠는가?'

그랬기에 순간적으로 마음을 정해서 베라고 명령한 것이었다.

아마노의 병사들이 달아나는 농부들을 뒤쫓았다. 거리를 좁혔다. 베어 죽였다. 동강이를 냈다. 가엾은 생명들이 몸속에서 사라졌다.

한 명도 남기지 않고 베어, 미명의 가도가 피를 머금고 시체를 나뒹굴게 했다.

—바로 그때.

모리 란마루는 한시도 눈을 붙이지 못하게 했던 흥분된 신경이 마침내 가라앉기 시작했고, 뒤이어 상당히 격렬한 피로가 느껴졌다.

'이상할 정도로 피곤해! 하지만 덕분에 잘 수 있겠어.'

이렇게 생각한 순간 거의 잠에 빠지려 하고 있었다.

마침내 깊은 잠. 아케치 군이 혼노지 가까이로 다가올 때까지 그것이 계속되었다.

안쪽의 침소에서는 언제나 일찍 일어나는 노부나가가 번쩍 눈을 떴다.

'술이 너무 지나쳤군.'

정신은 맑았다.

기분 좋다는 듯 이불 속에서 두 다리를 한껏 늘이고, 그런 다음 좌우의 손을 베개 양옆으로 불쑥 내밂과 동시에 있는 힘껏 기지개를 켰는데, 그 순간,

'응?'

하는 생각이 들었다.

4

새벽녘의 꿈에서 깨어나자마자 사지를 뻗어 기지개를 켠 노부나가의 몸에는 넘쳐날 정도로 힘찬 기운이 충만해 있었으나, 때마침 들려온 이상한 소리—

순간적으로 귀를 기울이며,

"밖에 누구 없느냐!"

라고 불렀다. 그 목소리에 옆방에 누워 있던 란마루가 깊은 잠에서

깨어,

"네!"

벌떡 일어나 안쪽 침소 가까이에 무릎을 꿇고,

"란입니다."

"저 소리가, 란 너의 귀에는 무엇으로 들리느냐?"

그 물음에 귀를 기울일 필요도 없이 새벽의 정적을 뒤흔들며 들려오는 이상한 술렁임.

'앗! 저 소리는?'

"오오—."

하고 란이 자신도 모르게 웅얼거린 순간.

"보통일이 아니다!"

커다란 목소리로 노부나가가 외치고,

"틀림없이 수많은 병마의 소리다. 대군이 몰려오는 소리야. 얼른 내다보고 오너라."

지시를 받은 란마루가 벽에 드리운 발 아래서 붉은 매화를 누인 하카마를 집어들자마자 달리기 시작했고, 달리면서 발을 꿰고 끈을 묶으며 복도로 나가 그 끝에 있는 난간에 올라서서 몸을 늘여 경내 바깥쪽 한길의 모습이 어떤지를 살펴보기 위해 눈을 커다랗게 떴다.

그러나 그리 멀리까지는 보이지 않았다. 성의 망루라면 모르겠지만 사원 객전의 난간은 그리 높은 곳이 아니었기에 마당의 나무나 담장에 시야가 막혀 거의 아무것도 보이지 않았다. 하지만 수많은 인마가 소란을 피우는 소리—

벌써 코앞까지 닥친 듯한 기운.

'누굴까?'

명민한 란마루의 머릿속에 얼핏 스치고 지나가는 것이 있었다.

그러나 그래도 아직은.

'설마!'

하고 지워버리지 않을 수 없었다.

지워버릴수록 남는 것은 의심.

'나리의 침소 가까이서 조심하지 않고.'

반신반의—

'혹은? 아니 그렇게 생각할 수밖에 없지 않을까?'

훌쩍 몸을 튕겨 난간에서 정원의 지면으로 뛰어내렸는가 싶더니 곧 낮게 드리워진 커다란 가지에 매달린 란마루가 날다람쥐처럼 소나무의 높다란 줄기 끝으로 올랐다.

잎 끝에 맺힌 이슬에 몸을 적신 채 손으로 이마를 가려 바라보았으나 아직 밝지 않은 이른 아침의 미광은 사물들의 빛깔을 분명히는 보여주지 않았다.

그러나 란마루의 눈이 마침내 확인한 깃발.

'앗!'

거뭇하게 누워 있는 숲 너머의 구름 사이로,

'깃발!'

펄럭이는 것은,

"도라지! 도라지다!"

란마루의 발이 자신도 모르게 미끄러지고 말았다.

손이 떨어지려는 몸을 간신히 지탱했다.

천마(天魔)나 귀신을 만난다 할지라도 조금도 두려워하지 않을 담대한 영혼도, 이때만은 압도되어버리고 말았다. 산산이 부서진 듯한 느낌이었다.

소나무 꼭대기에서 어떻게 내려왔는지, 의식이 중단되어 있었다.

그야말로 경황없이 객전 안으로 달려 들어갔다. 느껴지는 것이라고는 그저 무릎 관절이 끊어지는 것 아닐까 하는 이상한 감각뿐이었다.

"나리!"

"뭐냐!"

"밀려드는 것은 도라지 깃발!"

혼노지의 변

피로 물든 혼노지

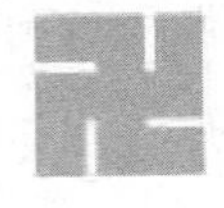

1

하얀 비단을 홑겹으로 지은 잠옷.

두 겹 허리띠. 벽의 중인방에서 대검을 잡아 급히 쥔 노부나가는 도라지 깃발이라는 말을 듣자 영혼까지 순식간에 얼어붙는 듯한 느낌이 들어,

'흠?!'

얼마간은 오체가 거의 무감각하게 경직된 듯했으나,

"잘못 본 게야!"

그것이 첫마디였다.

란마루의 목소리가 더욱 떨리며,

"아케치의 모반에, 의심의 여지도 없습니다!"

이번 이변이야말로 커다란 잘못이 자신에게 있다고 생각할수록 마음이 떨리고 가슴이 막히고 애간장이 끊어지는 듯했다.

"오란! 계산을 틀린 것은 바로 나다."

놀랄 만큼 빠르게 냉정함을 되찾은 노부나가는 참으로 깔끔하게 마음의 준비를 마쳤다.

"무슨 할 말이 있겠느냐?"

아아, 오다 우후가 아니라면 누가 이 한마디로 단념할 수 있겠는가?

란마루는 자책과 회한과 분노와 비분의 소용돌이 속에서 끝도

없이 빙글빙글 맴돌며,

'아아, 공든 탑이!'

이 새벽에 무너지는 걸까?

'천리의 기다란 둑도 개미구멍 하나 때문에 무너진다고 한다! 주군의 패업도, 목숨도 하루아침에 덧없이 스러지는 건가!'

눈앞이 캄캄해져서 란마루에게는 한동안 노부나가의 얼굴도 모습도 전혀 보이지 않았다.

"나리! 어찌하시겠습니까?"

"달리 방도가 있겠느냐?"

"네?"

"뭘 놀라느냐. 싸우다 죽으면 그만이다."

"오오!"

"오다는 스러져도 노부나가의 사업과 정신은 영원히 남을 것이다. 이렇게 된 이상 지금은 후회할 때가 아니다. 란마루, 싸우다 죽어라."

"네."

달려나가는 란마루의 힘찬 발걸음이 마룻바닥을 둥둥 울렸다.

"아케치의 모반이다. 모두 나와서 맞서라, 나와서 싸워라!"

부르는 목소리에 아침의 꿈에서 깨어나 달려나오는 시동들, 손에 손에 자신의 무기를 들고 있었다.

란마루는 어깨의 끈을 단단히 조여매고 붉은 매화를 누인 아랫도리 자락을 한껏 걷어붙이고 3자쯤 되는 검을 허리에 차고 십자 모양의 창을 쥔 뒤,

"이번이 최후의 방어전이다. 모두 미련 없이 싸워라!"

복도를 돌아다니며 외쳤다.

혼노지의 높다란 담장 주위에는 벌써 크고 작은 깃발들이, 그 숫자를 헤아릴 수 없었다.

정문 쪽은 롯카쿠 아부라코지, 뒤쪽은 니시키코지, 니시노토인. 와아 솟아오르는 함성. 진격을 알리는 징소리. 주위를 열 겹, 스무 겹으로 감싸고 있는 듯. 그야말로 나는 새가 아니고서는 달아날 길이 어디에도 없었다.

아케치 사마노스케가 말을 멈추고,

"공격하라!"

라며 채찍. 휙 휘둘렀다.

'오늘이야말로 후련하게 공을 세우겠다.'

이름이 알려진 사무라이들이 마음에 다짐한 바를 이루기 위해 앞을 다투었다. 후나키 하치노조(舟木八之丞), 란치 진쿠로(蘭地甚九郎), 미야케 마고주로(三宅孫十郎),

'가장 먼저 안으로 들어가겠다!'

라며 앞으로 나아갔다.

기무라 지로우에몬(木村次郎右衛門), 나미카와 긴우에몬(並河金右衛門), 나카무라 지로베에(中村次郎兵衛)도 질 수 없다며 달려드는 뒤편에서,

"시호덴이다!"

라고 외치며 창끝만 2자 8치나 되는 기다란 창을 꼬나쥐고 시호덴 다지마(四方田但馬) ― 사납고 날래기로 유명한 그가 달려나왔다.

2

새하얀 잠옷에 두 겹 허리띠를 앞으로 묶은 노부나가가 커다란 화살을 집어, 활시위를 거는 데 다섯 사람이 필요하다는 강궁에

메기고 왼쪽 발끝을 난간의 아래쪽 가로대에 걸친 채 건너편을 바라보았을 때는 이미 적의 선봉에선 병사가 절의 대문을 넘어 난입해 들어와 있었다. 새벽녘까지 남아 있던 등불 아직 꺼지지 않았고 정원 쪽은 한층 더 어둑어둑했으나 기세 좋게 달려드는 적은 이미 화살의 사정권 안에 들어와 있었다.

"이놈, 아케치야, 어디에 있느냐? 겁을 집어먹고 후진에 웅크리고 있는 모양이구나. 너처럼 천박한 놈이 나를 알아보겠느냐? 이 화살을 먹여주마. 저승길에 가지고 가서 우다이진의 화살에 걸린 놈이라고 염라대왕에게 고하여라!"

커다란 목소리는 타고난 것이었다.

낭랑하게 울려 퍼질 때—

한껏 잡아당겼다가 시위 소리 높이 울리며 탕 쏘았다. 날카로운 화살의 기세.

가장 앞에 있던 사무라이는 간신히 피했으나 그 뒤를 따르던 무사의 갑옷 틈새에 깊숙이 박혀 앗 하며 나뒹굴었다. 그리고 연달아 두 번째 화살, 세 번째 화살, 그야말로 소나기처럼, 빗나가는 것 하나 없이 앞에 선 적들을 털썩털썩 쓰러뜨리고 고꾸라뜨렸다. 노부나가는 뛰어난 궁수였다.

화살은 시녀들이 날라다주었기에 떨어지지 않았다. 활을 쥔 손, 시위를 당기는 손, 비틀고 또 비틀고, 올려다보고 내려다보고, 5개를 한꺼번에 걸어 쏘는 비법을 내보였다.

정면에서 날아오는 그 화살 때문에 병사들이 주춤했다. —여러 사람이 밀집되어 있었기에 화살 하나에 두 사람, 세 사람이 부상을 당하는 일은 있어도 피를 묻히지 않고 땅바닥에 떨어지는 화살은 없었다.

그러나 적은 구름 떼처럼 많았다.

곧 병사들이 좌우로 펼쳐지면 화살도 소용없는 것이 될 터였다. 제아무리 활의 명수라 할지라도 혼자 맞서는 데는 한계가 있었다.

"우다이진도 팔면육비(八面六臂)는 아니다."

"자, 옆에서부터 다가가자."

라며 우회해서 불당 안으로 뛰어들려고 몰려드는 적을,

"야시로 가쓰스케(矢代勝介)가 여기 있다!"

며 마구간 쪽에서 뛰쳐나와 막았다.

"이 같잖은 놈!"

미야케 마고주로가 야시로와 창을 부딪쳤다.

"반 타로자에몬(伴太郎左衛門)이시다!"

라는 외침과 함께 야시로에 이어 마구간에서 칼을 휘두르며 달려나와 란치 진구로와 맞서 싸웠다.

그 뒤를 이어 반 쇼린(伴正林)과 무라타 기치고(村田吉五)가 마음을 합쳐 창끝을 나란히 하고 달려나오자,

"시호덴 다지마다. 걸리적거리지 마라!"

"오호, 마침 좋은 적이로구나!"

"어서, 덤벼라!"

그러나 강용(剛勇)한 시호덴의 창끝은 막을 수가 없었다. 반은 허벅지를 찔렸고 무라타는 옆구리를 찔렸다. 그러나 두 사람 모두 아픔에 굴하지 않고 비틀거리면서도 버티고 서서 사투를 벌였다.

아케치의 병사가 물밀듯이 불당 안으로 밀려들었을 때 란마루가,

"한 놈이라도 더 베고 죽어라! 쓰러뜨리고 죽어라!"

라고 외치며 십자 창을 종횡으로 휘두르고 찌르고, 앞쪽에 나타났다가 뒤쪽을 막고, 나는 새처럼 싸우며 얼마 되지 않는 아군을 격려

했다.

신분은 비천한 하인이지만 도쿠로(藤九郎), 도하치(藤八), 이와(岩), 신로쿠(新六), 히코이치(彦一), 야로쿠(弥六), 구마(熊), 고코마와카(小駒若), 그 아들인 고토라와카(小虎若). 모두 용감하게 충성심 가득한 마음으로 물불을 가리지 않고 적을 막았다. —피투성이가 되어 싸웠다.

하인들의 숫자는 채 서른 명도 되지 않았지만 강했다. 고르고 고른 뛰어난 자들뿐이었다.

그들 하나하나가 열 명을 당할 만했다.

뚝뚝 떨어지는 선혈— 한 걸음도 물러나지 않았다.

3

'형님에게 뒤지지 않도록.'

이라며 리키마루와 보마루도 시퍼런 칼을 빼들고 몰려드는 적 속으로 용감하게 뛰어들었다.

"모리 형제들을 칼에 맞게 해서는 안 된다. 지켜라!"

외치는 오가와 아이헤이(小川愛平).

십자 창, 대검, 언월도, 번뜩이며 가나모리 기뉴(金森義入), 이오스미 가쓰시치(魚住勝七), 이마가와 마고지로(今川孫次郎).

뒤를 이은 것은 가노 마타쿠로(狩野又九郎), 스스키다 요고로(薄田与五郎), 오치아이 고하치로(落合小八郎).

이들 근시들과 함께 쏜살 같이 달려나온 것은 시동인 이토 히코사쿠(伊藤彦作), 구쿠리 가메마쓰(久々利亀松), 야마다 야타(山田弥太), 이이카와 미야마쓰마루(飯河宮松丸), 다네다 가메마루(種田亀丸), 가시와바라 나베마루(柏原鍋丸), 소후에 마고마루(祖父

江孫丸), 오쓰카 야조마루(大塚弥三丸).

모두 관례도 치르지 않은 머리 모양.

아름다운 외모의 색시동 사무라이. 향그러운 냄새의 미소년. 벚꽃과 매화꽃을 섞어놓은 듯한 15, 6세의 어린 시동들이었으나,

'지금이야말로 평소의 은혜에 보답할 기회다.'

"오란 나리를 따르라!"

"오리키 나리에게 뒤져서는 안 된다!"

"오보 나리를 지켜야 한다! 맞서라, 맞서!"

라고 저마다 외쳐 서로를 격려하며 적병을 향해 돌진했다.

이때 우마마와리134) 사무라이인 이누즈카 마타주로(犬塚又十郎)가 적 속으로 뛰어들었다. 역시 우마마와리인 히라오 헤이스케(平尾平助)가 파고들었다. 다른 우마마와리인 하리카와 야이치(針川弥市)가 칼을 휘두르며 달려들었다.

수많은 공격군도 결사의 창끝, 마지막으로 휘두르는 칼날에 베이고 쓰러지고 무너져 당 안으로는 아직 한 명도 들어서지 못했다.

대문 근처에 말을 세워놓고 있던 사마노스케 미쓰하루가 안장에서 일어서서,

"절 안의 적이라고 해봐야 얼마 되지 않는다. 빈틈없이 몰아붙여서 한꺼번에 베어버려라. 밀고 들어서 노부나가 공을 창으로 찔러라!"

말 옆에 있던 하야시 한시로(林半四郎)에게,

"명령을 전달하라!"

라고 말했다.

---

134) 馬回り. 말에 탄 장수를 곁에서 경호하는 기마 무사.

하야시가 경내로 달려 들어갔다. 그 뒤를 따라 문에서 절 안으로 뛰어든 것은 공격군의 병사들 속에 섞여 있던 오쿠라 쇼주마루(小倉松寿丸)와 유아사 진스케 두 사람이었다.

쇼주마루는 노부나가의 시동이었으며 유아사는 우마마와리 사무라이였는데 마을의 숙소에서 조금 전에 이변을 듣자마자 달려온 것이었다.

"오오, 쇼주, 잘 왔구나!"

라고 란마루가 외쳤다.

종횡무진으로 싸우면서도 용케 그를 보았다. 잠시 후 다시 유아사도 눈에 들어왔기에,

"기특하구나, 진스케. 오늘이 우리 목숨의 마지막 날이다! 한 사람이라도 더 베어라, 칼이 부러질 때까지 베어라!"

라고 외쳤다.

부엌의 입구 쪽은 다카하시 도라마쓰(高橋虎松)가 혼자서 막고 있었다.

도라마쓰의 칼은 매서웠다. 평소의 단련이 위력을 과시했다. 옆으로 휘두르면 적의 허리를 끊어놓았고, 아래로 휘두르면 대나무처럼 쪼개놓았다.

안으로 들어오려는 많은 병사들을 몇 번이고 내몰아 이미 베어 쓰러뜨린 적만 해도 17, 8명.

부상을 입힌 숫자는 헤아릴 수도 없을 정도였다.

참으로 눈부신 분투였다.

공격군의 호걸 시호덴 다지마가 커다란 창을 피로 물들이며 안뜰의 향나무 옆까지 갔다.

순간 나는 새처럼 달려온 것은 란마루였다. 새파래진 미모는 창

연했으며 눈빛은 번뜩였다.

"무례한 놈!"

전광석화처럼 휘두른 십자 창.

4

마치 나는 제비가 공중제비를 돌고 또 도는 것처럼 날랜 진퇴.

이제는 동이 터 밝아진 빛에 선명하게 보이는 미모와 차림새와 피를 뒤집어쓴 훌륭한 무사의 모습을, 창을 마주하며 싸우는 중에도 힘껏 노려보며,

"모리 란마루 아니냐. 아케치의 사무라이 시호덴 다지마다! 우리 주군의 쌓인 원한이 어떤 것인지, 이 창끝으로 알게 해주마. 간사한 놈의 숨통을 끊어주겠다!"

거듭 휘두르는 사납고 맞설 자 없는 창.

그때 향나무를 돌아 서원의 전 위로 달려 다가가는 무사들, 그 숫자는 10명도 되지 않았으나 하나같이 우다이진을 창으로 찌르려는 용맹한 자들뿐이었다.

"형님!"

리키마루가 달려왔다.

온몸이 피투성이였다. 크고 작은 상처들이 헤아릴 수 없이 많았으나 조금도 물러서지 않는 정신력, 목소리를 있는 힘껏 짜내,

"나리를, 나리를! 적이 나리 가까이 접근했습니다, 어서요!"

라고 외쳤다.

란마루는 시호덴을 버리고 달리기 시작했다.

그것을 뒤쫓으려는 순간 리키마루의 칼이 옆으로 번뜩였다.

시호덴이 간신히 피했으나, 굳세게 버티고 선 채 칼끝에서 불을

뿜으며 연달아 계속되는 필사의 공격.

'란마루를 놓치다니 안타깝다!'

라고 분해하면서도,

'쳇, 이 녀석도 모리의 핏줄이다.'

찌른다면 그의 목도 명예가 될 터였다.

'한시라도 빨리 숨통을 끊어놓고!'

목표로 삼은 전 안으로 뛰어들고 싶어 마음은 다급했으나, 리키마루는 상처를 입은 몸임에도 불구하고 결코 쉽게 상대할 수 있는 적이 아니었다. 아름다운 용모의 색시동 사무라이라 할지라도 모리 형제의 무예는 빼어났다.

여기서 조금이라도 버텨주면 그만큼 전 안에서는 주군의 최후를 준비할 시간이 생기리라, 이렇게 생각한 리키마루는 점차 약해져가는 힘을 스스로 북돋우며 맞서 싸웠으나 자신도 모르게 발이 미끄러져,

"앗!"

하며 넘어진 순간,

"에잇!"

외침과 함께 시호덴의 사나운 창끝이 리키마루의 가슴팍을 꿰뚫었다.

급소를 맞고 찔렸으니 목을 내주는 수밖에 없었다. 17세를 일기로 떨어진 한 떨기 꽃—

그에도 뒤지지 않는 꽃, 16세의 어린 보마루도 두 형과 함께 아까부터 씩씩하게 분전을 거듭했으나 전 안으로 적병들이 몰려드는 것을 보고,

'이제 끝이로구나!'

라고 각오한 순간,

"모리 리키마루를 시호덴 다지마가 베었다!"

이렇게 외치며 선혈이 뚝뚝 떨어지는 그 목을 허리에 차고 달려왔다.

"이놈, 형님의 원수 시호덴! 모리 보마루가 여기에 있다. 승부를 가리자!"

그러나 적은 시호덴만이 아니었다. 보마루는 이미 전후좌우, 적들로 둘러싸였다.

무라이 마타베에(村井又兵衛)가,

"가장 먼저 올랐다!"

라고 외치며 낮은 툇마루로 훌쩍 뛰어내렸다.

"이놈!"

노부나가의 목소리는 사자가 울부짖는 듯했다.

"물러나라!"

힘껏 쏜 화살의 촉이 무라이의 얼굴에 맞았다.

5

"으악!"

비명. 뒤로 나자빠지더니 공중제비를 돌며— 무라이 마타베에는 툇마루에서 바깥의 돌을 깔아놓은 바닥으로 털썩 떨어지고 말았다. 화살촉이 눈알을 뚫고 다시 뇌에 구멍을 낸 뒤 뒤통수까지 관통했으니 당연한 일이었다.

안 그래도 강한 활로 그처럼 가까운 거리에서 있는 힘껏 쏘았으니 그 화살의 기세가 얼마나 맹렬했을지는 쉽게 상상해볼 수 있으리라.

무라이가 떨어진 순간 툇마루로 올라선 것은 기무라 지로우에몬이었다.

자신의 이름도 밝히지 않고,

“에잇!”

커다란 칼을 휘두르며 달려들었다.

“무례한 놈!”

꾸짖는 듯한 목소리와 함께 노부나가가 튼튼한 활을 오른손으로 바꿔 쥐자마자 커다란 힘으로 기무라의 어깨— 부서져라 내리쳤다.

이번에는 화살을 걸 여유가 없었던 것이다.

검이 허공을 갈랐으며 기무라의 몸은 비틀거렸다.

“물러나지 못하겠느냐!”

라며 다시 활을 휘둘렀다. 노부나가는 2번째로 툇마루에 오른 자도 밑으로 떨어뜨렸다.

‘훗, 같잖은 놈들!’

활은 다시 왼손으로 옮겨졌다.

노부나가의 마음은 점점 맑아지기 시작했다. 한 번에 화살 5개씩을 걸어 쏘는 놀라운 솜씨를 계속 내보이며,

‘이제 슬슬 이 세상과 작별하기로 할까.’

이렇게 생각했다.

‘어쨌든 내 화살이 적을 잘도 쓰러뜨리는구나. 활을 이렇게 잘 쏘는 줄은 나도 몰랐어.’

49세. 초로는 이미 지난 나이였으나 이상할 정도의 건강함과 평소의 단련 때문이었으리라, 거의 지칠 줄 모르고 싸우던 노부나가는 측근인 시동들을 비롯하여 우마마와리, 하인들 한 명까지 있는 힘을 다해서 악전고투를 거듭하고 있는 모습을 보자,

'아직 이르다! 조금만 더.'
라고 느꼈다.

그리고 더욱 연달아 화살을 메기고 쏘았는데 그때 안쪽에서 시녀 하나가 칼을 휘두르며 달려 나왔다.

아케치의 병사들은,

'아, 여자 무사다!'
라며 눈을 크게 떴다. —겹옷에 어깨끈을 걸고 홍매화색 비단으로 머리띠를 두르고 화사한 무늬의 속옷자락을 펄럭이고 하얀 정강이를 내차며 적 속으로 뛰어들었다.

"오오, 저건 가키쓰바타(杜若) 아닌가. 여자 몸으로."

노부나가는 이렇게 중얼거렸다.

시녀까지 싸우게 하고 싶지는 않았다. 죽음이 두려워 여자까지 싸우게 했다고 여겨지기는 싫었던 것이다.

'나는 운명으로부터 얼굴을 돌리지는 않겠다.'

적을 막기 위해서 여자를 쓰고 싶지도 않다. 가키쓰바타 녀석, 그렇게 죽고 싶으면 가슴이라도 찔러 죽으면 될 것을!

그러나 그녀를 막을 방법이 있을까?

노부나가는 그저 안에다 대고,

"여자들은 나오지 말아라! 나와서는 안 된다."
라고 커다란 목소리로 외쳤을 뿐이었다.

그렇게 외친 순간 툇마루 끝에서,

"아케치 휴가노카미의 깊은 신뢰를 얻은 야스다 사쿠베에 구니쓰구[135]가 우다이진 님을 뵙겠다!"

---

135) 安田作兵衛国継(1556~1597). 아마노 겐우에몬. 후지카와 규베에, 미노우라 오쿠라노조와 함께 아케치의 세 마리 까마귀로 불렸다. (주131 참조)

창을 바싹 틀어쥐고 전 위를 힘껏 노려보았다.

미쓰히데의 세 마리 까마귀라 불리던 자 가운데 하나였다.

6

휭! 화살이 나는 소리.

쨍그랑, 화살촉이 창끝에 부딪치는 소리.

휭! 두 번째 화살.

야스다의 팔꿈치에 푹 박혔다. 그러나 급소에서는 빗나갔다.

"에잇!"

하며 도약.

세 번째 화살은 허공을 갈랐다. 시위가 뚝 끊어진 것이었다.

"다른 활을!"

노부나가가 외쳤다. 하리아미(針阿弥)가 다른 활을 내미는 것보다 야스다 사쿠베에가 달려드는 것이 더 빨랐다.

"창!"

십자 모양의 창끝을 감싼 천. 그것을 벗겨 노부나가에게 건네준 것은 시녀인 유가오(夕顔)였다.

"에잇, 여자는 나서지 마라!"

그러나 그것은 노부나가의 억지와도 같은 말이었다. 왜냐하면 여자들이 나설 곳이 아니라 해도 남자들은 한 사람도 남김없이 적을 막기 위해 나가 있었기 때문이었다. 시녀들 이외에는 의원인 하리아미와 기독교 선교사가 바친 흑인 노예가 한 사람, 남자라고는 그들뿐이었는데, 그 흑인 커다란 몸집에 안 어울리게 간이 콩알만 해서 어느 틈엔가 모습을 감춰버리고 말았기에 교체할 활을 하리아미가 들고 나간 이후부터는 여자 말고는 창을 건네줄 사람이 없었던 것이다.

"유가오야, 너는 목숨을 아껴라!"

노부나가가 이렇게 외치며 창을 집었다.

날랜 범 같은 모습.

창끝이 내지른 야스다의 창끝과 쨍그랑 부딪쳤을 때 달려오는 란마루의 목소리.

"천균노(千鈞弩)를 생쥐에게 휘두르지 마십시오! 나리, 나리!"
라며 거듭 불렀다.

마주한 창을 휙 물리며,

"왓하하하!"

노부나가는 웃고,

"오란, 적의 나약함이 재미있어서 네가 오기까지 나도 모르게 이러고 있었구나. 자, 이제는 조용히 할복하기로 하겠다!"

이렇게 말하자,

"오오, 모쪼록! 이 란 놈도 너무 늦지 않게 나리를 모시고 저승길에 오르도록 하겠습니다."
라고 외치며,

'이놈이 마지막 적이다!'

피로도 잊은 채 맞붙었다.

야스다는 란마루에게 가로막혀서,

"이놈, 비겁한 행동이다!"
라며 부르짖었다.

조금 전 미쓰히데 앞에서 우다이진의 목은 이 사쿠베에 구니쓰구가 베겠습니다, 라고 한껏 큰소리를 쳤는데 여기서 놓쳐 자결하게 둔다면 평생의 흠이 될 것이라 생각했기에 마음을 한층 더 독하게

먹고 뒤쫓으려 했으나 란마루가,

"건방지구나, 야스다. 너 같은 놈이 나를 지나칠 수 있을 듯하냐?"

"이, 이놈. 걸리적거리는구나!"

"창을 받아라!"

라며 내지른 십자 모양의 창끝과 엉키는 창의 날, 서로의 무예.

일대일로 맞서 싸우는 두 영웅.

야스다의 이날 차림은, 검은색 가죽으로 몸을 감싸고 소매와 어깨와 갑옷의 몸통 아래는 하얀색 가죽이었다. 투구의 목을 감싸는 부분은 붉은색 실로 엮은 미늘.

양쪽 허리에 찬 칼은 3자 2치와 2자 1치짜리 검이었다.

누가 이길지?

용과 호랑이.

구름이 일어 덮이고, 비린내 나는 바람.

7

허를 찌르고 실을 꾀하는 십자창— 소슬하고 비릿한 바람을 일으키는 용이 란마루였다면, 위아래로 커다란 창을 힘껏 뻗어 무시무시하고 용맹하게 날뛰는 산속의 호랑이는 야스다 사쿠베에였다.

밀고 밀리고, 싸우는 동안 우르르 몰려든 아케치의 무사들. 피투성이가 된 채 그들을 막는 시동의 숫자는 이제 몇 되지 않았다.

노부나가는 안쪽 방의 문 앞에서 뒤따라온 적 두어 명을 베었는가 싶더니 문 너머로 모습을 감추었다.

'나리는.'

하고 란마루가 초조한 마음으로 몸을 돌려 바라보니 장지문에 어른

혼노지의 변

거리는 그림자, 등불에 비쳐,

'틀림없이 방 안에-.'

라고 여겨졌기에,

'이제 안심이다! 의심의 여지도 없이 자결하실 수 있으실 거야.'

그러나 자결한 뒤의 몸도 적의 눈에 띄게 할 수는 없었다. 얼른, 불을! 불을!

란마루가 싸우며 그렇게 염원한 보람이 있었는지 장지문이 곧 시뻘건 불꽃의 색으로 물들기 시작했다.

'아아, 다행이로구나. 이젠 됐다!'

마음이 놓이자 창끝이 무뎌졌다.

그에 반해서 야스다는 우다이진을 놓쳤다는 안타까움에 이를 갈았다.

애가 타는 마음.

그 틈을-

"에잇!"

하고 란마루가 파고들었다.

계단 앞, 제대로 피하지 못한 사쿠베에가 우당탕 계단 아래의 돌로 떨어졌다.

'찔린다!'

라고 느낀 순간 벌렁 나자빠졌는데,

"앗!"

사타구니를 향해 위에서부터 번뜩인 창끝.

아랫배 끝 쪽이 불에 덴 듯 뜨거웠다. 그러나 사쿠베에는 통증을 느끼면서도 자신의 몸을 란마루의 창끝에서 있는 힘껏 뜯어냈다.

어디를 찔렸는지 분명히는 알 수 없었다. 사실은 남근이 창의 옆날에 뜯긴 것이었으나 용맹하고 강인한 불굴의 정신— 사쿠베에는 적의 창 자루를 잡아끌며 허리의 큰칼을 뽑음과 동시에 난간 틈새로 힘껏 휘둘러 란마루의 두 정강이를 베어버렸다.

천하의 란마루도,

'당했다!'

라며 쓰러진 순간—

툇마루 쪽으로 복도를 달려온 시호덴 다지마가,

"이놈!"

하고 내리친 검.

쓰러진 채 검을 들고 맞섰으나 이렇게 된 이상 더는 버틸 수가 없었다. 시호덴이 란마루의 머리를 베었다.

바로 그때 불길이 시뻘건 혀끝으로 안쪽의 장지문을 집어삼켜 깨뜨렸다.

뭉게뭉게 피어오르는 검은 연기가 객전의 서원을 감쌌다.

"불길이 이렇게 세서는!"

"흠, 어떻게 해볼 수도 없겠군."

병사들은 그냥 자리에 선 채 타오르는 불을 바라볼 수밖에 없었다.

자결한 노부나가의 유해는 안쪽의 작은 서원에서 시뻘건 불길에 타고 있었다. 함께 목숨을 끊은 시녀들과 하리아미의 시체도 한 줄기 연기가 되어 사라져가고 있었다.

"나리! 드디어 숙원을 풀었습니다! 이제는 도라지의 천하입니다."

라고 사마노스케가 말했다.

"아아, 불에 타고 있구나!"

연기를 바라보는 미쓰히데의 눈시울이 눈물로 흐려졌다.